Eloisa James

Diplômée de Harvard, d'Oxford et de Yale, spécialiste de Shakespeare, elle est aujourd'hui professeur à l'Université de New York. Également auteur d'une vingtaine de romances Régence traduites dans le monde entier, elle est ce que l'on appelle une « femme de lettres ». Son dynamisme fascine les médias comme ses lecteurs, et elle se plaît à introduire des références à l'œuvre de Shakespeare au sein de ses romans.

La belle et la bête

Du même auteur
aux Éditions J'ai lu

LES SŒURS ESSEX

1 – Le destin des quatre sœurs
N° 8315

2 – Embrasse-moi, Annabelle
N° 8452

3 – Le duc apprivoisé
N° 8675

4 – Le plaisir apprivoisé
N° 8786

LES PLAISIRS

1 – Passion d'une nuit d'été
N° 6211

2 – Le frisson de minuit
N° 6452

3 – Plaisirs interdits
N° 6535

IL ÉTAIT UNE FOIS

1 – Au douzième coup de minuit
N° 10163

ELOISA
JAMES

IL ÉTAIT UNE FOIS – 2

La belle et la bête

Traduit de l'anglais (États-Unis)
par Edwige Hennebelle

J'AI LU

AVENTURES
&PASSIONS

Vous souhaitez être informé en avant-première
de nos programmes, nos coups de cœur ou encore
de l'actualité de notre site *J'ai lu pour elle* ?

Abonnez-vous à notre *Newsletter* en vous connectant
sur **www.jailu.com**

Retrouvez-nous également sur Facebook
pour avoir des informations exclusives :
www.facebook/pages/aventures-et-passions
et sur le profil *J'ai lu pour elle*.

Titre original
WHEN BEAUTY TAMED THE BEAST

Éditeur original
Avon Books, an imprint of HarperCollins Publishers, New York

Je dédicace ce livre à Carrie Feron,
ma fabuleuse éditrice.
Elle me pousse sans cesse
à donner le meilleur de moi-même,
mais son travail d'édition a hissé ce roman-là
à un tout autre niveau.

Ce livre est pour toi.

Remerciements

Je remercie du fond du cœur mon agent, Kim Witherspoon ; le concepteur de mon site Internet, Wax Creative ; et enfin mon équipe personnelle : Kim Castillo, Franzeca Drouin et Anne Connell. À tous, je vous suis infiniment reconnaissante.

1

Il était une fois, il n'y a pas si longtemps...

Dans les contes de fées, les jolies filles sont aussi nombreuses que les galets sur la plage. Des bergères au teint de magnolia rivalisent avec des princesses au regard ingénu et, en vérité, si l'on additionnait les yeux brillants de toutes ces demoiselles, on obtiendrait une galaxie entière d'étoiles scintillantes.

Cet éclat rend encore plus triste le fait que les vraies femmes sont rarement à la hauteur de leurs homologues de fiction. Elles ont les dents jaunes, la peau boutonneuse, l'ombre d'une moustache ou le nez comme un promontoire.

Bien sûr, il y en a de jolies. Toutefois, même celles-là n'échappent pas aux maux qui sont le lot de toute chair, comme le déplorait déjà Hamlet dans son célèbre monologue.

Bref, rare est la femme capable d'éclipser vraiment le soleil. Et ne parlons pas des dents de perle, des voix cristallines et des visages si parfaits que les anges en pleurent de jalousie.

Linnet Thrynne possédait tous ces attraits, à l'exception, peut-être, de la voix cristalline. Cependant, sa voix était tout à fait agréable, et on lui avait déjà dit que son rire évoquait le tintement de clochettes d'or.

Elle n'avait pas besoin de se regarder dans le miroir pour savoir que ses cheveux brillaient, que ses yeux brillaient, et que ses dents… peut-être ne brillaient-elles pas, mais elles étaient incontestablement blanches.

Linnet était de celles pour qui un chevalier n'aurait pas hésité à se livrer à toutes sortes de prouesses ; ou un prince moins intrépide à traverser un buisson de ronces simplement pour lui donner un baiser.

Ce qui ne changeait rien, hélas, au fait que, depuis la veille, elle était immariable.

La catastrophe tenait à la nature des baisers et aux conséquences qu'on leur prêtait. Encore qu'il serait plus pertinent, peut-être, de parler de la nature des princes. Le prince en question était Augustus Frederick, duc de Sussex.

Il avait embrassé Linnet plus d'une fois ; il l'avait même embrassée à de nombreuses reprises. Non seulement il lui avait déclaré sa flamme avec fougue, mais il était allé jusqu'à lancer des fraises contre les fenêtres de sa chambre au beau milieu de la nuit (ce qui avait laissé les carreaux dans un état épouvantable et provoqué la fureur du jardinier).

La seule chose dont il s'était abstenu, ce fut de la demander en mariage.

— C'est vraiment dommage que je ne puisse vous épouser, avait-il déclaré avec embarras, la veille au soir, lorsque le scandale avait éclaté. Nous, les ducs de sang royal… nous ne pouvons pas faire ce que nous voulons, vous savez. Mon père est très chatouilleux sur la question. Vraiment, c'est regrettable. Vous avez dû entendre parler de mon premier mariage, celui qui a été annulé parce qu'il jugeait Augusta indigne de moi. Et pourtant elle est fille de comte.

Le père de Linnet n'était que vicomte, et un vicomte obscur, par-dessus le marché. Quant au premier mariage du prince, non, elle n'en avait pas entendu parler. Ils avaient été nombreux à la regarder flirter avec Augustus ces derniers mois, mais, inexplicablement, ils avaient oublié de la prévenir que ce dernier était enclin à courtiser celles qu'il ne pouvait pas – ou ne devait pas – épouser.

Après l'avoir saluée avec raideur, le prince avait tourné les talons et quitté précipitamment la salle de bal pour se retirer au château de Windsor… ou bien là où se réfugient les rats lorsque le navire sombre.

Linnet était donc restée seule avec son chaperon, face à une assemblée de personnes de la meilleure société londonienne. Et elle avait très vite compris que la plupart des membres féminins de cette société la considéraient comme une gourgandine de première classe.

Dans les instants qui suivirent la retraite du prince, elle ne croisa plus un seul regard. De l'océan de dos tournés s'élevèrent des gloussements qui lui rappelèrent les sifflements d'un troupeau d'oies s'apprêtant à s'envoler vers le nord. Sauf que, bien sûr, c'est elle qui fut obligée de s'envoler. Peu lui importait dans quelle direction, du moment qu'elle fuyait la scène de sa disgrâce.

L'injustice de la chose, c'est qu'elle n'était pas une gourgandine. En tout cas, pas plus que n'importe quelle fille distinguée par un prince.

Comme elle avait été heureuse de conquérir celui que toutes convoitaient, ce charmant prince blond ! Mais elle n'espérait pas vraiment qu'il l'épouserait. Et il était hors de question qu'elle lui donne sa virginité sans avoir la bague au doigt et l'assentiment du roi.

Il n'empêche qu'elle considérait Augustus comme un ami, et qu'elle avait été très affectée qu'il ne lui rende pas visite le lendemain de son humiliation publique.

Ce n'était pas le seul à s'abstenir. À cet instant précis, Linnet regardait par la fenêtre de la demeure familiale, incapable de croire que personne ne viendrait.

Depuis ses débuts dans le monde, quelques mois plus tôt, une foule de jeunes gens avait emprunté cette allée pour venir déposer cartes, fleurs et cadeaux de toutes sortes. Le prince lui-même avait daigné lui rendre quatre visites, faveur sans précédent.

Mais aujourd'hui, l'allée n'était rien de plus qu'un alignement de pierres éclaboussées de soleil.

— Je ne peux tout simplement pas croire que ce soit arrivé sans raison ! fit la voix de son père depuis le fond de la pièce.

— J'ai effectivement été embrassée par un prince, déclara Linnet avec ironie. Ce qui n'aurait guère d'importance si nous n'avions pas été vus par la baronne Buggin.

— Embrassée ? Peuh ! Ce n'est rien, un baiser, répliqua le vicomte en la rejoignant devant la fenêtre. Ce que je veux savoir, c'est pourquoi la rumeur prétend que tu attends un enfant. *Son* enfant !

— Il y a deux raisons. Vous serez heureux d'apprendre qu'aucune d'elles n'a de rapport avec un bébé.

— Alors ?

— J'ai mangé une crevette avariée lors de la soirée musicale de lady Brimmer, jeudi dernier.

— Et ?

— Cela m'a rendue malade. Je n'ai même pas eu le temps de me précipiter dans le boudoir des dames, et j'ai vomi dans un oranger en pot, expliqua Linnet en frissonnant à ce souvenir.

— Quel manque de contrôle de soi, fit remarquer le vicomte, qui méprisait les fonctions corporelles. Je suppose qu'on a pris cela pour l'annonce d'une naissance ?

— Pas d'une naissance, papa, mais de ce qui la précède.

— Bien sûr. Mais te rappelles-tu la fois où Mme Underfoot a vomi dans la salle du trône, manquant de peu Sa Majesté, le roi de Norvège ? Ce n'était la faute ni d'une crevette ni d'un bébé. Tout le monde savait que cette dame était ivre. Nous pourrions faire courir le bruit que tu es une ivrogne.

— Parce que cela résoudrait mon problème ? Je doute que les messieurs se précipitent pour épouser une alcoolique. Quoi qu'il en soit, la crevette n'est pas seule en cause. Ma robe aussi.

— Ta robe ?

— Je portais une nouvelle robe de bal, hier soir, et, apparemment, les gens ont déduit de mon profil que j'attendais un enfant.

Son père la fit pivoter pour détailler sa silhouette.

— Tu ne m'apparais pas différente de ce que tu es d'habitude. Les épaules un peu découvertes, peut-être. As-tu besoin d'exhiber autant de poitrine ?

— Sauf à vouloir passer pour une matrone collet monté, rétorqua Linnet, oui, j'ai besoin de montrer autant de poitrine.

— Bon sang, j'ai pourtant spécifié à ton chaperon que tu devais avoir l'air plus prude que n'importe qui d'autre dans la salle ! Faut-il que je fasse tout moi-même ? Personne ne peut donc suivre des instructions pourtant simples ?

— Ma robe de bal n'était pas décolletée, protesta Linnet.

Mais son père ne l'écoutait pas.

— Dieu sait que j'ai essayé, pourtant ! J'ai différé tes débuts dans le monde, parce que je savais qu'à cause de la réputation de ta mère, toute la bonne société aurait l'œil sur toi. J'espérais qu'avec la maturité, ton maintien serait irréprochable. Mais à quoi sert un maintien irréprochable si ton décolleté est celui d'une dévergondée ?

— L'histoire n'a rien à voir avec mon décolleté, affirma Linnet après avoir pris une profonde inspiration. Ce désastre a été provoqué par les deux jupons et tous les...

— Je veux voir cette robe, coupa lord Sundon. Va la mettre.

— Je ne peux pas mettre une robe de bal à cette heure de la matinée !

— Si, et sur-le-champ. Et demande à ton chaperon de descendre. Je veux entendre ce que Mme Hutchins a à dire pour sa défense. Je l'ai engagée à seule fin d'éviter ce genre de choses. Elle affiche une telle mine de puritaine que je lui faisais confiance !

Linnet n'eut d'autre choix que d'aller enfiler la robe de bal.

C'était un modèle qui soulignait la poitrine puis, juste en dessous de celle-ci, la jupe se relevait pour dévoiler une sous-jupe en dentelle flamande qui révélait à son tour une troisième épaisseur, de soie blanche cette fois.

Le dessin en paraissait exquis dans le carnet de croquis de Mme Desmartin, la couturière. Et quand Linnet l'avait enfilée, la veille, elle avait trouvé l'effet tout à fait charmant.

Mais aujourd'hui, alors que sa femme de chambre arrangeait les différentes jupes sous l'œil de Mme Hutchins, les yeux de Linnet se posèrent là où sa taille aurait dû se trouver... et ne se trouvait pas.

— Ma parole, dit-elle d'une voix faible, j'ai vraiment l'air d'attendre un enfant. Regardez comme elle gonfle, ajouta-t-elle après s'être tournée sur le côté. C'est à cause de tous ces plis, juste sous la poitrine. Je pourrais cacher deux bébés sous toutes ces épaisseurs de tissu.

Eliza, sa femme de chambre, se garda bien de formuler une opinion. Mais son chaperon n'eut pas les mêmes scrupules.

— Selon moi, ce n'est pas tant la faute de vos jupons que de votre poitrine, déclara-t-elle d'une voix légèrement accusatrice, comme si Linnet était responsable de sa morphologie.

Mme Hutchins, quant à elle, ressemblait à une gargouille. Linnet l'aurait bien vue pétrifiée au sommet d'une église médiévale. C'était sans doute la raison pour laquelle le vicomte l'avait engagée.

Linnet reporta les yeux sur le miroir. En toute honnêteté, la robe était plutôt décolletée, mais sans rien de rédhibitoire.

— Vous êtes trop bien pourvue, continua Mme Hutchins. Ajoutez à cela la manière dont votre robe ballonne, et vous avez l'air d'attendre un heureux événement.

— Il n'aurait pas été précisément heureux, fit remarquer Linnet.

— Dans votre situation, non.

Mme Hutchins se racla la gorge. C'était une manie exaspérante qui, chez elle – Linnet l'avait appris au cours des derniers mois –, précédait des propos désagréables.

— Comment diable ne nous en sommes-nous pas aperçues ? s'écria-t-elle avant qu'elle ne décoche sa flèche. Que je perde ma réputation, et peut-être même mes chances de mariage, parce que cette robe a trop de plis et de jupons semble quand même très injuste !

— Vos manières sont en cause, affirma Mme Hutchins. L'exemple de votre mère aurait dû vous apprendre que lorsqu'on agit en dévergondée, on est considérée comme telle. J'ai essayé de vous inculquer quelques règles de bienséance au cours des derniers mois, mais vous ne m'avez pas écoutée. À présent, vous récoltez ce que vous avez semé.

— Mes manières n'ont rien à voir avec cette robe et l'effet qu'elle a sur ma silhouette, riposta Linnet.

Elle n'était pas du genre à s'observer sous toutes les coutures dans un miroir. Mais il lui aurait suffi de se regarder avec attention, de se tourner pour voir son profil...

— C'est le décolleté, s'entêta Mme Hutchins. Vous ressemblez à une vache laitière, si vous voulez bien me pardonner cette comparaison.

N'étant pas portée à l'excuser, Linnet choisit de l'ignorer. Pourquoi ne l'avait-on pas avertie du danger ? Une femme devrait toujours se regarder de profil lorsqu'elle s'habille.

— Si vous voulez un conseil, reprit Mme Hutchins après s'être de nouveau raclé la gorge, couvrez davantage cette poitrine. Ce décolleté est inconvenant. Je vous l'ai dit et redit depuis deux mois et vingt-trois jours que je vis ici.

Linnet compta jusqu'à cinq, puis déclara froidement :

— C'est la seule poitrine que j'aie, madame Hutchins, et toutes les femmes portent ce genre de robe. Mon décolleté n'a rien de particulier.

— Elle vous fait ressembler à une frégate légère.

— À une quoi ?

— Une frégate légère. D'une femme légère !

— Ce n'est pas un bateau, une frégate ?

— Si, exactement. Le genre de bateau qui visite de nombreux ports.

— Je crois bien que c'est la première plaisanterie que vous ayez jamais faite. Dire que je m'inquiétais de votre absence d'humour.

À ces mots, les coins de la bouche de Mme Hutchins s'abaissèrent et elle refusa d'ajouter quoi que ce soit sur le sujet. Elle refusa également d'accompagner Linnet dans le salon.

— Je n'ai rien à voir avec ce qui vous arrive, argua-t-elle. C'est la volonté du ciel, et vous pouvez le dire à votre père de ma part. J'ai fait de mon mieux pour vous inculquer quelques principes, mais il était trop tard.

— Je trouve cela plutôt injuste. Même une très jeune frégate légère devrait avoir la chance de visiter au moins *un* port avant d'être sabordée.

— Vous osez plaisanter ! hoqueta Mme Hutchins. Vous n'avez pas la moindre idée de ce qu'est la bienséance – pas la moindre ! Et nous savons tous, je pense, qui est à blâmer.

— En fait, je sais mieux que la plupart des gens ce qui est bienséant et ce qui ne l'est pas. Après tout, madame Hutchins, c'est moi qui ai grandi auprès de ma mère, pas vous.

— Voilà bien l'origine du problème ! Ce n'est pas comme si madame votre mère avait été une fille de cordonnier s'enfuyant avec un rétameur. Personne ne s'intéresse à ces gens-là. Elle, elle dansait comme un voleur dans le brouillard alors que tout le monde la regardait. Elle n'avait pas la dépravation discrète.

— Un voleur dans le brouillard, répéta Linnet. Est-ce une citation de la Bible ?

Mais Mme Hutchins se contenta de pincer les lèvres avant de quitter la pièce.

2

Château Owfestry, Pendine, pays de Galles,
demeure ancestrale des ducs de Windebank

Piers Yelverton, comte de Marchant et héritier du duc de Windebank, souffrait considérablement. Mais il savait depuis longtemps que penser à la douleur – quel mot ridicule pour désigner le martyre qu'il endurait ! – donnait à celle-ci un pouvoir qu'il lui refusait. Aussi prétendit-il ne pas la remarquer et s'appuya-t-il un peu plus lourdement sur sa canne pour soulager sa jambe droite.

La douleur le rendait irritable. À moins que ce ne soit l'obligation de perdre son temps avec cet imbécile bavard.

— Mon fils souffre de diarrhées importantes et de douleurs abdominales, expliquait lord Sandys en l'attirant vers le lit.

Dans celui-ci gisait son fils, émacié et le teint jaunâtre. Âgé d'une trentaine d'années, il avait un visage allongé et une expression de piété insupportable. Encore que cette dernière était peut-être due au livre de prières qu'il serrait contre sa poitrine.

— Nous sommes désespérés, poursuivit lord Sandys. Cinq médecins se sont succédé à son chevet à Londres, et l'amener ici est notre dernier espoir. Jusqu'à présent, on l'a saigné, on lui a appliqué des sangsues, on lui a donné des décoctions d'orties. Il ne boit que du lait d'ânesse, jamais de lait de vache. Oh, et puis, nous lui avons administré plusieurs doses de soufre, mais sans résultat !

— L'un des imbéciles que vous avez vus est sans doute Sydenham, répliqua Piers. Il est obsédé par le soufre doré d'antimoine. Même pour un doigt pincé, vous y avez droit. Avec de l'opium, bien sûr.

— Le Dr Sydenham avait l'espoir que le soufre soulagerait les symptômes de mon fils. Mais ça n'a rien fait.

— Évidemment. Cet homme est assez sot pour avoir été admis au sein du Collège royal des médecins. Cela aurait dû vous alerter.

— Mais vous-même…

— Uniquement pour leur faire plaisir, coupa Piers en se penchant sur le malade. Ça n'a pas dû améliorer votre état de vous traîner jusqu'au pays de Galles pour me voir.

L'homme cligna des yeux, puis dit lentement :

— Nous étions en voiture.

— Inflammation des yeux, constata Piers. Signe d'un récent saignement de nez.

— Qu'en déduisez-vous ? demanda Sandys. De quoi a-t-il besoin ?

— D'un décrassage soigneux. Il est toujours de cette couleur ?

— Sa peau est un peu jaune, admit Sandys. Ça ne vient pas de mon côté, précisa-t-il, inutilement, car lui-même avait le nez couleur cerise.

— Vous êtes-vous empiffré de lamproie ? demanda Piers au patient.

L'homme le regarda comme si des cornes venaient de lui pousser sur le crâne.

— De lonpra ? C'est quoi, une lonpra ? Je n'en ai jamais mangé.

— Il ne connaît pas l'histoire de l'Angleterre, constata Piers en se redressant. Mieux vaut qu'il meure.

— Vous avez demandé s'il avait mangé de la lamproie ? intervint Sandys. Il déteste le poisson et ne supporte pas les anguilles.

— C'est surtout qu'il est sourd comme un pot. Le premier roi Henri – l'un des nombreux rois fous qu'a comptés ce pays, même s'il n'était pas aussi fêlé que l'actuel – abusait de la lamproie. Tant et si bien qu'il en est mort.

— Je ne suis pas sourd ! protesta le malade. J'entendrais aussi bien que n'importe qui si on cessait de marmonner. Mais j'ai mal aux articulations. C'est cela, le problème.

— Le problème, c'est que vous êtes en train de mourir, répliqua Piers.

Sandys l'attrapa par le bras pour l'écarter du lit.

— Ne dites pas des choses pareilles devant mon fils. Il n'a que trente-deux ans.

— Son corps semble en avoir quatre-vingts. A-t-il beaucoup fréquenté les actrices ?

— Certainement pas ! Notre famille ne fréquente que...

— Des belles de nuit ? Des gourgandines ? Des filles de joie ? Des mères maquerelles ? Encore que les maquerelles nous ramènent au poisson, et vous m'avez dit qu'il ne le supportait pas. Qu'en est-il des poissons femelles ?

— Mon fils est un homme d'Église ! s'indigna Sandys.

— Voilà qui explique tout. Tout le monde ment, mais les ecclésiastiques sont les pires. Il a la syphilis, comme tous les autres. Plus ils sont pieux, plus ils sont atteints. J'aurais dû le savoir dès que j'ai vu ce livre de prières.

— Pas mon fils, protesta Sandys avec conviction. C'est un homme de Dieu. Il l'a toujours été.

— Comme je le disais...

— Je parle sérieusement. Il mène une vie de saint, ce garçon. Quand il a eu seize ans, je l'ai emmené chez Vénus Rose, mais il n'a montré aucun intérêt pour les filles. Il a commencé à prier et leur a demandé de se joindre à lui, ce qu'elles ont refusé. Il peut prétendre à la sainteté.

— Une plus haute autorité en décidera sous peu. Je ne peux rien faire pour lui.

— C'est impossible ! s'écria Sandys en lui agrippant le bras. Les autres médecins lui ont tous donné des remèdes en assurant...

— Ce sont des imbéciles qui ne vous ont pas dit la vérité.

Sandys déglutit avec peine.

— Il se portait bien jusqu'à ses vingt ans. C'était un beau garçon, en pleine santé, et puis...

— Emmenez votre fils chez vous et laissez-le mourir en paix. Parce qu'il va mourir, que je lui donne du soufre ou pas.

— Pourquoi ? chuchota Sandys.

— La syphilis. Il est sourd, diarrhéique, il a la peau jaune, les yeux et les articulations enflammés, il saigne du nez. Il souffre sans doute de maux de tête.

— Il n'a jamais connu de femme. Jamais ! Je le jure. Il vous l'aurait dit si ses parties intimes étaient affectées.

— Il n'est pas nécessaire d'avoir fréquenté une femme, déclara Piers, qui se dégagea de l'étreinte de Sandys et tira sur sa manche pour la défroisser.

— Comment pourrait-il avoir la syphilis sans...

— Ça peut être avec un homme.

Sandys parut si choqué que Piers s'adoucit.

— Ou ça peut être vous, ce qui est le plus probable. Ces jolies dames auxquelles vous rendiez visite dans votre jeunesse ont infecté ce garçon avant même sa naissance.

— J'ai été soigné avec du mercure, se défendit Sandys.

— En pure perte. Vous l'avez toujours. À présent, si vous voulez bien m'excuser, j'ai des choses importantes à faire. Comme de soigner un patient qui a peut-être une autre année à vivre.

Quand Piers sortit dans le vestibule, il y trouva Prufrock, son majordome.

— Je me demande comment vous faites, lui dit-il. Ce doit être difficile de diriger une maison en étant obligé de passer tout votre temps dans les couloirs pour surprendre chaque mot précieux qui sort de ma bouche.

— Ça ne me pose pas de problème particulier, assura Prufrock en lui emboîtant le pas. Cela dit, j'ai beaucoup d'entraînement. Vous ne croyez pas que vous avez été un peu dur avec lord Sandys ?

— Dur, moi ? Certainement pas. Je lui ai dit exactement ce qui n'allait pas chez son fils, et je lui ai indiqué les mesures à prendre – en somme, le ramener chez lui pour y attendre le chœur des anges.

— C'est quand même son fils qui est en train de mourir. Et si je vous ai bien compris, c'est lui qui a transmis la maladie à ce pauvre garçon. C'est un sale coup.

— Ça n'aurait pas du tout gêné mon père, répliqua Piers. S'il avait un autre héritier, s'entend. Mais Sandys a une tripotée d'enfants. Non seulement un héritier, mais des remplaçants.

— Comment le savez-vous ?

— L'Église, espèce d'idiot. Il a destiné ce garçon à l'Église dès son plus jeune âge. L'héritier, lui, doit fréquenter les bordels comme son cher vieux papa. Il n'aurait jamais été autorisé à s'approcher d'une Bible.

— Votre père le duc aurait été bouleversé à l'idée de vous avoir transmis une maladie de cette nature.

— Peut-être, dit Piers en affectant d'y réfléchir. Ou peut-être pas. Je m'étonne que mon père n'ait pas épousé une gamine de vingt ans. Voire de seize. Le temps passe et, à ce train-là, il n'aura jamais le remplaçant dont il a besoin.

— Sa Grâce était tout entière dévouée à la duchesse et a été blessée par les terribles événements du passé, déclara Prufrock avec un dédain manifeste pour la vérité.

Piers ne se donna pas la peine de répondre. Sa jambe le lançait comme si quelqu'un lui perçait la cuisse avec un tisonnier brûlant.

— J'ai besoin d'un verre... Vous pourriez peut-être courir en avant comme un majordome zélé pour m'attendre dans la bibliothèque avec un bon cognac ?

— Je continuerai de marcher à côté de vous, pour le cas où vous trébucheriez.

— Vous vous voyez déjà en train de me rattraper, je suppose, répliqua Piers, avec un coup d'œil oblique sur la silhouette efflanquée de son domestique.

— En fait, non. Mais j'appellerais un valet, lequel pourrait vous traîner le long du couloir. Le sol est en marbre, vous pourriez souffrir d'une commotion cérébrale, et cela vous rendrait peut-être un peu plus gentil avec vos patients. Et je ne parle pas de votre personnel. À cause de vous, Betsy était encore en pleurs ce matin. Vous avez l'air de croire que les filles de cuisine poussent sur les arbres.

Dieu merci, ils atteignaient la bibliothèque. Piers s'arrêta un instant. L'idée de l'amputation lui traversa l'esprit, et ce n'était pas la première fois. Que n'aurait-il donné pour être délivré de cette douleur infernale !

— Votre père a écrit, l'informa Prufrock. J'ai pris la liberté de poser la lettre sur votre bureau.

— Pris la liberté de l'ouvrir à la vapeur, plus probablement. Qu'avait-il à dire ?

— Il s'intéresse à votre avenir conjugal, répondit Prufrock avec entrain. À croire que la dernière lettre que vous lui avez envoyée, celle avec la liste de vos exigences, ne l'a pas découragé. J'en suis un peu surpris, je l'avoue.

— Celle dans laquelle je le traitais d'idiot ? Parce que vous l'avez lue aussi, espèce de fouine ?

La porte de la bibliothèque se rapprochait et il sentait presque le cognac glisser dans sa gorge.

— Je lui ai dit que je n'accepterais une femme que si elle est aussi belle que la lune et le soleil, continua-t-il. Ce qui est une citation littéraire, au cas où vous l'ignoreriez. Et j'ai ajouté un certain nombre d'autres conditions, dont certaines censées le pousser au désespoir.

— Il est en train de chercher une épouse, déclara Prufrock.

— Pour lui-même, j'espère, répliqua Piers, que cette nouvelle laissa indifférent. Encore qu'il a attendu un peu longtemps. Les hommes de son âge n'ont plus les couilles de leur jeunesse, si vous voulez bien excuser la vulgarité de cette vérité, Prufrock. Dieu sait que vous avez une sensibilité plus délicate que la mienne.

— C'était le cas avant que je commence à travailler pour vous, précisa Prufrock en ouvrant la porte de la bibliothèque d'un geste théâtral.

N'ayant plus en tête que le feu liquide qui soulagerait sa douleur, Piers se dirigea droit vers le carafon de cognac et en versa une bonne dose dans un verre.

— Ainsi, il cherche une épouse, répéta-t-il distraitement. La journée a été plutôt abominable. Vous vous en moquez, tout comme moi, mais je ne peux rien faire pour la jeune femme qu'on a trouvée devant la porte de service, ce matin.

— Celle qui a le ventre très gonflé ?

— Ce n'est pas le gonflement habituel. Si je l'ouvre, je la tue. Et si je ne l'ouvre pas, la maladie va la tuer. Alors, entre les deux, j'ai fait le choix le plus facile.

— Vous l'avez renvoyée ?

— Elle n'avait nulle part où aller. Je l'ai remise entre les mains de nurse Matilda, avec pour consigne de lui donner un lit dans l'aile ouest et de lui administrer suffisamment d'opium pour l'empêcher de penser à ce qui va arriver. Dieu merci, ce château est suffisamment vaste pour accueillir la moitié des mourants d'Angleterre.

— Votre père, lui rappela Prufrock, et la question du mariage.

Il essayait de le distraire. Piers se versa un autre verre, plus petit, cette fois. Il ne souhaitait pas tomber la tête la première dans une bouteille de cognac et ne plus jamais remonter. Ne serait-ce que parce qu'il avait appris de ses patients que le cognac n'endormait plus la douleur quand on en abusait.

— Ah, le mariage ! répéta-t-il avec docilité. Il serait temps. Ma mère est partie depuis vingt ans. Enfin, « partie » n'est pas vraiment le terme adéquat. Mais cette chère maman menant une existence agréable sur le continent, Sa Grâce ferait aussi bien de se remarier. Il ne lui a pas été facile d'obtenir le divorce, figurez-vous. Ça a dû lui coûter l'équivalent d'un petit domaine. Il devrait moissonner pendant que le soleil brille ou, moins poétiquement, pendant qu'il peut encore avoir une érection de temps à autre.

— Votre père ne va pas se marier, déclara Prufrock, d'un ton qui obligea Piers à tourner les yeux vers lui.

— Vous ne plaisantiez donc pas.

— J'ai l'impression que Sa Grâce vous considère – vous ou votre mariage – comme un défi. Peut-être auriez-vous dû réduire la liste de vos exigences. Il se peut que cela n'ait fait que renforcer la détermination du duc. Qu'il ait pris le projet à cœur, en quelque sorte.

— Vous dites n'importe quoi. Il ne réussira jamais à trouver quelqu'un. J'ai une certaine réputation, figurez-vous.

— Votre titre pèse plus que votre réputation, observa Prufrock. Sans compter le détail non négligeable du domaine de votre père.

— Vous avez probablement raison, hélas ! reconnut Piers en décidant de s'accorder un petit verre supplémentaire. Mais que faites-vous de ma blessure ? Vous croyez qu'une femme accepterait d'épouser un homme... Mais qu'est-ce que je dis ? Bien sûr qu'une femme l'accepterait.

— À mon avis, peu de jeunes femmes considéreraient cela comme un problème insurmontable. En revanche, votre personnalité...

— Allez vous faire voir, lança Piers, mais sans conviction.

3

À l'instant où Linnet franchit la porte du salon, son père gémit :

— J'ai refusé trois demandes en mariage pour toi le mois dernier, et je peux te dire que je n'en recevrai plus jamais une seule. Bon sang, même moi, je ne pourrais pas te prendre pour une jeune fille ! On te croirait grosse de quatre ou cinq mois.

Quand Linnet se laissa tomber dans un fauteuil, ses jupes flottèrent un instant tel un nuage blanc avant de s'abattre autour d'elle.

— Je ne suis pas enceinte, dit-elle avec lassitude.

— Une dame n'utilise pas ce terme, fit remarquer lord Sundon. Tu n'as donc rien appris de ta gouvernante ? On peut faire allusion à une « situation délicate » ou à un « état intéressant », à la rigueur. Ce qui fait la fierté et la joie des gens de notre rang, c'est de pouvoir ignorer tout ce qui se rattache aux vulgaires fonctions naturelles…

Linnet cessa d'écouter. Son père était une apparition d'un bleu céleste, un miracle d'élégance, avec son gilet aux boutons d'argent incrustés de fleurs d'ivoire et sa veste ornée d'un col prussien. S'il avait toujours excellé dans l'art d'ignorer les contingences matérielles, Linnet, elle, n'y était jamais parvenue.

À cet instant, on frappa à la porte avec vigueur. Malgré elle, Linnet tourna un regard plein d'espoir vers le majordome lorsqu'il entra pour annoncer une visite. Le prince Augustus avait dû se raviser. Comment aurait-il pu rester dans son château en sachant qu'elle avait été rejetée par la haute société ? On avait dû lui rapporter que plus personne ne lui avait adressé la parole après son départ.

Le prince était bien placé pour savoir que cette histoire n'était qu'une faribole. Ou, en tout cas, que l'enfant n'était pas de lui. Peut-être était-ce la raison pour laquelle il l'avait repoussée aussi abruptement. Qui sait s'il ne la croyait pas effectivement enceinte des œuvres d'un autre ?

Mais le visiteur tant espéré était une visiteuse : la tante de Linnet, lady Etheridge – Zenobia pour les intimes. Elle s'était elle-même rebaptisée ainsi lorsque, encore jeune fille, elle avait compris que le prénom Hortense ne convenait pas à sa personnalité.

— Je savais qu'il en résulterait un malheur, annonça-t-elle en laissant tomber ses gants sur le sol plutôt que de les tendre au valet de pied.

Zenobia adorait le drame, et lorsqu'elle était pompette, elle n'hésitait pas à informer une tablée entière qu'elle aurait pu jouer lady Macbeth mieux que Sarah Siddons en personne.

— Je vous ai dit cent fois, Cornelius, que cette fille était trop jolie pour son propre bien. Et j'avais raison. La voilà dans une situation délicate, et tout Londres le savait sauf moi.

— Je ne suis pas… commença Linnet.

Mais elle fut interrompue par son père, qui choisit d'esquiver la question en montant à l'attaque.

— Ce n'est pas la faute de ma fille si elle ressemble à sa mère !

— Ma sœur était aussi pure que la neige fraîchement tombée ! hurla Zenobia.

À présent que la bataille était engagée, rien ne saurait plus l'arrêter.

— Ma femme était certes froide – j'en sais quelque chose –, mais nous savons tous à quelle vitesse cette princesse des neiges pouvait se réchauffer... surtout à proximité d'une couronne, maintenant que j'y songe !

— Rosalyn méritait un roi ! glapit Zenobia.

Elle s'avança à grands pas pour se planter au milieu de la pièce, le bras tendu comme si elle s'apprêtait à lancer une flèche. Linnet reconnut la pose : celle de Sarah Siddons la semaine précédente, sur la scène de Covent Garden, quand sa Desdémone repoussait les cruelles accusations d'infidélité d'Othello.

Mais son pauvre père n'avait pas vraiment la stature d'un guerrier comme Othello. Le fait est que sa chère maman l'avait trompé sans vergogne, et qu'il le savait. Tante Zenobia aussi, même si elle feignait l'ignorance.

— Je ne vois pas en quoi cette discussion est pertinente, intervint Linnet. Maman est morte depuis plusieurs années, et son penchant pour les têtes couronnées n'est plus d'actualité.

— Je défendrai toujours ta mère, même si elle gît désormais dans le froid d'un tombeau, répliqua sa tante en lui jetant un regard éploré.

Linnet se recroquevilla dans son fauteuil. Sa mère était dans la tombe, c'est vrai. Et pour être franche, elle lui manquait sans doute plus qu'à Zenobia, car les deux sœurs ne cessaient de se disputer chaque fois qu'elles se voyaient. La plupart du temps à cause d'un homme, il fallait bien l'admettre. Encore que, à son crédit, Zenobia était moins volage que ne l'avait été sa sœur.

— C'est cette beauté, déclara le vicomte. Elle a tourné la tête de Linnet, exactement comme elle avait tourné celle de Rosalyn. Ma femme croyait que sa beauté l'autorisait à faire tout ce qu'elle...

— Rosalyn n'a jamais rien fait de fâcheux ! l'interrompit Zenobia.

— Elle a tourné le dos à la respectabilité pendant des années, poursuivit lord Sundon en enflant la voix. Et voilà que sa fille a suivi ses traces et qu'elle est déshonorée. Déshonorée !

Zenobia ouvrit la bouche puis la referma. Il y eut un silence.

— Le problème n'est pas vraiment Rosalyn, finit-elle par dire en se tapotant les cheveux. Nous devons nous occuper de cette chère Linnet, à présent. Lève-toi, ma chérie.

Linnet s'exécuta.

— Cinq mois, je dirais. Comment diable as-tu réussi à me le cacher ? Franchement, j'étais aussi choquée que tous les autres, hier soir. La comtesse de Derby s'est montrée plutôt acerbe avec moi – elle croyait à des cachotteries de ma part. J'ai dû avouer que je n'étais au courant de rien, et je ne suis pas sûre qu'elle m'ait crue.

— Je n'attends pas d'enfant, articula lentement Linnet.

— Elle a dit la même chose hier soir, confirma son père. Et tout à l'heure, elle paraissait normale. Mais plus maintenant.

Linnet tira sur l'étoffe qui gonflait juste sous ses seins.

— Vous voyez, je n'attends pas d'enfant. Il n'y a rien d'autre là que du tissu.

— Ma chérie, il faudra bien que tu nous le dises un jour, observa Zenobia, qui sortit un petit miroir de son réticule pour s'y contempler. Au train où tu vas, tu seras plus grosse qu'une maison dans quelques mois.

Personnellement, je me retirerais à la campagne dès que mon tour de taille épaissirait.

— Qu'allons-nous faire d'elle ? gémit le vicomte, qui s'effondra dans un fauteuil telle une marionnette dont on aurait coupé les fils.

— Il n'y a rien que vous puissiez faire, répliqua Zenobia tout en se poudrant le nez. À part l'envoyer à l'étranger le temps que tout rentre dans l'ordre. Ensuite, on verra si elle peut attraper quelqu'un. Vous avez intérêt à doubler sa dot, Cornelius. Heureusement, c'est une héritière. Il se trouvera bien un homme que cela intéressera.

Après avoir reposé sa houppette, elle agita l'index devant Linnet.

— Ta mère serait très déçue, ma chérie. Elle ne t'a donc rien appris ?

— Vous voulez dire, je suppose, que Rosalyn aurait dû lui enseigner l'art d'être aussi dévergondée qu'elle, intervint le vicomte son père.

Mais il demeurait tassé dans son fauteuil et semblait avoir perdu sa flamme.

— Je n'ai pas couché avec le prince, se défendit Linnet avec énergie. J'aurais pu, c'est évident. Le cas échéant, il se serait peut-être senti obligé de m'épouser. Mais j'ai choisi de m'abstenir.

Avec un grognement, son père laissa tomber sa tête contre le dossier de son fauteuil.

— Je n'ai rien entendu, prétendit Zenobia, les yeux étrécis. Un membre de la famille royale serait pardonnable. Mais si cet enfant n'est pas au moins de sang ducal, je ne veux pas en entendre parler.

— Je ne suis pas... commença Linnet.

Sa tante l'interrompit d'un geste impérieux.

— Je viens de me rendre compte, Cornelius, que vous tenez là une planche de salut. Dis-nous qui est le père de cet enfant, continua-t-elle à l'adresse de sa nièce, et ton père exigera le mariage. Personne d'inférieur à un prince n'oserait lui opposer un refus.

Sans même reprendre haleine, elle pivota vers son beau-frère.

— Il se peut que vous ayez à vous battre en duel. Je suppose que vous avez des pistolets quelque part dans cette maison ? N'aviez-vous pas menacé de vous battre avec lord Billetsford, il y a quelques années ?

— Après l'avoir trouvé au lit avec Rosalyn, répondit le père de Linnet, avec plus de résignation que de tristesse. Un lit tout neuf. Nous ne l'avions que depuis une semaine ou deux.

— Ma sœur avait de nombreuses passions, commenta Zenobia, attendrie.

— Vous disiez à l'instant qu'elle était blanche comme neige ! aboya le vicomte.

— Son âme n'a jamais été touchée. Elle est morte en état de grâce.

Comme personne ne jugea bon de la contredire, Zenobia ajouta :

— Quoi qu'il en soit, vous feriez mieux de ressortir ces pistolets et de vérifier qu'ils fonctionnent encore. Vous aurez peut-être à menacer de tuer cet homme. Encore que, selon mon expérience, si vous doublez la dot, il ne fera pas trop de difficultés.

— Il n'y a pas d'homme à menacer, assura Linnet.

Zenobia émit un ricanement incrédule.

— Ne me dis pas que tu vas tenter l'immaculée conception, ma chérie. J'ai du mal à croire que cela ait très bien marché à Jérusalem. Chaque fois que l'évêque en parle à la messe de Noël, je ne peux m'empêcher de penser que cette pauvre fille n'a pas dû rire lorsqu'il a fallu convaincre les gens qu'elle disait la vérité.

— Je ne vois pas ce que viennent faire les Écritures saintes dans la conversation, répliqua le père de Linnet. Nous parlons de princes, pas de dieux.

— Cette robe me fait paraître plus ronde, c'est tout, maugréa Linnet.

Zenobia se laissa tomber dans un fauteuil.

— Es-tu en train de me dire que tu n'attends *pas* d'enfant ?

— Je ne cesse de le répéter. Je n'ai pas couché avec le prince ni avec qui que ce soit d'autre.

Après avoir gardé un silence accablé, la tante de Linnet finit par déclarer :

— Seigneur tout-puissant, tu es déshonorée sans même avoir croqué dans le gâteau. Le pire, c'est qu'exhiber un tour de taille irréprochable ne te servira à rien, désormais. Les gens supposeront simplement que tu as, pour ainsi dire, réglé le problème.

— Après le refus du prince de l'épouser, c'est ce que je supposerais moi-même, étant donné les circonstances, renchérit le vicomte d'une voix lasse.

— Ce n'est pas juste ! s'écria Linnet. Avec la... la réputation de maman, les gens s'attendaient que je sois naturellement portée sur le flirt...

— C'est un euphémisme, dit son père. Ils pensaient que tu serais une traînée et, à présent, ils savent que tu en es une. Sauf que tu n'en es pas.

— La faute de la beauté, assura sa tante en se rengorgeant légèrement. La beauté des femmes de ma famille est une malédiction. Voyez cette pauvre Rosalyn, morte si jeune.

— Je n'ai pas l'impression que vous soyez frappée par cette malédiction, répliqua le vicomte, non sans grossièreté.

— Oh, mais si ! riposta Zenobia. Si, si, si ! Elle m'a appris ce qui aurait pu être, si les chaînes de la naissance ne m'avaient pas retenue. J'aurais pu me produire sur les scènes du monde entier, vous savez. Rosalyn aussi. J'imagine que c'est la raison pour laquelle elle était tellement...

— Tellement quoi ? rugit le vicomte.

— Irrésistible.

— Impure, vous voulez dire.

— Elle savait qu'elle aurait pu épouser le plus beau parti du pays, déclara Zenobia. Et, voyez-vous, notre chère Linnet a caressé ce même rêve et elle est maintenant déshonorée.

— Rosalyn n'aurait pas pu épouser le plus beau parti du pays, rétorqua le vicomte, pour la bonne raison que des lois régissent les mariages royaux. Tu n'aurais pas pu y penser, avant de créer un tel scandale avec le jeune Augustus ? ajouta-t-il en pointant un index accusateur sur sa fille. Pour l'amour du ciel, tout le monde sait qu'il a épousé une Allemande, il y a quelques années. À Rome, si je ne m'abuse. Le roi a dû intervenir en personne pour faire annuler le mariage.

— Je l'ignorais jusqu'à hier, lorsque le prince m'en a parlé, riposta Linnet.

— Personne ne raconte ce genre de choses aux jeunes filles, déplora Zenobia. Si vous vous inquiétiez tant pour elle, Cornelius, pourquoi n'avez-vous pas assisté à ces soirées pour la surveiller vous-même ?

— Parce que j'étais occupé ! Et que j'ai trouvé une femme pour jouer le rôle de chaperon puisque vous êtes trop paresseuse pour vous en charger. Mme Hutchins est une femme parfaitement respectable, et qui semblait avoir cerné le problème. Où est-elle, au fait ? Elle m'a assuré qu'elle garderait ton nom aussi blanc que neige.

— Elle a refusé de descendre.

— Par peur d'affronter la tempête, marmonna-t-il. Et ta gouvernante ? Je lui ai dit et redit que tu devais être deux fois plus chaste que les autres pour compenser la réputation de ta mère !

— Mme Flaccide s'est sentie insultée, hier soir, lorsque vous l'avez traitée de suppôt de Satan et que vous l'avez accusée de faire de moi une catin.

— J'avais bu un verre ou deux, répondit son père sans manifester le moindre repentir. Je noyais mon chagrin après qu'on m'eut dit en face – en face ! – que ma fille unique avait été débauchée.

— Elle est partie il y a une heure environ, continua Linnet. Et je doute qu'elle revienne parce que, d'après Tinkle, elle a emporté une grande partie de l'argenterie.

— Peu importe l'argenterie, intervint Zenobia. On ne devrait jamais fâcher les meilleurs domestiques, parce qu'ils savent invariablement où se trouvent les objets de valeur. Mais il y a beaucoup plus important : j'imagine que ta gouvernante savait tout des billets doux que ce royal bellâtre t'a envoyés ?

— Il ne m'a jamais écrit de lettres d'amour, s'il s'agit de cela. Toutefois, un matin, il y a environ un mois, il a bombardé la fenêtre de ma chambre de fraises. Mme Flaccide et Mme Hutchins ont décidé à ce moment-là que nous ne devions en parler à personne.

— Et maintenant, elle est en train de le raconter au monde entier, conclut Zenobia. Vous êtes vraiment un imbécile, Cornelius. Vous auriez dû lui donner aussitôt cinq cents livres et l'expédier dans le Suffolk. À présent, Flaccide doit transformer chaque fraise en un champ entier. Avec elle, Linnet ne va pas tarder à attendre des jumeaux.

Malheureusement, Linnet ne put la contredire. Sa gouvernante et elle ne s'étaient jamais appréciées. En vérité, il était rare qu'une femme l'aime. Dès son entrée dans le monde, quatre mois plus tôt, Linnet avait remarqué que les autres filles se rassemblaient en petits groupes et riaient sous cape. Mais aucune d'entre elles n'avait jamais partagé la plaisanterie avec Linnet.

Zenobia tendit la main vers le cordon de sonnette.

— Je ne comprends pas pourquoi vous ne m'avez pas offert de thé, Cornelius. La vie de Linnet a peut-être pris un virage, mais cela ne nous empêche pas de manger.

— Ma fille est déshonorée et vous voulez du thé ? gémit son père.

Tinkle parut si rapidement que Linnet le soupçonna d'écouter derrière la porte, ce qui n'avait rien de surprenant.

— Nous allons prendre le thé et manger quelque chose, lui dit Zenobia. Veillez à apporter aussi une ou deux choses amincissantes.

Comme le majordome fronçait les sourcils, elle précisa avec impatience :

— Concombre, vinaigre, ce genre de produits.

Quand il eut refermé la porte, elle désigna le buste de Linnet d'un geste de la main.

— Nous devons faire quelque chose pour *ça*. Personne ne te qualifierait de ronde, ma chérie, mais tu n'es pas non plus une liane, n'est-ce pas ?

De nouveau, Linnet compta jusqu'à cinq.

— Ma silhouette est semblable à celle de ma mère, répliqua-t-elle ensuite. Et à la vôtre.

— La tentation de Satan, commenta son père avec morosité.

— Même pas, répliqua Linnet. J'ai eu un prince, mais ce n'était pas celui des ténèbres.

— Augustus ne pourrait même pas être un démon mineur, renchérit sa tante. Maintenant que j'y pense, je ne suis pas étonnée qu'il n'ait pas réussi à te séduire. Il est assez nigaud, dans son genre.

— Une mode qui donne à une jeune fille l'allure d'une future mère ne devrait pas exister, grommela le vicomte. Le cas échéant, je refuse de m'y soumettre. C'est-à-dire que je refuserais de m'y soumettre si j'étais du genre à porter des robes. C'est-à-dire, si j'étais une femme.

— Vous devenez de plus en plus bizarre au fil des ans, Cornelius, fit remarquer Zenobia. Je ne comprendrai jamais pourquoi ma sœur a accepté de vous épouser.

— Maman aimait papa, assura Linnet avec toute la fermeté dont elle était capable.

Elle s'accrochait à cette idée depuis des années. En vérité, depuis cette soirée déconcertante où elle était tombée sur sa mère se livrant à des activités très intimes avec un inconnu.

— J'aime ton père, avait alors affirmé sa mère. Mais, ma chérie, l'amour n'est pas suffisant pour les femmes comme moi. J'ai besoin d'adorateurs, de déclarations, de poèmes, de fleurs, de bijoux... et je ne parle pas du fait que François est bâti comme un dieu, sans parler de ce qui pend entre ses jambes – il a vraiment tout ce qu'il faut.

Comme Linnet lui adressait un regard interrogateur, sa mère avait ajouté :

— Peu importe, ma chérie. Je t'expliquerai tout cela plus tard, lorsque tu seras un peu plus âgée.

Elle n'en avait pas eu le temps. Toutefois, Linnet réussit à glaner suffisamment de renseignements pour interpréter cette expression à sa manière.

— Rosalyn m'aimait à la façon dont Augustus t'aime, lui dit son père. En bref : pas assez.

— Pour l'amour du ciel, s'écria Zenobia, en s'emparant d'un petit pain sur le plateau que venait d'apporter Tinkle, il y a de quoi m'envoyer dans l'abîme du désespoir ! Laissons cette pauvre Rosalyn reposer dans sa tombe, voulez-vous ? Vous me faites maudire le jour où elle a décidé de vous accorder sa main.

— Avec cette histoire, tout me revient à l'esprit, dit le vicomte d'une voix morne. Linnet ressemble à sa mère ; cela crève les yeux.

— C'est trop injuste, se plaignit Linnet. J'ai été un modèle de chasteté durant cette saison. Durant toute mon existence, en fait !

— Il y a simplement quelque chose en toi... commença-t-il, le front plissé.

— Tu as un air déluré, intervint sa tante, mais sans méchanceté. C'est entièrement la faute de Rosalyn, que le ciel lui pardonne ! Tu as tout hérité d'elle : cette fossette, ce quelque chose dans les yeux et dans la bouche. Tu as tout d'une dévergondée.

— Une dévergondée se serait bien plus amusée que moi au cours de cette saison, protesta Linnet. Je me suis montrée aussi sage que n'importe quelle jeune fille de la haute société – vous pouvez demander à Mme Hutchins.

— Cela semble effectivement injuste, reconnut Zenobia.

Une goutte de miel coula le long de son petit pain avant d'aller s'écraser sur la soie mauve de sa robe.

— J'espère que vous avez dit à la comtesse que jamais je ne suis restée seule avec Augustus, insista Linnet.

— Comment l'aurais-je pu ? répliqua Zenobia. Je ne connais pas ton calendrier mondain, ma chérie. J'étais aussi choquée que cette chère comtesse, je te le garantis.

Linnet eut un grognement de dépit.

— Je pourrais me promener toute nue que personne ne croirait que je n'attends pas d'enfant ! Vous l'avez pratiquement confirmé, tante Zenobia. Et papa a renvoyé Mlle Flaccide, qui doit maintenant se répandre en horreurs sur mon compte dans toute la ville. Je crois sincèrement que je vais devoir aller vivre à l'étranger ou à la campagne.

— Il est très facile de plaire aux Français, observa Zenobia. Encore que cette guerre soit un peu gênante… Mais j'ai une autre idée.

Si Linnet ne put se résoudre à interroger sa tante, son père demanda d'un ton méfiant :

— De quoi s'agit-il ?

— Pas de quoi… de *qui* !

— Qui ?

— Yelverton, l'héritier de Windebank.

— Qui diable est Windebank ? Vous voulez parler de Yonnington – Walter Yonnington ? Si le fils ressemble, même de loin, à son père, je ne le laisserai pas s'approcher de ma fille. Même si elle attendait bel et bien un enfant.

— Très gentil de votre part, papa, murmura Linnet qui, puisque sa tante ne lui offrait pas de petit pain, se servit elle-même.

— Amincissement, ma chérie. Pense à l'amincissement, lui lança Zenobia d'un ton aimable, mais ferme.

Linnet pinça les lèvres et ajouta une couche de beurre sur son petit pain.

Avec un soupir, sa tante reprit :

— Yelverton porte le titre de duc de Windebank, Cornelius. Franchement, je me demande comment vous réussissez à vous y retrouver à la Chambre des lords vu votre méconnaissance de l'aristocratie.

— Je sais ce que j'ai besoin de savoir, riposta le vicomte. Et je ne m'embête pas avec ce dont je n'ai pas besoin. Si vous parliez de Windebank, pourquoi ne pas l'avoir dit ?

— Je pensais à son fils, expliqua Zenobia. Laissez-moi réfléchir... Je crois qu'il a un prénom curieux. Peregrine ou... Penrose... Non, j'y suis ! Piers.

— Ça me fait penser à des quais[1], commenta lord Sundon.

— Mme Hutchins m'a traitée de frégate légère ce matin, rapporta Linnet. Un quai, ce serait juste ce qu'il faut pour m'amarrer.

Zenobia secoua la tête.

— C'est précisément à cause de ce genre de remarque que tu te trouves dans cette situation, Linnet, déclara

1. Le mot anglais *pier* signifie jetée ou embarcadère. *(N.d.T.)*

Zenobia. Je te l'ai dit et répété : faire de l'esprit te dessert. Les gens aiment qu'une dame soit belle, certes, mais ils attendent d'elle qu'elle se comporte en dame. C'est-à-dire qu'elle soit douce, obligeante et raffinée.

— Et pourtant, on vous considère comme une dame, répliqua Linnet.

— Je suis mariée. Du moins je l'étais jusqu'au trépas d'Etheridge. Je n'ai pas besoin de me montrer douce et candide. Toi, si. Tu aurais intérêt à polir un peu ton langage avant de te rendre dans le pays de Galles pour y rencontrer Yelverton. Il doit porter le titre de comte de Marchant. Ou est-ce Mossford ? Je ne m'en souviens plus. Je ne l'ai jamais rencontré, bien sûr.

— Moi non plus, fit remarquer lord Sundon. Essayez-vous d'apparier Linnet à un gamin, Zenobia ? Cela ne marchera jamais.

— Il ne s'agit pas d'un gamin. Il doit avoir plus de trente ans. Trente-cinq, peut-être. Vous vous souvenez sûrement de cette histoire, Cornelius ?

— Je ne prête pas attention aux histoires, rétorqua sèchement le vicomte. C'était le seul moyen de survivre sous le même toit que votre sœur.

— Vous avez vraiment besoin d'un traitement pour soigner votre mélancolie. Vous laissez la bile fermenter dans votre corps, et c'est très néfaste. Rosalyn est morte. Laissons-la reposer en paix, s'il vous plaît.

Linnet jugea que le moment était venu d'intervenir.

— Tante Zenobia, pourquoi pensez-vous que le duc voudrait de moi comme épouse pour son fils ?

— Il est désespéré. Je le tiens de Mme Nemble, qui est l'amie intime de lady Grymes dont, vous le savez, le mari est le demi-frère de Windebank.

— Non, je ne le sais pas, rétorqua le vicomte. Et d'ailleurs, je m'en moque. Pourquoi Windebank est-il désespéré ? Son fils est-il simple d'esprit ? Je ne me souviens pas de l'avoir vu à la Chambre.

— Pas simple d'esprit. Mieux encore ! s'exclama Zenobia d'un ton triomphant.

Il y eut un silence, au cours duquel Linnet et son père s'efforcèrent de comprendre ce que cela pouvait signifier.

— Il n'a pas ce qu'il faut, expliqua Zenobia.

— Ce qu'il faut ? répéta le vicomte sans comprendre.

— Il lui manque quelque chose, précisa-t-elle.

— Un doigt ? hasarda Linnet.

— Pour l'amour du ciel, il faut toujours que je mette les points sur les i dans cette maison ! L'homme a été victime d'un accident lorsqu'il était jeune. Il marche avec une canne. Et cet accident l'a laissé impuissant, pour appeler un chat un chat. Il n'a pas d'héritier et n'en aura pas.

— Impuissant ? fit Linnet. Qu'est-ce que cela signifie ?

Nouveau silence. Son père et sa tante l'observèrent avec un intérêt non dissimulé.

— C'est à vous de l'expliquer, finit par déclarer le vicomte en se tournant vers Zenobia.

— Pas devant vous, répliqua celle-ci.

Puis, comme Linnet attendait toujours, elle ajouta :

— Tout ce que tu as besoin de savoir pour le moment, c'est qu'il est incapable d'engendrer un enfant. C'est le point crucial.

Linnet confronta ce fait avec les commentaires variés lâchés par sa mère au fil des ans, et elle s'aperçut qu'elle n'avait aucune envie d'en savoir plus.

— En quoi est-ce mieux que simple d'esprit ? risqua-t-elle cependant. Chez un mari, je veux dire.

— Simple d'esprit, ça peut vouloir dire qu'il bave à la table du dîner, et Dieu sait quoi d'autre, répondit sa tante.

— Mais c'est de la « Bête » qu'il s'agit ! s'écria soudain Sundon. Bien sûr que j'ai entendu parler de lui. Simplement, je n'y ai pas pensé tout de suite.

— Marchant n'est pas une bête, protesta Zenobia. Ce ne sont que d'infâmes ragots, Cornelius, et j'aurais pensé que vous étiez au-dessus de cela.

— Tout le monde le surnomme ainsi, souligna le vicomte. L'homme possède un caractère épouvantable. C'est un médecin brillant, paraît-il, mais il a un tempérament infernal.

— Dans tout mariage, il y a des tiraillements, observa Zenobia en haussant les épaules. Attendez qu'il voie Linnet. Il sera surpris et enchanté que le destin lui accorde une aussi belle épouse.

— Dois-je vraiment choisir entre simple d'esprit et bestial ? s'enquit Linnet.

— Non, entre simple d'esprit et impuissant, rectifia sa tante avec impatience. Ton futur mari sera reconnaissant de cet enfant que tu es censée porter, et je peux t'assurer que ton futur beau-père sera enthousiaste.

— Vraiment ? dit lord Sundon.

— Mais vous ne comprenez donc pas ? s'écria Zenobia en se levant vivement. D'un côté, nous avons un duc solitaire avec un fils – un seul. Un duc obsédé par le sang bleu, qui se considère comme un ami intime du roi, ou du moins, c'était le cas avant que le roi ne devienne cinglé.

— Jusque-là, je vous suis, admit le vicomte.

— Chut ! intima Zenobia, qui détestait être interrompue. D'un côté, donc, le duc solitaire et désespéré ; de l'autre, le fils blessé et incapable. Et dans la balance... un royaume.

— Un royaume ? répéta le vicomte, les yeux exorbités.

— Métaphoriquement parlant, intervint Linnet, avant de se saisir d'un autre petit pain.

Voyant Zenobia plus souvent que son père, elle connaissait son goût prononcé pour les fioritures rhétoriques.

— Un royaume sans avenir, scanda Zenobia, parce qu'il n'y a pas d'enfant pour perpétuer son nom.

— Le duc est-il… commença lord Sundon.

— Chut ! Je vous le demande, de quoi cette famille désespérée a-t-elle besoin ?

Ni Linnet ni son père ne s'aventurèrent à répondre. Heureusement, car Zenobia n'avait posé la question que pour ménager son effet.

— Je vous le demande de nouveau : de quoi cette famille désespérée a-t-elle besoin ? Elle a besoin… d'un *héritier* !

— Comme nous tous, soupira le vicomte.

Linnet tapota la main de son père. L'un des faits plutôt cruels de l'existence, c'était que sa mère, qui avait pourtant dispensé ses faveurs avec générosité, n'avait donné à son mari qu'un unique enfant. Une fille, qui ne pouvait hériter que d'une partie infime des possessions de son père.

— Elle a besoin, poursuivit Zenobia en haussant la voix pour reconquérir l'attention de son public, elle a besoin d'un *prince* !

Après quelques instants, Linnet s'enhardit à répéter :

— Un prince, tante Zenobia ?

— Un prince, ma chérie, confirma cette dernière avec le sourire béat de la comédienne comblée. Et toi, petite chanceuse, tu possèdes exactement ce dont le duc a besoin. Il cherche un héritier et tu portes cet héritier, qui est, de surcroît, de sang royal.

— Je vois ce que vous voulez dire, déclara lentement le vicomte. Ce n'est pas une idée inintéressante, Zenobia.

— Aucune de mes idées n'est inintéressante, répliqua-t-elle en rosissant. Jamais.

— Mais je n'ai pas de prince, fit remarquer Linnet. Si je vous comprends bien, le duc de Windebank cherche une femme enceinte…

Son père grogna, et elle se reprit :
— C'est-à-dire que le duc accepterait peut-être une femme dans ma situation infortunée parce que, ainsi, son fils aurait un fils…
— Pas seulement un fils, dit Zenobia. Un prince. Windebank est effroyablement hautain. Il préférerait mourir plutôt que d'accepter n'importe quelle fille légère dans sa famille. Mais le fils d'un prince ? Il l'accueillerait les bras ouverts.
— Mais…
— Vous avez raison, Zenobia. Sapristi, vous êtes vraiment une vieille rusée ! rugit le vicomte.
Zenobia se redressa de toute sa hauteur.
— Qu'avez-vous dit, Cornelius ?
— Je ne l'entendais pas dans ce sens, pas du tout, assura-t-il avec un geste désinvolte de la main. De l'admiration, rien que de l'admiration, pure et sincère…
— J'admets que c'est un plan parfait, dit-elle d'un ton conciliant en se tapotant les cheveux. Vous devriez lui rendre visite dès cet après-midi. Il vous faudra emmener Linnet au pays de Galles pour le mariage. C'est là-bas que vit Marchant.
— Le mariage, répéta Linnet. Vous n'oubliez pas quelque chose ?
— Quoi ? demandèrent sa tante et son père à l'unisson.
— Je ne porte pas de prince ! cria-t-elle. Je n'ai jamais couché avec Augustus. Dans mon ventre, il n'y a rien d'autre qu'un petit pain mâché.
— Quel commentaire répugnant, fit remarquer sa tante avec un frisson.
— Je suis d'accord, renchérit lord Sundon. C'est tout à fait déplaisant. Parler de nourriture de cette manière…
— Ce qui est déplaisant, l'interrompit sa fille, c'est votre intention de vendre à un duc entiché de sang bleu mon enfant à naître – alors que je n'attends même pas d'enfant !

— C'est la raison pour laquelle je conseillais d'agir rapidement, répliqua sa tante.

— Comment cela ?

— Eh bien, disons que ton père va se rendre chez Windebank cet après-midi même, et que celui-ci mordra à l'hameçon – ce qui ne fait aucun doute.

— Cela ne résout pas le problème, observa Linnet.

— Non, bien sûr, reconnut Zenobia, qui lui adressa un sourire aimable. Mais nous ne pouvons pas tout faire à ta place, ma chérie. La suite est entre tes mains.

— Que voulez-vous dire ?

Son père se leva. Manifestement, il n'écoutait pas.

— Je porterai mon habit à la « Jean de Bry » et mes bottes à gland, marmonna-t-il en s'éloignant.

— Surtout pas le « de Bry », lui lança Zenobia.

Le vicomte s'arrêta à la porte.

— Pourquoi ?

— Les épaules ont un petit quelque chose de... d'anxieux. Vous ne devez pas paraître anxieux. Après tout, vous vous offrez à sauver la lignée de cet homme.

Il hocha la tête et franchit le seuil en murmurant :

— Le manteau de cour vert sauge aux parements festonnés...

— Tante Zenobia, reprit Linnet avec une patience qui lui parut admirable, comment suis-je censée offrir un enfant de sang royal à un mari que je n'ai jamais rencontré ?

— Ma chérie, répondit Zenobia avec un sourire, tu n'es pas une femme de ma famille si tu as besoin de demander *cela*.

Linnet en resta un instant bouche bée.

— Vous ne voulez pas dire que...

— Évidemment. Dès que ton père aura signé ces papiers, tu auras... oh... une douzaine d'heures avant de partir pour le pays de Galles.

— Une douzaine d'heures, répéta Linnet en espérant se méprendre. Vous ne voulez pas dire que…

— Augustus t'a suivie partout comme un toutou, répliqua sa tante. Un regard aguicheur et un sourire joyeux devraient suffire. Pour l'amour du ciel, tu n'as donc rien appris de ta mère ?

— Non, répondit Linnet d'un ton catégorique.

— En fait, avec ta poitrine, tu n'as même pas besoin de sourire.

— Vous voulez donc vraiment dire que je… je…

— Toi. Augustus. Séduction. Lit, énonça Zenobia avec obligeance. Douze heures et seulement *un* prince… ça devrait être assez facile.

— Je…

— Tu es la fille de Rosalyn. Et ma nièce. La séduction, surtout lorsqu'elle porte sur un membre de la famille royale, coule dans tes veines.

— Je ne sais pas comment, riposta Linnet. J'ai peut-être l'air déluré, mais je ne le suis pas.

— Mais si, tu l'es ! lança gaiement sa tante. Fais-toi faire un enfant, c'est tout. Songe à toutes ces femmes qui y sont parvenues, et qui étaient loin de posséder tes avantages, ton esprit, ton corps, ton sourire.

— Mon éducation tout entière a été tournée vers la chasteté, lui rappela Linnet. J'ai eu une gouvernante cinq années de plus que toutes les autres filles, justement pour m'éviter d'apprendre de telles choses.

— La faute de ton père. Il était effrayé par les aventures de Rosalyn.

Quelque chose dans l'expression de Linnet arracha un soupir à Zenobia. À croire qu'elle supportait le poids du monde sur ses épaules.

— Je suppose que je pourrais te trouver un volontaire si, vraiment, tu ne peux te résoudre à te rapprocher du prince. Certes, ce ne serait pas conventionnel, mais il existe des établissements qui pourraient représenter une alternative.

— Quelle sorte d'établissement ?

— Des bordels ouverts aux femmes, bien sûr. Il y en a un dont j'ai justement entendu parler, près de Covent Garden. Des hommes fortunés, paraît-il. Ils viennent pour se divertir je suppose.

— Ma tante, vous ne voulez quand même pas dire que...

— Si tu ne peux pas séduire le prince, nous serons obligées d'aborder le problème sous un angle différent, l'interrompit Zenobia en lui tapotant le bras. Je t'emmènerai au bordel. D'après ce que j'ai compris, une dame peut se dissimuler derrière un rideau et choisir l'homme qu'elle désire. Mieux vaudrait en choisir un qui ressemble à Augustus. Je me demande si nous ne pourrions pas simplement envoyer un message à cet effet, et que l'on nous envoie l'homme ici ?

Comme Linnet poussait un gémissement, sa tante enchaîna :

— Tu ne croyais tout de même pas que j'allais t'abandonner au moment où tu es dans l'embarras ? Je ressens tout le fardeau de l'amour d'une mère, maintenant que cette chère Rosalyn n'est plus.

Il était stupéfiant que sa tante ait réussi à ignorer ce fardeau durant toute la saison, et même durant les années qui l'avaient précédée, mais Linnet s'abstint de le faire remarquer.

— Je ne me rendrai pas dans un bordel, déclara-t-elle.

— Dans ce cas, je suggère que tu t'assoies pour écrire un petit billet à ce coquin de prince, répliqua sa tante d'un ton léger. Sincèrement, tu fais preuve de sagesse en choisissant ce dernier. Commencer sa vie conjugale avec un mensonge concernant l'enfant n'est jamais une bonne chose. Le mariage en soi, avec toutes ses tentations, en suscite bien assez. On commande toujours beaucoup trop de robes et on dépense plus que ses revenus. Sans parler des hommes, conclut-elle en lui envoyant un baiser du bout des doigts.

— Mais je voulais…

— Je suis tellement contente de ne pas être mariée en ce moment ! Non pas que je sois heureuse qu'Etheridge soit mort, bien sûr. Mais bon…

Sur ce, Zenobia s'en alla.

Et ce que Linnet attendait du mariage n'était visiblement plus une question intéressante.

4

— Vous devez plaisanter, dit Piers à Prufrock. La liste de mes exigences en matière d'épouse s'étalait sur une page entière.

— Une lecture fascinante, commenta Prufrock. J'ai particulièrement apprécié la partie où vous admettiez votre incapacité au lit. Et la larme qui tachait la feuille juste à cet endroit…

— Ce n'était pas une larme, espèce d'idiot, répliqua Piers d'un ton irrité, mais du cognac.

— Oh, très bien ! Je déteste l'idée que vous ayez pleuré durant toute la rédaction.

— Pourquoi ne pleurerais-je pas ? riposta Piers qui, après avoir caressé l'idée de reprendre un verre, y renonça. Montrez-moi un homme affligé d'une blessure comme la mienne qui n'ait pas le cœur brisé en songeant à l'avenir sombre qui l'attend.

— L'avenir sombre et *sinistre*, corrigea Prufrock. Ne perdez pas cette discrète allitération au moment le plus poignant.

— Le désespoir de ne jamais avoir une femme aimante à son côté, l'amertume à la pensée que, jamais, une petite main poisseuse ne s'accrochera à son pouce, la…

— Ou, pour en venir à ce qui est vraiment important, les années sans baiser.

— Vous essayez de me réconforter ?

— La réputation de la chose est peut-être usurpée, répondit Prufrock avec un manque flagrant de conviction.

— Quelle école avez-vous fréquentée ? demanda Piers. Vous êtes beaucoup trop cultivé pour un majordome. La plupart de ceux que je connais disent des choses du genre « Comme vous voudrez, milord » et en restent là. Notre conversation devrait se dérouler ainsi : « Prufrock, amenez-moi une fille de joie. » À quoi vous répondriez : « Comme vous voudrez, milord. »

— Elle vous servirait à quoi ? Étant donné les circonstances ?

— Un point pour vous, marmonna Piers. Eh bien, je crois que je vais aller me baigner. La marée est haute.

Il quitta le château par une porte latérale tout en continuant de s'interroger sur son majordome. Lorsqu'il avait engagé Prufrock, un an auparavant, il le soupçonnait d'être au service de son père. Autrement dit d'être un espion.

Mais comment diable son père avait-il déniché un majordome comme Prufrock, dont le sens de l'humour et la langue étaient plus acérés encore que ceux de Piers lui-même ? En un mot, le seul majordome au monde, probablement, que Piers garderait envers et contre tout au château ?

La seule réponse serait que le duc le connaisse un peu ou le comprenne. Comme c'était tout à fait impossible, Piers chassa cette idée.

La piscine, creusée dans le rocher au bord de la mer, se remplissait et se vidait avec la marée, tout en étant protégée des vagues les plus fortes. C'était un spectacle magnifique que ce bassin de pierre aux eaux saphir sous la lumière déclinante. Comme souvent au crépuscule, la mer s'était calmée, et Piers contempla un moment le jeu des rayons dorés sur les douces ondulations des vagues.

Puis, se secouant, il ôta ses vêtements. S'il avait appris une chose au cours des dernières années, c'était que s'il n'exerçait pas quotidiennement sa jambe, elle lui faisait un mal de chien. Il n'avait pas nagé la veille et en supportait les conséquences aujourd'hui. Non pas que l'exercice supprimât toute souffrance ; mais, en l'absence de celui-ci, la douleur était telle qu'il luttait pour ne pas recourir aux opiacés.

Il plongea d'un rocher plat, s'enfonça profondément dans l'eau et sentit ses cheveux se détacher – une fois de plus, il avait oublié d'enlever ce maudit ruban. Une onde de bien-être physique le parcourut quand sa jambe, débarrassée du poids de son corps, fouetta l'eau avec énergie. Sans même y penser, il commença à nager, se propulsant dans l'eau d'une manière qui lui était interdite sur la terre ferme.

Il parcourut dix longueurs, vingt longueurs... À cinquante, il était fatigué, mais il s'obligea à en aligner dix de plus avant de se hisser sur le rocher d'un geste souple, le corps ruisselant. En raison de sa blessure, il tirait une grande satisfaction de la puissance de ses bras et de son torse. Même si le médecin en lui savait que ce n'était rien d'autre que de la vanité.

— Milord, dit un jeune valet de pied en s'avançant pour lui tendre une grande serviette.

— Tu es nouveau, nota Piers après avoir levé les yeux sur lui. Comment t'appelles-tu ?

— Neythen, milord.

— On dirait une maladie terrible. Ou plutôt, un problème intestinal. « Je suis désolé, lord Sandys, votre fils a contracté le neythen et n'a plus qu'un mois à vivre. Non, non, je ne peux rien faire. » Sandys aurait préféré entendre ça plutôt que la syphilis.

— Ma mère, elle m'a toujours dit que je porte le nom d'un saint, pas d'une maladie, déclara Neythen, l'air perplexe.

— Lequel ?

— Eh ben, c'est celui à qui on a coupé la tête, vous voyez ? Et alors, il l'a ramassée et il l'a portée le long du chemin. Jusqu'à sa maison, je crois bien.

— Salissant. Et improbable, qui plus est. Encore qu'il faille tenir compte des poulets et de leurs exploits *post mortem*. Elle pensait que tu hériterais de ce don ?

Neythen cligna des yeux.

— Non, milord.

— Peut-être qu'elle l'espérait quand même. Après tout, il appartient aux mères d'anticiper l'avenir. Je serais assez tenté de te couper la tête pour voir si elle avait raison. Quelquefois, on découvre un fondement aux superstitions les plus saugrenues.

Le valet recula d'un pas.

— Seigneur, tu es jeune, hein ? Et alors, pourquoi Prufrock t'a-t-il envoyé ici ? Non pas que je n'apprécie pas la serviette, bien sûr.

— M. Prufrock m'a dit de vous dire qu'un patient vous attend, milord.

— Il y a toujours un ou deux patients dans le coin, répliqua Piers en se séchant les cheveux. Je dois d'abord prendre un bain. Je suis couvert de sel.

— Le signal n'était pas relevé, c'est pour ça que M. Prufrock m'a dit de vous prévenir.

— Le bain avant le patient. Ma vie est suffisamment désastreuse pour que mon majordome ne vienne pas me dire, en plus, ce que je dois faire.

— Celui-là, il vient de loin. De Londres. C'est un gros seigneur.

— Gros, tu dis ? Trop de graisse pour son cœur, sans doute. Ramasse ma canne et donne-la-moi, tu veux ?

— Je voulais dire qu'il a l'air important, pas qu'il a de la graisse, rectifia Neythen en s'exécutant. Je l'ai vu arriver. Il a un habit tout en velours et il est mince comme une rame à pois. Et il porte une perruque.

— Un autre mourant, décréta Piers, qui commença à remonter vers le château. Juste ce qu'il nous fallait. Sous peu, nous allons être obligés d'ouvrir notre propre cimetière. Évidemment, continua-t-il quand Neythen parut en peine de commentaire, ça ne te concerne pas, puisque tu peux emporter ta tête jusqu'à ton village et te faire enterrer là-bas. Mais je commence à me sentir comme le joueur de flûte de Hamelin, en pire. Ils viennent me voir au pays de Galles, ils meurent ; le lendemain, il en vient davantage.

— Vous en guérissez quelques-uns, non ?

— Quelques-uns, répondit Piers. Mais très peu. D'abord, je suis anatomopathologiste, ce qui signifie que je suis vraiment meilleur avec les macchabées. Ils ne se tortillent pas et ils n'attrapent pas de maladies infectieuses. Quant aux vivants, je ne peux rien faire d'autre que les observer. Quelquefois, je ne trouve rien avant qu'ils meurent, et il est alors trop tard. Quelquefois, j'ouvre les cadavres, et je n'ai toujours pas la moindre idée de ce qui a pu aller de travers.

Comme Neythen grimaçait, Piers continua :

— Tu as bien fait de devenir valet de pied plutôt que médecin. Nous, les chirurgiens, nous passons notre temps à découper les gens, morts ou vivants. C'est le seul moyen de découvrir ce qu'il y a dedans, tu comprends.

— C'est dégoûtant !

— Ne t'inquiète pas. Si tu arrives à ramener ton corps décapité chez toi, je ne pourrai pas l'ouvrir pour voir ce qui t'est arrivé, n'est-ce pas ?

Tout en parlant, Piers avait franchi le dernier rocher et posé le pied sur le chemin. Comme Neythen ne disait rien, il le mit en garde :

— Il est hors de question que tu démissionnes, tu m'entends ? C'est ma tête à moi que Prufrock arrachera, si jamais il perd encore du personnel à cause de mes remarques déplacées.

Du silence que Neythen observa jusqu'à la maison, Piers déduisit qu'il n'avait pas l'intention de démissionner pour le moment.

— Je suppose que je dois voir ce patient avant de prendre mon bain.

— Comme ça, milord ?

Piers baissa les yeux sur la serviette drapée autour de sa taille.

— Tu m'as bien dit qu'un patient attendait ?

— Oui, mais…

— Rien ne me plaît davantage que de rencontrer des aristocrates en culottes de velours alors que je suis vêtu d'une serviette. Ils vont me mentir de toute façon, mais ça les oblige à rester sur leurs gardes.

— Ils mentent ? articula Neythen, l'air choqué.

— C'est le propre de l'aristocratie. Sérieusement. De nos jours, seuls les pauvres s'embarrassent d'honnêteté.

5

Après avoir quitté le salon, Linnet se rendit tout droit dans les appartements de sa mère, le seul endroit où elle était certaine de ne pas être dérangée.

Rien ou presque n'avait changé depuis la mort de Rosalyn. Mais si le boudoir fleuri demeurait le même, il y manquait le plus important : la délicieuse personne à laquelle il servait autrefois de cadre.

Rosalyn avait su se faire aimer de son mari en dépit de son tempérament infidèle. Elle avait aussi su se faire aimer de tous les autres hommes. Et elle aimait Linnet, pas seulement parce qu'elle retrouvait en elle sa propre beauté.

Linnet s'assit devant la coiffeuse, comme elle l'avait fait à quatorze ans, anéantie par la mort soudaine de sa mère. Il y avait un peu de poussière sur les deux brosses au manche d'argent. Elle allait devoir rappeler à Tinkle qu'il fallait veiller à ce que le ménage soit fait correctement.

En les effleurant l'une après l'autre, elle se souvint de sa mère assise sur ce même tabouret, qui se brossait les cheveux en riant. Personne n'avait jamais ri comme Rosalyn aux plaisanteries de Linnet. Avec elle, vous aviez l'impression d'être la personne la plus spirituelle du monde.

Linnet soupira. Sa mère aurait adoré la plaisanterie sur la frégate légère qui trouve son quai. Puis elle se serait parfumée et, les yeux brillants, elle se serait enfuie pour aller retrouver quelque charmant gentleman.

Linnet tourna le regard vers le portrait de Rosalyn accroché au mur. Celle-ci lui souriait. Elle lui rendit son sourire, et n'eut pas besoin de se regarder dans le miroir de la coiffeuse pour savoir qu'une fossette identique à celle de sa mère lui creusait la joue. Elles avaient les mêmes boucles claires, les mêmes grands yeux bleus, la même petite bouche provocante, le même...

Non, pas le même.

Certes, Linnet avait hérité du charme de sa mère, et rares étaient les hommes à ne pas y succomber. Ce que Zenobia appelait « le sourire de famille » était considéré comme leur plus précieux héritage.

La différence, c'était que Linnet n'allait pas plus loin.

Pour dire la vérité, elle n'aimait même pas être embrassée. Les baisers, c'était salissant, et la salive... eh bien, c'était dégoûtant.

Elle avait toujours pensé qu'un jour, un homme entrerait dans la salle de bal, et qu'elle se dirait que de celui-là elle tolérerait les baisers. Malheureusement, personne n'avait suscité cette réaction durant la saison. Raison pour laquelle elle avait flirté aussi outrageusement avec le prince.

Une fille qui flirte avec un prince est en général dispensée de flirter avec d'autres hommes. Ils en comprennent la raison et, en conséquence, elle n'apparaît pas grossière. Du reste, à ses moments perdus, Linnet ne manquait pas de faire feu de son sourire afin de conserver une petite cour autour d'elle. Cela lui donnait l'impression d'être sur scène, à la Zenobia.

Qui aurait pensé que la chose la plus importante – cette qualité qui, pratiquement, définissait sa mère – lui ferait totalement défaut ?

Pourtant, c'était le cas.

Non seulement Linnet n'éprouvait pas de désir pour les hommes, mais c'est à peine si elle les appréciait.

Ils étaient grands, poilus et avaient tendance à sentir fort. Même son père, qu'elle adorait, se comportait comme un petit garçon : il se plaignait, gémissait et faisait des histoires à n'en plus finir.

Tous les hommes se comportaient comme des petits garçons. Et qui pouvait désirer un petit garçon ?

Entendant l'écho de la voix de sa mère, Linnet songea avec irritation : avec ce qu'il fallait entre les jambes ou pas, les hommes demeuraient des créatures pitoyables.

Une pensée lui vint soudain. Si le comte était impuissant...

Ils n'auraient pas à s'embrasser. Elle n'aurait pas à supporter tout ce qu'impliquait un homme avec ce qu'il fallait entre les jambes, et qui (merci maman !) l'avait révoltée et horrifiée pendant des années.

Elle n'aurait rien d'autre à faire qu'affecter de porter un enfant suffisamment longtemps pour l'épouser, puis prétendre avoir perdu ledit enfant.

Au fond, épouser ce Piers semblait presque aller de soi. Car elle ne le tromperait jamais (un homme ayant son problème devait redouter cette éventualité).

Elle était ce qu'il pouvait espérer trouver de mieux : belle et chaste à la fois. La sainteté faite épouse, en quelque sorte.

Après s'être levée, elle balaya une dernière fois du regard le boudoir de sa mère.

— Tu me manques, murmura-t-elle au portrait souriant sur le mur. Tu me manques vraiment.

Mais les mots lui serrèrent le cœur, et elle sortit en hâte.

6

Ce soir-là, au dîner, le père de Linnet raconta que le duc de Windebank s'était jeté sur sa proposition avec un manque flagrant de dignité.

— Apparemment, il connaissait tout de toi, Linnet. Et, Zenobia, vous aviez raison : le petit scandale provoqué par Linnet ne l'a pas ébranlé.

— Toute la bonne société parlait de Linnet bien avant les malheureux événements d'hier soir, fit remarquer Zenobia.

— Vous ne me croirez peut-être pas, mais il était moins intéressé par sa beauté que par son éducation. Je lui ai dit que Linnet avait reçu toute l'éducation dont une fille a besoin, que c'était la femme la plus intelligente que je connaisse, et cela lui a cloué le bec. Je ne comprends pas pourquoi il ne s'est jamais remarié. Sa femme s'est sauvée en France il y a des années, non ? En emmenant le petit avec elle.

— C'est normal, elle était française. Il a obtenu le divorce, dit Zenobia. D'après les rumeurs, il a dû verser deux mille livres sterling pour acheter sa liberté. Et ensuite, il n'en a rien fait. À l'heure qu'il est, il pourrait avoir un tas d'héritiers potentiels.

— Ce que je n'aime pas, c'est cette obsession du sang bleu, avoua lord Sundon. Si vous voulez mon avis, la monarchie lui est montée à la tête. Il m'a dit que son arrière-arrière-grand-tante du côté de son père fut intime avec Henri VIII.

— Le roi qui a eu six femmes ? demanda Linnet.

— Eu et assassiné, précisa Zenobia avec délectation. Exactement comme dans l'histoire de Barbe-Bleue, sauf que c'est vrai.

— Quoi qu'il en soit, Windebank est content, parce qu'il a du sang Tudor dans les veines et que, grâce à notre Linnet, celui-ci se mêlera au sang des Hanovre. Tout est bien qui finit bien, conclut le vicomte, l'air beaucoup plus heureux que le matin même. Un jour, nous nous souviendrons de toute cette histoire en riant.

Linnet éprouvait quelques difficultés à l'imaginer.

— Je suppose que tu as envoyé un billet au prince ? lui dit Zenobia.

Bien qu'elle n'en eût rien fait, Linnet hocha la tête.

— Je le retrouve ce soir dans les jardins de Vauxhall.

En réalité, elle avait l'intention de faire un petit somme pendant que la voiture la promènerait dans Londres.

— Vauxhall ? répéta Zenobia, dubitative. Heureusement, la nuit est chaude. Il n'empêche que c'est un drôle d'endroit pour un rendez-vous secret. On aurait pu penser qu'il t'emmènerait dans l'un ou l'autre de ses pavillons de chasse.

— C'est probablement ce qu'il fera, intervint le vicomte. Assure-toi simplement d'être ici demain matin, car Windebank veut te rencontrer. Je lui ai dit que nous voulions t'envoyer au pays de Galles aussi vite que possible. Inutile que tu t'attardes à Londres.

Dans la famille, c'était la mère de Linnet qui s'attirait toutes les condamnations en raison de ses inconvenances. Mais parfois, Linnet songeait que son père se montrait tout aussi inconvenant, d'une façon différente. Plus médiocre, pour dire la vérité.

— Croyez-moi, continua-t-il, cette solution est la meilleure. Après tout, Augustus ne t'aurait jamais épousée. Et il n'y a pas un seul duc sur le marché, cette année. Alors qu'un jour ou l'autre, Marchant aura le titre.

— Elle aurait pu prétendre à mieux qu'un eunuque boiteux, fit remarquer Zenobia. Je suppose que le duc va obtenir une dispense de bans ?

— Bien sûr. Il l'apportera demain. Et il a envoyé un messager au pays de Galles cet après-midi même, afin de prévenir son fils. Vous imaginez qu'il n'est pas habituel de se retrouver avec une femme et un enfant sans en être avisé.

— Il vous faudra veiller à ce que le mariage soit célébré rapidement, Cornelius, dit Zenobia. Au cas où la visite de Linnet à Vauxhall ne donnerait pas le résultat escompté.

— Eh bien, c'est-à-dire que…

Linnet se raidit. Cette intonation, elle la connaissait, elle l'avait entendue un million de fois.

— Papa, vous ne pouvez pas m'envoyer au pays de Galles toute seule ! s'écria-t-elle.

— Je suis désolé de devoir énoncer une vérité douloureuse, mais tu n'as plus besoin de chaperon, répliqua-t-il d'un air évasif. Encore que nous pourrons peut-être persuader Mme Hutchins de t'accompagner, si tu insistes.

Zenobia le dévisagea, les yeux plissés.

— Seriez-vous en train de dire, Cornelius, que vous songez à envoyer votre fille unique au fin fond du pays de Galles sans l'y accompagner ?

— Je ne peux pas m'absenter de Londres en ce moment ! s'emporta lord Sundon.

— Je ne me sens pas de taille à effectuer un tel voyage toute seule, surtout avec la perspective de rencontrer une *bête*, argua Linnet d'une voix douce mais ferme, exactement comme sa mère l'aurait fait.

— Le comte de Marchant a été injustement critiqué, assura le vicomte. Son père m'a tout raconté. C'est un médecin brillant, figure-toi. Tu te souviens que sa mère l'a emmené en France ? Eh bien, il a obtenu un diplôme universitaire là-bas. De retour en Angleterre, il a continué ses études à Oxford avant d'être admis au Collège royal des médecins à l'âge de vingt-trois ans – ce qui est exceptionnel. Ensuite, il est allé à Édimbourg pour y apprendre des choses et d'autres, ou peut-être que c'était avant le Collège royal...

— Cornelius, coupa Zenobia, vous êtes un sacré couard.

— Je ne suis pas un couard ! protesta-t-il. Des affaires importantes me retiennent en ville. La Chambre des lords est en session, je vous rappelle, et j'en suis un membre important – très important, même. Ma voix est essentielle.

— Vous êtes un couard servile, insista Zenobia. Vous ne voulez pas aller affronter la Bête, alors que vous envoyez votre fille – et l'enfant qu'elle porte – à l'autre bout du pays pour l'épouser.

Maintenant que Zenobia s'était emparée de l'histoire, Linnet commençait à se sentir comme l'une de ces damoiselles, à la cour du roi Arthur, qui se retrouvent immanquablement aux prises avec un grand serpent. Sa tante avait le don de transformer le moindre événement en mélodrame. Même si, il fallait l'admettre, il s'agissait bel et bien d'un petit drame.

— Vous abandonnez votre fille à la merci d'un sauvage ! conclut Zenobia d'une voix aiguë.

Curieusement, le vicomte ne rendit pas les armes.

— Ma décision est prise. Je n'irai pas au pays de Galles.

— Pourquoi ? s'enquit Linnet avant que Zenobia reparte à l'attaque.

— Je ne suis pas un proxénète ! tonna son père. J'ai peut-être été trompé par ma femme, mais je ne redoublerai pas ma honte en vendant mon unique enfant.

— C'est déjà fait, aboya Linnet. Vous m'avez bradée cet après-midi même, en mentant au sujet d'un enfant dont nous savons tous les trois qu'il n'existe pas.

— Ta mère ne m'aurait jamais parlé sur ce ton, rétorqua-t-il, le visage figé.

C'était la vérité. Linnet ne se rappelait pas avoir jamais entendu la voix de Rosalyn perdre sa douce musicalité. Il n'empêche qu'elle était incapable de dominer sa colère.

— Je suis désolée de vous décevoir, mais mon ton ne change rien à la vérité.

— La vérité, c'est que toute fille est plus ou moins bradée, intervint Zenobia. Mais je crois réellement que vous devriez accompagner cette pauvre Linnet, Cornelius. Que se passera-t-il si, en la voyant, Marchant refuse de l'épouser ?

— Impossible, affirma lord Sundon. Elle est bien trop...

À cet instant, la porte s'ouvrit et Tinkle annonça :

— Sa Grâce le duc de Windebank vous prie de le recevoir.

— À cette heure ? s'étonna le vicomte.

— Est-il dehors ? s'enquit Zenobia.

Le duc était effectivement dans sa voiture, attendant de voir si lord Sundon pouvait lui accorder un instant.

— Il ne faut pas qu'il me voie ! s'affola Linnet en baissant les yeux sur sa taille. Dans cette robe, je n'ai pas l'air d'attendre une royale progéniture.

— Je lui ai dit que cela se voyait à peine, répliqua son père. Contente-toi de t'asseoir très vite après l'avoir salué.

Le duc de Windebank devait avoir une soixantaine d'années, mais il paraissait plus jeune. Il était aussi remarquablement séduisant. Son profil majestueux, en accord avec son rang, aurait pu figurer sur une pièce de monnaie.

— Bonsoir, mademoiselle Thrynne, dit-il en s'inclinant. Vous êtes aussi belle qu'on me l'avait dit.

Linnet exécuta une révérence conçue, au pouce près, pour exprimer le respect dû à un duc.

— Je suis honorée de vous rencontrer, Votre Grâce.

Le duc s'adressa ensuite à son père et à sa tante :

— Je me suis permis de vous déranger à cette heure indue parce que j'ai décidé d'escorter personnellement Mlle Thrynne jusqu'au pays de Galles. Mon fils est un homme brillant, absolument brillant...

Il s'interrompit.

— Mais il a la réputation d'être irascible, enchaîna Zenobia en lui décochant sa version du sourire de famille. Asseyez-vous, je vous prie, Votre Grâce.

— Mon fils a été beaucoup calomnié, déclara le duc, le regard soudain méfiant.

— Je suggère que nous nous dispensions des amabilités, répliqua Zenobia. Après tout, nous appartiendrons bientôt à la même famille. Lord Marchant risque d'être plutôt surpris, sinon choqué, par l'arrivée de sa fiancée, et il est naturel que vous souhaitiez accompagner cette chère Linnet, Votre Grâce.

— Eh bien, voilà qui est réglé, conclut lord Sundon sans prendre la peine de feindre quelque réticence.

Le duc regarda tour à tour le vicomte et Zenobia.

— Mlle Thrynne voyagera-t-elle avec un chaperon ? Vous, peut-être, lady Etheridge ?

— Inutile, répliqua Zenobia d'un ton léger. Elle est déshonorée. Rien ne sert de garder une maison vide, pour ainsi dire. Aimerais-tu, toutefois, emmener

Mme Hutchins avec toi, ma chérie ? demanda-t-elle à Linnet.

À son tour, Linnet regarda son père, puis sa tante, et ressentit un pincement familier du côté du cœur. C'était une douleur ancienne, aussi s'en débarrassa-t-elle aisément d'un haussement d'épaule.

— Je ne pense pas, répondit-elle. Si cela ne vous ennuie pas, Votre Grâce, je viendrai seule. Enfin, avec ma femme de chambre, bien sûr. Comme le dit ma tante, étant donné les circonstances, un chaperon n'est pas nécessaire.

Le duc hocha la tête.

— Si vous voulez bien m'excuser, continua Linnet en se levant, j'ai un rendez-vous à Vauxhall.

Les deux hommes se levèrent immédiatement, imités par Zenobia après qu'elle eut accepté (fort théâtralement) l'aide du duc.

Un instant plus tard, Linnet montait dans la voiture familiale et donnait au cocher l'ordre de rouler dans Londres à sa guise. Elle laissait son père et sa tante avec la certitude joyeuse, mais erronée, que le prince Augustus allait la débaucher.

Peut-être ne reviendrait-elle jamais à Londres, songea-t-elle en regardant défiler devant la fenêtre les maisons uniformément grises.

Ce qui signifiait qu'elle ne reverrait peut-être pas son père, puisqu'il ne quittait jamais la ville ; ni tante Zenobia, qui ne s'en éloignait que pour participer à des parties de campagne tapageuses.

À cet instant, une telle constatation ne l'affecta pas le moins du monde.

7

La caravane constituée de trois voitures transportant Linnet, le duc de Windebank et huit domestiques arriva enfin au pays de Galles, après un voyage de deux semaines. Comme le duc n'avait qu'un unique sujet de conversation – son fils –, Linnet en savait assez sur lui, à ce moment-là, pour le présenter elle-même au Collège royal des médecins. S'il n'en avait pas été déjà membre, bien sûr.

Ce qui la frappa, en découvrant le pays de Galles, ce fut le vert omniprésent ; un vert sombre, riche, qui semblait se nourrir d'eau et de vent. Elle qui n'avait jamais senti l'odeur de la mer la reconnut pourtant immédiatement. C'était une odeur sauvage et iodée, qui sentait bon la liberté, et la fit rêver de voyages au long cours vers des îles dont elle n'avait jamais entendu parler.

Lorsqu'elles ne l'entraînaient pas vers la mer, ses pensées revenaient au médecin qu'elle était sur le point d'épouser. À en croire le duc, il avait été injustement surnommé « la Bête » à cause de son manque de déférence envers les têtes grisonnantes de l'institution médicale.

— Ces vieux médecins sont des imbéciles, lui avait déclaré Windebank. Prenez le cas des fièvres, par exemple. Piers a découvert qu'en privilégiant les saignées et l'élévation artificielle de la température interne, les médecins tuaient bel et bien leurs patients. Les membres du Collège royal l'ont combattu becs et ongles jusqu'à ce qu'il leur soumette un bilan comparé des décès survenus chez ses patients et chez ceux d'un médecin éminent, Ketelaer. Ce dernier avait perdu tous ses patients sauf trois ; sur un nombre à peu près identique, Piers n'en avait perdu qu'un.

Ainsi, elle épousait un génie. Apparemment, il avait tendance à s'emporter lorsqu'on le contrariait, mais elle ne doutait pas de savoir le prendre.

Le jour de leur arrivée au château, debout devant un miroir, elle enroula un morceau de tissu autour de sa taille pour l'étoffer un peu. Même ainsi arrondie, elle aurait pu passer pour une princesse de conte de fées, avec ses yeux bleus, ses cheveux blond vénitien, son teint de porcelaine. À quoi s'ajoutait le sourire de famille, évidemment.

Linnet se donnait deux semaines pour gagner l'amour de son fiancé (qui serait peut-être son mari, à ce moment-là), puis elle lui avouerait qu'elle n'attendait pas d'enfant.

Les voitures gravirent la côte qui menait au château, perché sur une falaise, sous un soleil radieux.

— Profitez-en, lui conseilla le duc, car le pays de Galles est tristement célèbre pour son temps pluvieux. Je souhaite vraiment que vous puissiez convaincre mon fils de s'installer à Londres, ma chère enfant. Il pourrait se rendre tellement utile, là-bas. Non pas que je suggère qu'il ait une clientèle régulière, bien sûr. Il sera pair du royaume. Mais il pourrait se consacrer aux cas les plus intéressants.

Il y avait quelque chose d'assez… curieux dans la manière dont le duc parlait de son fils. Comme s'il ne le connaissait pas vraiment, ce qui était évidemment exclu.

Linnet se pencha avec curiosité par la fenêtre comme ils approchaient du château. C'était une construction massive, en pierres d'un gris clair, surmontée d'au moins quatre tourelles.

— Est-il ancien ? s'enquit-elle.

— Très ancien, répondit le duc. Il est dans la famille depuis des générations, après avoir été gagné par l'un de mes ancêtres à un jeu de piquet. Piers a dû faire des travaux considérables, car il n'était plus habité depuis longtemps.

Après avoir franchi un porche monumental, les voitures s'arrêtèrent dans une cour fermée.

— Ah, vous voilà, Prufrock ! dit le duc en sortant de la voiture.

L'homme semblait un peu jeune pour occuper un poste de majordome. Âgé d'une trentaine d'années, la peau légèrement bistrée, sa minceur lui donnait l'allure d'un héron.

— Votre Grâce, dit-il en s'inclinant.

Puis il se tourna vers Linnet, qu'un valet aidait à descendre de voiture. Il ne possédait pas cette impassibilité caractéristique des majordomes. Quand il la vit, ses yeux s'agrandirent, et il arqua un sourcil de manière aussi inattendue que charmante.

— Voici Prufrock, dit le duc. Mlle Thrynne est la fiancée de mon fils. Je suis certain que Piers vous a prévenu de notre arrivée imminente.

Après avoir franchi une énorme porte, visiblement conçue pour résister à un siège, ils se retrouvèrent dans un vaste hall d'où partait un double escalier imposant.

— Où trouverons-nous mon fils ? s'enquit le duc.

L'espèce de joie à peine contenue qui transparaissait dans sa voix étonna Linnet.

Tandis qu'elle donnait son bonnet et sa pelisse à un valet de pied, Prufrock répondit :

— Lord Marchant se trouve dans l'aile ouest, et il a, bien sûr, été averti de votre arrivée. Il devrait nous rejoindre d'un instant à l'autre. Si Mlle Thrynne souhaite se rafraîchir, je peux l'accompagner, ainsi que sa femme de chambre, jusqu'à son appartement. Votre Grâce également, peut-être ?

— Inutile, répondit le duc. Nous avons quitté notre auberge il y a à peine deux heures. Les patients occupent le deuxième étage, n'est-ce pas, Prufrock ?

— Oui, mais...

Le duc fit quelques pas. Puis il hésita, pivota sur ses talons, et vint saisir Linnet par le poignet.

— Je vous emmène avec moi, murmura-t-il comme pour lui-même.

Elle n'eut pas le temps de répondre que, déjà, il l'entraînait vers l'escalier de gauche.

— Votre Grâce, protesta-t-elle en empoignant ses jupes.

— Venez, venez, lui lança-t-il par-dessus son épaule.

Maintenant qu'ils étaient enfin au château, il semblait en proie à une impatience féroce. Linnet s'efforça de le suivre malgré les battements de plus en plus forcenés de son cœur. Dans un instant, elle allait rencontrer l'homme qu'elle devait épouser. Elle l'imaginait grand, élancé, affligé d'une légère claudication, le visage marqué par la souffrance, mais empreint de cette beauté remarquable que son père possédait encore.

Ils tournèrent dans le couloir. Des voix leur parvenaient, à présent. Le duc accéléra encore l'allure et franchit sans hésiter la porte ouverte à l'extrémité du couloir, Linnet dans son sillage.

Ils se trouvaient dans une pièce où s'alignaient six lits, la plupart occupés. Quelques hommes étaient rassemblés autour de l'un d'eux.

— Piers, dit le duc d'une voix soudain rauque.

Lâchant le poignet de Linnet, il s'avança vers le groupe.

Aucun des hommes ne se retourna. La plupart étaient jeunes, sans doute des étudiants, et concentraient toute leur attention sur le patient.

— Une leçon, murmura le duc.

Linnet repéra immédiatement son fiancé. En fait, c'était lui qui parlait.

— Fièvre milliaire. S'accompagne d'une éruption cutanée et d'un état fébrile, déclara-t-il avec une autorité incontestable. L'éruption est apparue le troisième jour, ce qui rend la conclusion évidente.

Marchant avait le menton plus long qu'elle ne s'y attendait, mais le reste était parfait : des cheveux blonds lisses, un visage mince, un air terriblement intelligent, et une expression arrogante.

Voilà ce qui lui avait valu ce surnom de « Bête » : cette expression arrogante, comme s'il était plus intelligent que quiconque dans la pièce. Et pourtant, elle décelait en lui une bonté qui contredisait ce sobriquet.

Il était vêtu de manière exquise. Franchement, elle n'aurait jamais pensé voir un habit d'une telle magnificence au pays de Galles, ni nulle part ailleurs qu'à Londres. Son père en aurait été jaloux, ce qui n'était pas peu dire.

Un jeune homme à la droite du lit observa d'un ton hésitant :

— Huxham dit que l'éruption peut apparaître le septième, le neuvième ou le onzième jour.

— D'après mon expérience, l'éruption apparaît le troisième jour, répliqua son fiancé.

Sa voix était exactement celle qu'il fallait pour apaiser un patient inquiet, songea Linnet, qui se demanda pourquoi il avait un accent français, avant de se rappeler qu'il avait passé la plus grande partie de sa vie en France, avec sa mère.

— Ton expérience ne vaut rien, lança une voix hargneuse appartenant à un homme que Linnet ne pouvait pas voir car d'autres jeunes gens le lui cachaient. Pas plus que celle d'Huxham. Cet homme a dit n'importe quoi. Septième, onzième... Il aurait pu tout aussi bien déclarer que l'éruption survient avec la nouvelle lune. Pour lui, tout ça, c'est de la magie.

— Cette éruption s'accompagnait d'un sentiment d'oppression et d'angoisse, rétorqua son fiancé avec calme. Ce qui, selon Lobb, est en relation directe avec les éruptions milliaires.

— Tu n'aurais pas d'angoisse, toi, si tu te retrouvais couvert de pustules répugnantes ? riposta la voix.

Le duc se pencha pour apercevoir l'homme qui parlait, puis sourit. En comprenant la raison, Linnet sentit son cœur tomber comme une pierre dans sa poitrine.

— Hé, vous, dans le lit, vous ne trouvez pas votre situation angoissante ? Cette éruption signifie qu'on peut tout aussi bien commencer à graver votre pierre tombale. Il y a de quoi être angoissé, non ?

— Ma « ombe » ?

— Voilà qui est curieux, déclara l'homme. Que quelqu'un lui demande de quelle couleur est le ciel. Allez !

Tout le monde garda le silence.

— « Bweu », dit le malade.

— Tu es un crétin, dit le médecin blond comme l'autre lâchait un rire bref.

Linnet était d'accord. Comment ce butor osait-il se moquer d'un mourant ?

C'est alors que, les jeunes médecins s'étant écartés, elle aperçut l'odieux personnage.

— Le crétin, dans cette pièce, c'est celui qui a posé un diagnostic sans interroger une seule fois le patient.

Donc, cet homme a la langue épaisse, ce qui provoque cette amusante difficulté de prononciation. Elle peut être sèche ou gonflée. Dans un cas comme dans l'autre, ce n'est pas bon signe. Si elle est sèche, cela pourrait indiquer une fièvre milliaire ; mais si elle est gonflée, qu'est-ce que cela signifie ?

La première impression de Linnet fut que cet homme était... imposant. Plus grand que le médecin blond, et beaucoup plus costaud. Ses épaules semblaient deux fois plus larges que celles des autres hommes. Il était tout en muscles, avec une espèce de puissance prédatrice qui paraissait déplacée au chevet d'un malade. Linnet l'aurait plutôt vu à la tête d'une horde de Vikings...

Tout en parlant, il désignait quelque chose sur la poitrine du malade. Puis il releva la tête, ses yeux croisèrent ceux de Linnet et, aussitôt, son visage devint de marbre.

Ce qui était beau chez son père était dur chez lui ; ses yeux bleus étaient glacials. Ce visage n'aurait certes pas pu figurer sur une pièce de monnaie. L'homme paraissait trop peu civilisé, trop rude, trop... bestial ?

Le cœur de Linnet manqua un battement. Mais le regard de l'homme passa de son visage à son corps, qu'il examina comme si elle aussi était une patiente. D'un ton désinvolte, sans la quitter des yeux, il déclara :

— C'est une fièvre pétéchiale, espèce d'andouille. Ce malade aurait dû être admis dans l'aile est, encore qu'il ne soit sans doute plus contagieux. Tu devrais t'en tenir à scier des jambes ; pour les diagnostics, tu es un âne.

Puis il enchaîna :

— Regardez qui voilà ! Mon père s'est débrouillé pour dénicher une femme plus belle que le soleil et la lune.

Linnet se raidit en percevant la pointe de mépris dans sa voix.

— Piers... commença le duc.

— Et elle est accompagnée par ce cher vieux papa, pas moins, continua-t-il en fixant sur son père un regard implacable. Eh bien, que voilà une joyeuse réunion ! Vous savez quoi, mes amis ?

Les autres médecins étaient bouche bée. D'un bref regard, Linnet constata que, à la différence du comte, ils réagissaient comme tous les hommes normaux à sa présence.

— Je vais me marier, annonça-t-il. Avec une femme dont le vœu le plus cher est apparemment de devenir duchesse. N'ai-je pas une chance phénoménale ?

Comme il commençait à contourner le lit, Linnet faillit esquisser un mouvement de recul. Avant de comprendre, dans un sursaut, que si elle ne lui tenait pas tête dès maintenant, elle passerait le reste de sa vie à être persécutée.

Parce que le doute n'était pas permis : c'était un tyran. Il s'approcha d'elle, trop près, jouant de sa taille pour l'intimider.

— Mon père vous a informée que je projette d'avoir une durée de vie normale, n'est-ce pas ? demanda-t-il d'une voix suintant le dégoût.

— Il n'y a pas fait allusion, parvint-elle à répondre d'une voix dont la fermeté la soulagea. Il arrive que les projets changent, ajouta-t-elle. On peut toujours l'espérer.

— En ce qui concerne les miens, c'est très rare. Je ne voudrais pas que vous soyez accourue jusqu'au pays de Galles avec l'idée que mon cercueil était déjà commandé.

— Le duc m'a rapporté l'essentiel à votre sujet, et votre réputation s'est chargée du reste.

Le regard de Marchant dériva de nouveau sur son corps.

— Intéressant, dit-il. Il semblerait qu'il ait oublié de *me* dire certaines choses.

Linnet se tourna vers le duc. N'avait-il pas fait allusion au bébé, dans sa lettre – enfin, au bébé qu'elle était censée attendre ? Marchant s'était attardé sur sa taille, elle en était sûre.

Mais le duc dévorait son fils du regard tel un homme avide devant une jatte de crème anglaise. Une fois de plus, elle eut conscience que quelque chose dans la situation lui échappait.

— Et vous devez être mon père, poursuivit Marchant, d'une voix qui n'avait rien d'accueillante.

— Oui, répondit le duc d'une voix étranglée. En effet.

Il y eut un silence pénible. Il était évident que Marchant ne dirait rien d'autre ; et le duc semblait manquer de courage.

— À présent que nous savons tous qui nous sommes, intervint Linnet gaiement, nous pourrions peut-être descendre et laisser ce pauvre malade tranquille.

L'homme dans le lit s'était hissé sur ses coudes et contemplait la scène avec fascination.

— Ne vous en faites pas pour moi, crut comprendre Linnet de la bouillie qui sortit de sa bouche.

— Belle *et* joyeuse, commenta Marchant. Oh, là, là, c'est vraiment mon jour de chance !

— Une délicieuse réunion familiale comme celle-ci fait ressortir le meilleur en chacun de nous, vous ne trouvez pas ? lança Linnet, avant de pivoter sur ses talons et de se diriger vers la porte.

Parvenue sur le seuil, elle se retourna. Comme elle s'y attendait, tous les hommes l'avaient suivie du regard, y compris – constata-t-elle avec un frisson de plaisir – son fiancé.

— Docteur ?

— C'est à moi qu'on parle, je crois, marmonna Marchant.

Alors qu'il s'avançait vers elle, Linnet prit conscience pour la première fois qu'il s'appuyait lourdement sur une canne qu'il agrippait de la main droite. Contrairement à ce qu'elle avait imaginé, il ne se contentait pas de boitiller, mais avançait par à-coups, se déplaçant tel un lion blessé mais toujours féroce, que sa blessure rendait d'autant plus dangereux.

— Ne me dites pas que Sa Grâce a oublié de vous prévenir que votre futur mari est infirme.

Pour la rejoindre, il était passé devant son père. Il ne parut pas remarquer que celui-ci tendait la main vers lui, puis la laissait retomber.

Linnet jugea qu'il valait mieux réserver le sourire de famille à un moment plus opportun.

— Il y a fait allusion, répondit-elle. Je devrais peut-être éviter de vous prendre le bras pour ne pas risquer de vous faire trébucher ?

En réalité, il ne lui avait pas proposé son bras. Il étrécit les yeux. Tous les deux savaient qu'il était bâti comme une forteresse, et que ce n'était pas la main de Linnet qui l'aurait ébranlé.

— Vous jouez un jeu dangereux.

— Alors, ces trois jeunes gens sont vos étudiants ? s'enquit-elle.

Ils avançaient dans le couloir, à présent. Derrière eux, elle entendit le duc se présenter aux autres médecins.

— Vous savez compter jusqu'à trois, dit Marchant d'un ton approbateur. C'est de bon augure pour notre progéniture.

— Et moi qui pensais que nous n'allions pas avoir de progéniture.

— Il est vrai que cette responsabilité repose sur vos épaules. Même si je dois dire que, dans sa lettre, mon père semblait sous-entendre que vous aviez fait preuve de plus de précipitation en la matière qu'il n'apparaît.

Comme il avançait à grandes enjambées irrégulières, il se trouvait à présent devant Linnet. Mais il était hors de question qu'elle sautille pour rester à son niveau. Il était manifestement bien trop habitué à voir les jeunes médecins lui coller aux talons.

— Vous avez entendu ce que j'ai dit ? lança-t-il par-dessus son épaule.

— Malheureusement, j'ignore ce que signifie le mot « précipitation », répondit-elle d'une voix suave. Le compliment que vous m'avez adressé m'a donc échappé.

— Je parlais de ces cellules de sang royal que vous êtes censée transporter dans votre utérus, gronda-t-il.

Linnet jeta un coup d'œil derrière elle. Le duc et les jeunes médecins n'avaient pas franchi le coude du couloir.

— Et alors ? répliqua-t-elle.

Il s'arrêta de nouveau.

— Il n'y a pas de bébé dans ce ventre, mademoiselle Thrynne. Le coussin que vous avez noué autour de votre taille suffit peut-être à tromper mon père, mais pas moi.

Comme il se remettait en marche et qu'elle se retrouvait une fois de plus face à ses omoplates, Linnet comprit que si elle ne corrigeait pas cette habitude, elle passerait sa vie à trottiner derrière lui.

— Est-ce que c'est à cause de votre boiterie que vous marchez ainsi ? s'enquit-elle en élevant la voix.

— À votre avis ? répliqua-t-il en s'immobilisant. Vous supposez peut-être que je tangue comme un marin ivre pour le plaisir ?

— Je ne faisais pas allusion au tangage, mais à cette manière de détaler dans le couloir comme une fille de cuisine effrayée par le maître queux.

L'espace d'un instant, il demeura figé sur place. Puis, à la grande surprise de Linnet, il éclata d'un rire qui ressemblait à un jappement enroué – ou rouillé faute de servir.

— Les couloirs m'ennuient, dit-il.

— Le dos des gens m'ennuie.

Dans la lumière tamisée du couloir, les yeux de Marchant brillaient d'un éclat remarquable. Finalement, s'il ne possédait pas la beauté de son père, il avait la sienne propre. Plus brutale, plus impressionnante, elle paraissait prendre sa source dans son regard.

— Bonté divine ! Vous n'êtes pas ce à quoi je m'attendais.

— Je ne dois pas être aussi célèbre que vous, répliqua-t-elle en le rejoignant.

Même s'il ne le lui offrit pas, elle posa les doigts sur son bras droit. Au moins serait-il contraint de rester à son niveau.

— Avec le visage que vous avez, vous devez être connue de toute la bonne société, fit-il remarquer.

— Que savez-vous de la bonne société ?

— Rien du tout, répondit-il en reprenant sa marche.

Il ne fit pas allusion à la main posée sur son bras, mais il ralentit effectivement l'allure.

— En ce moment, je suis plutôt *tristement* célèbre, déclara-t-elle, prenant le taureau par les cornes.

— À cause de ce bébé que vous n'attendez pas ? C'est curieux, avouez-le. J'aurais cru que les gens bien seraient plus scandalisés par un bébé que par son absence. Ce coussin, vous avez commencé à le porter comme une sorte de plaisanterie ?

— Je l'ai mis ce matin juste pour vous.

— Comment avez-vous deviné que mon père serait incapable de vous résister ? Étant donné son obsession du nom familial, c'était un complot remarquablement futé, assura-t-il avec, pour la première fois, une pointe d'admiration dans la voix.

— Merci.

— Non pas que ça va marcher, bien sûr.

C'était exactement l'avis de Linnet, même si elle se garda d'abonder dans son sens.

— Oh, mais je pense que nous sommes parfaitement assortis ! répliqua-t-elle pour le plaisir de l'asticoter.

— Un médecin complètement cinglé – c'est moi – et une beauté machiavélique – c'est vous – clopinant bras dessus bras dessous vers le bonheur ? Je ne crois pas, non. Vous lisez trop de contes de fées.

— Qui dit que je sais lire ? Je sais à peine compter, vous vous rappelez ?

Il lui glissa un coup d'œil en coin et, une fois encore, elle s'abstint de lui décocher le fameux sourire de famille.

— Je commence à croire que je me suis trompé sur vos aptitudes. Vous êtes sans doute capable d'aller aussi loin que dix et de revenir en arrière.

— Voilà qui me réchauffe le cœur, susurra-t-elle. Venant d'un illustre médecin tel que vous…

Il esquissa un sourire.

— Dites-moi, quand comptiez-vous au juste informer votre mari que le bébé royal n'existait pas ?

— J'aurais pu perdre l'enfant.

— Je suis médecin, ne l'oubliez pas.

— Je vous croyais chirurgien.

— Je fais de tout, répondit-il en accélérant de nouveau l'allure.

Mais elle resserra son étreinte sur son bras, et il ralentit sans mot dire.

— Ainsi, vous êtes chirurgien, reprit-elle. Et tous ces messieurs sont vos étudiants ?

— Je n'ai pas d'étudiants, répliqua-t-il avec dégoût. Je laisse ça aux crétins de Londres. Ce que vous avez vu, ce sont des imbéciles irrécupérables qui sont venus jusqu'ici pour me rendre la vie impossible. Vous avez peut-être remarqué le radoteur qui se trouvait devant, le blond. C'est le pire de tous.

— Il paraît âgé pour être étudiant.

— C'est Sébastien. Mon cousin. Pas un mauvais chirurgien, en fait. Il prétend être en train d'écrire un livre sur le sujet mais, en vérité, il a la frousse et se cache ici.

— Il se cache de quoi ?

— Il paraît convaincu que Napoléon perd l'esprit. Ce qui ne me surprendrait pas. Au passage, il est marquis Latour de Laffitte. C'est donc un miracle qu'il ait traversé ces dix dernières années en gardant la tête sur les épaules.

Comme ils avaient rejoint l'escalier, Marchant s'arrêta.

— Si vous voulez continuer à vous accrocher à moi, il vous faut passer du côté gauche. Encore que, bien sûr, il y ait toujours la possibilité que vous descendiez l'escalier toute seule.

Linnet passa de l'autre côté, uniquement pour l'embêter. Cette fois, elle passa les doigts sous son bras. Elle aimait assez sentir cette masse musclée sous ses doigts. Elle avait l'impression de dompter une bête sauvage.

— Je suppose que vous comptez me voir tomber amoureux de vous, reprit-il.

— Exactement.

— Combien de temps vous donnez-vous ? demanda-t-il, l'air sincèrement curieux.

— Deux semaines au maximum.

C'est alors qu'elle le gratifia de son fameux sourire – complet avec fossettes, charme, sensualité et tout le reste.

Il ne cilla même pas.

— Vous ne pouvez pas mieux ?

Malgré elle, Linnet pouffa.

— En général, c'est plus que suffisant.

— Je suis sans doute censé dire quelque chose de rassurant, à cet instant. « Ce n'est pas ma faute, c'est la vôtre », minauda-t-il d'une voix de fausset. Oups, c'est tout le contraire ! « Ce n'est pas votre faute, c'est la mienne. »

— Je suppose que vous être immunisé par votre blessure.

Elle s'était livrée à un mauvais calcul en considérant son impuissance comme un avantage. À cause d'elle, il était insensible à ses charmes, ce qui signifiait qu'il n'y aurait pas de mariage.

Le duc allait devoir se réconcilier avec l'idée qu'il n'aurait pas d'héritier.

— Quelque chose de ce genre, répondit Marchant, qui la regarda brièvement avant de détourner les yeux.

— Je n'aurais pas dû y faire allusion, si c'est un sujet douloureux, dit-elle, déterminée à enfoncer le clou. Je suis sûre que ce doit être difficile pour vous de vous sentir comme un... Quel est le terme ? Eunuque ?

À sa vive déception, il parut plus amusé qu'irrité.

— Ne vous faites pas de souci, reprit-elle. Je suis certaine de pouvoir résoudre notre petit problème une fois que nous serons mariés. Le pays de Galles regorge, sans aucun doute, de jeunes gaillards tout prêts à rendre service à leur seigneur.

— *Nous* n'avons pas de problème, riposta-t-il.

— Oh, mais si ! répondit-elle en réprimant un sourire. Votre père m'a promis votre main, et l'annonce a d'ores et déjà été envoyée au *Morning Post*.

— Est-ce que je n'ai pas l'air de quelqu'un qui s'en moque comme d'une guigne ?

— Votre père, lui, ne s'en moque pas.

— Le père que j'ai rencontré il y a cinq minutes, pour la première fois en vingt-six ans ?

— Quoi qu'il en soit, me voici. Je suis votre fiancée. Probablement la seule que vous vous verrez offrir.

Quelque chose dans son ton dut la trahir car il éclata de nouveau d'un rire brusque.

— Je ne vous épouserai pas, et je peux affirmer que vous êtes d'accord. Mais, sapristi, je l'envisagerais si les choses étaient différentes !

— Allons, allons, roucoula-t-elle en resserrant son étreinte sur son bras et en lui adressant un nouveau sourire.

— Oh, arrêtez cela ! Au fait, comment vous appelez-vous ?

— Mlle Thrynne. Mon père est Cornelius Thrynne, vicomte Sundon.

— Je suis comte. Mais vous le savez déjà, je suppose, puisque vous avez apparemment piégé mon pauvre père avec des histoires de descendance princière. Comment avez-vous découvert sa faiblesse pour le sang royal ?

— Ma tante savait qu'il prétendait descendre d'Henri VIII. Je ne vois guère de ressemblance, cependant, ajouta-t-elle en le regardant de la tête aux pieds. Il était plus gros et plus petit que vous.

Quand ils atteignirent les dernières marches, le majordome attendait dans le vestibule.

— Voici Prufrock, annonça le comte. Il sait tout ce qui se passe dans ce château et même plus loin, à l'étranger. Franchement, Prufrock, vous auriez dû me prévenir que mon père entendait forcer l'entrée de la forteresse. Je serais parti.

— Exactement la conclusion à laquelle j'étais parvenu, déclara le majordome, qui s'inclina devant Linnet. Votre domestique est dans votre chambre, mademoiselle Thrynne, si vous souhaitez la rejoindre.

Un brouhaha de voix résonna en haut de l'escalier. Le duc descendait, accompagné des jeunes médecins.

— Enfer et damnation ! s'écria Marchant. Vous, ouvrez la porte ! intima-t-il à un valet de pied, qui s'exécuta sur-le-champ.

Linnet l'observait avec un certain amusement lorsqu'il pivota brusquement vers elle.

— Et vous, venez avec moi !

— Sauvez-vous et allez vous cacher, dit-elle avec un rire moqueur. Je crois que le grand méchant loup arrive.

L'espace d'un instant, le visage de Marchant s'assombrit, et il plissa les yeux d'une manière presque menaçante. Puis il lui tendit la main.

— S'il vous plaît.

— D'accord, finit-elle par répondre, sans toutefois prendre sa main.

Un instant plus tard, ils franchissaient la porte massive.

— Le soleil est toujours là, constata le comte. Qu'il brille une matinée entière est exceptionnel. Il pleut pratiquement tout le temps, au pays de Galles.

— M'emmenez-vous en direction de la mer ?

Elle goûtait dans l'atmosphère une fraîcheur piquante, salée, et elle entendait au loin le bruit du ressac. Elle ne portait pas de bonnet, ce qui signifiait qu'elle risquait d'attraper des taches de rousseur. Mais pour l'heure, elle s'en moquait. Mme Hutchins, qui prétendait qu'elles gâchaient le teint, se trouvait à Londres, très loin.

— Par ici, indiqua le comte. Vous pouvez me prendre le bras si vous le souhaitez.

— C'est très courtois de votre part. Vous êtes fin prêt pour Almack, commenta-t-elle en refermant de nouveau les doigts sur son bras.

— Almack ? Qu'est-ce que c'est ?

— Un endroit où la crème de la bonne société va danser le mercredi soir.

— Ça semble épouvantable.

— Ça peut être ennuyeux, admit-elle après réflexion.

— Vous n'aimez pas danser ? s'enquit-il en lui jetant un regard oblique.

— Si, si, répondit-elle sans beaucoup d'enthousiasme.

— Mais que font les dames si elles ne dansent pas ? Ma mère ne vit que pour cela. Elle est furieuse contre moi en ce moment parce qu'elle ne peut pas danser.

— Pourquoi ?

— C'est de la faute de Sébastien. Il a obligé ma mère et la sienne à quitter Paris pour l'Andalousie, au cas où Napoléon aurait l'idée d'envahir l'Angleterre. Évidemment, il ne s'est rien passé ; alors ces dames meurent d'envie de retrouver les salles de bal.

Linnet demeura silencieuse. Elle aurait tellement aimé voyager, se rendre dans des endroits comme l'Andalousie ou la Grèce, et même plus loin. En vérité, elle aurait volontiers renoncé définitivement à danser pour avoir l'occasion d'admirer le Parthénon.

— Alors, comment vous appelez-vous ?

— Je vous l'ai dit, répondit-elle en fronçant les sourcils. Mlle…

— Votre prénom.

— Linnet. Mais l'utiliser serait tout à fait inconvenant de votre part maintenant que vous m'avez informée que vous n'étiez pas mon fiancé.

— Je n'en ai pas encore informé le *Morning Post*, objecta-t-il. Je suppose donc que, techniquement, nous sommes encore fiancés. Au fait, je m'appelle Piers. Ne m'appelez pas Marchant – je déteste ce nom.

Après un tournant, le chemin longeait une petite maison.

— Qu'est-ce que c'est ? demanda Linnet.

— La maison du gardien. Il semblerait qu'en des temps lointains et peu glorieux, un homme soit resté en faction ici pour diriger des opérations de contrebande.

Linnet ouvrait la bouche pour demander des précisions lorsqu'elle aperçut, au détour du chemin, la mer en contrebas. Sous le soleil, l'immense étendue d'eau étincelait comme un saphir.

— Que c'est beau ! souffla-t-elle en lâchant le bras du comte. Je n'aurais jamais imaginé cela.

— Vous n'avez jamais vu la mer ?

Linnet secoua la tête.

— Mon père ne quitte jamais Londres. Est-ce un bassin que l'on aperçoit ?

— Oui. Il est creusé dans le rocher. Il se remplit et se vide au gré de la marée.

— Vous élevez des poissons dedans ?

— Non, j'y nage. Si j'arrive à supporter la présence de mon père suffisamment longtemps, vous pourrez essayer. Enfin, vous n'en aurez pas le courage, ajouta-t-il en commençant à descendre le chemin.

Linnet fixa son dos, les yeux étrécis.

Au bout d'un moment, il se retourna. Les bras croisés, elle attendait.

— Vous êtes une enquiquineuse, dit-il avec impatience.

Comme elle ne bougeait pas, il s'appuya lourdement sur sa canne en laissant échapper un grondement.

— Ma jambe... La douleur est atroce.

Il revint néanmoins vers elle. À cet instant, le vent arracha soudain le ruban qui retenait son catogan, et ses cheveux lui fouettèrent le visage. Linnet se mit à rire car il y avait quelque chose en lui qui lui donnait l'impression qu'elle était... fragile. Mais c'était ridicule.

— Les dames ne nagent pas, lui dit-elle en reprenant son bras.

— Mais si. J'ai envoyé quelques-unes de mes patientes au bord de la mer. En général, ce sont des femmes qui vouent un amour immodéré aux pâtisseries. Ou qui souffrent de maux typiquement féminins. D'après ce que j'ai compris, on transporte la dame jusqu'au bord de l'eau dans une carriole fermée, puis sa femme de chambre la fait culbuter dans la mer.

— J'aurais pensé que leurs vêtements les feraient couler.

— Elles les enlèvent, petite sotte, répliqua-t-il, l'œil narquois. La femme de chambre déshabille sa maîtresse et celle-ci glisse dans l'eau comme un poisson.

— Oh !

— Moi aussi, je nage nu ; mais sans cabine de bains roulante.

— Vous n'avez pas peur qu'on vous voie ?

Ils descendaient le sentier rocailleux qui conduisait au bassin. Le comte allait sans hésiter, paraissant savoir exactement où poser sa canne.

— Je ne peux pas dire que cela me préoccupe vraiment. Mais comme Prufrock n'arrêtait pas d'envoyer des patients ici, j'ai fini par décider que mon intimité m'appartenait. Vous voyez ce signal ? dit-il en désignant un poteau surmonté d'une croix rouge. Si je mets la croix à la verticale, comme ceci, il est interdit de continuer.

Linnet hocha la tête et il replaça la croix à l'horizontale.

— Si vous décidez d'aller vous baigner, n'oubliez pas de mettre la croix.

Linnet ouvrit la bouche pour répliquer : « Oh, cela ne risque pas ! » Puis elle la referma. Pourquoi pas ? Elle n'était plus une débutante obligée de se surveiller en permanence de crainte d'entacher sa réputation.

Puisque c'était déjà fait. On pouvait supposer, à tout le moins, qu'une femme déshonorée était autorisée à se baigner.

Elle ne put réprimer un sourire à cette pensée.

— Qu'y a-t-il de si drôle ? s'enquit Piers, non sans irritation.

— Vous imaginer en train de frétiller dans l'eau… *lord Marchant*, ajouta-t-elle à dessein.

— Je ne frétille pas, rétorqua-t-il. Je vous montrerai, si vous voulez.

Comme ils étaient arrivés au bord du bassin, il libéra son bras.

— En général, je plonge de là, reprit-il en désignant un rocher plat en surplomb.

Linnet se pencha. L'eau était délicieusement fraîche, nota-t-elle après y avoir plongé les doigts.

— Vous pourriez y aller tout de suite, proposa Piers. Vous paraissez avoir trop chaud. Votre visage est tout rouge. C'est sans doute ce rembourrage que vous avez autour de la taille.

— C'est très impoli de votre part de faire allusion à la couleur de mon visage, rétorqua Linnet, piquée au vif. Et je ne vais certainement pas me baigner devant vous !

— Pourquoi ? Je suis un eunuque, rappelez-vous. Au cas où vous vous demanderiez si je tomberais amoureux à la vue de votre corps sans aucun doute délectable, la réponse est non. En tant que médecin, je vois des corps de femmes tout le temps, et ils ne m'inspirent aucun intérêt.

— J'en suis désolée, assura Linnet en se redressant.

— Pourquoi ? Parce que je ne suis pas sensible à vos charmes pourtant incontestables ? Je vois que cela vous chiffonne un peu.

— Il y a de cela, évidemment. Mais aussi parce que les hommes...

Elle s'interrompit faute de savoir comment formuler la chose.

— Parce que les hommes sont des créatures luxurieuses et que je ne le suis pas ? suggéra-t-il. La plupart des femmes le sont aussi.

— Pas moi ! répliqua Linnet avec pétulance.

Piers haussa un sourcil.

— Le prince a dû être fort désappointé.

— Probablement. Encore que je n'aie jamais vraiment compris pourquoi il flirtait avec moi. Nous savions tous les deux que nous n'avions pas d'avenir ensemble.

— Il aimait sans doute rire, dit Piers, ce qui était sa première remarque gentille.

— Je devrais retourner au château. Je vais être couverte de taches de rousseur.

— Les éphélides peuvent être charmantes. Il n'empêche que j'ai soigné un jour une patiente qui avait acheté une lotion éclaircissante chez le pharmacien. Ça lui avait coûté un joli morceau de peau sur la joue droite.

Linnet frémit et commença à rebrousser chemin.

— Vous ne m'attendez pas ? grommela-t-il derrière elle. Je commençais à penser que vous ne saviez pas marcher sans soutien. Nous avons au moins cela en commun – les bases pour une belle amitié, non ?

Comme il lui présentait son bras, elle s'en empara.

— Je ne sais pas pourquoi j'ai parlé de baignade, reprit-il. Une dame ne tremperait pas l'orteil dans l'océan. Trop froid.

— Je suis prête à le faire, assura Linnet, qui mourait d'envie de se jeter dans cette eau saphir, si froide fût-elle. Et pour en revenir à ce signal, personne ne vous désobéit ?

— Ils ont bien trop peur de moi.

— Vraiment ?

— Pas vous ?

— Vous devriez peut-être faire un effort, répliqua-t-elle avec un grand sourire.

— Vous devriez peut-être m'épouser.

Cette fois, elle éclata franchement de rire.

8

Quand Piers entra dans le salon, ce soir-là, il était le premier. Ce qui était précisément son intention. Sébastien avait tendance à considérer d'un œil réprobateur sa consommation de cognac ; et comme Piers ne souhaitait pas en venir aux mains avec son cousin, il préférait boire avant son arrivée.

Comme un alcoolique, à présent qu'il y réfléchissait.

Au moment où il reposait son verre, Prufrock ouvrit la porte, annonça « Mlle Thrynne », puis referma le battant derrière elle.

Sa fiancée entra, encore plus éblouissante – si c'était possible – que le matin.

Quelle beauté, sapristi ! Franchement, son père s'était surpassé. D'abord Prufrock, puis Linnet. Une princesse tout en courbes douces et voluptueuses, à la peau crémeuse, définitivement plus belle que la lune et le soleil.

Et cette poitrine ! À se damner !

Mieux valait qu'il se le rappelle : ce n'était rien de plus qu'une glande mammaire fonctionnelle.

— Ma fiancée désire-t-elle un verre de cognac ? dit-il en manière d'accueil.

— Les dames ne boivent pas de cognac.

Elle portait une robe du soir blanche dont le corsage s'ornait de petits plis, alors que le bas était constitué de pans superposés d'une matière vaporeuse, transparente, rebrodée de fleurs. Très ingénieux, puisqu'un homme pouvait croire qu'il verrait ses jambes s'il regardait avec suffisamment d'attention.

— Jolie, dit-il en désignant la robe avec sa canne. Encore qu'à mon avis, le vert vous irait mieux.

— Mes robes du soir sont blanches. Voudriez-vous me verser une coupe de ce champagne ?

— Non, Prufrock s'en chargera à son retour. Pourquoi blanches ?

— Les jeunes filles portent du blanc le soir.

— Ah oui, les vierges ! Ainsi, vous proclamez votre inexpérience érotique sur le marché, c'est cela ?

— Précisément, répondit-elle en saisissant la bouteille de champagne dans son seau.

— Pour l'amour du ciel, donnez-moi cela. Je ne savais pas que vous étiez désespérée, ajouta-t-il en remplissant une coupe. Qu'est-il arrivé au coussin que vous portiez tout à l'heure autour de la taille ? s'enquit-il, notant les contours parfaits de sa silhouette.

— Je l'ai enlevé. Vous aviez raison, il me tenait chaud.

— Mon père va être horrifié. À peine êtes-vous arrivée que le bébé royal est déjà perdu.

— Quelle importance, puisqu'il aurait dû l'apprendre tôt ou tard ? Je ne m'étais pas rendu compte que vous étiez aussi tendrement soucieux des sentiments de votre père.

— Beurk, dit-il avant d'avaler une autre gorgée de cognac.

— Comment se fait-il que vous le rencontriez pour la première fois depuis des années ? Après tout, pour avoir acquis cette réputation charmante qui est la vôtre, vous devez vivre en Angleterre depuis quelque temps déjà.

Malgré lui, Piers éprouvait de la difficulté à demeurer impassible devant la beauté de la jeune femme. Ses grands yeux bleus interrogateurs avaient la couleur de l'océan juste avant que la tempête ne se déchaîne.

— Je me suis débrouillé pour acquérir cette réputation à Oxford. J'ai exercé également à Édimbourg, où elle s'est apparemment renforcée. Les gens n'ont rien de plus intéressant à discuter, de toute évidence. Pourquoi vos cils ne sont-ils pas roux ? Je suppose que vous les teignez.

— Bien sûr. Et moi, je suppose que vous n'avez jamais rencontré votre père parce que...

Il ne répondit pas, se contenta d'attendre qu'elle s'interroge.

— ... parce que vous avez vécu en France durant toute votre enfance ?

— Après l'âge de six ans. J'ai grandi avec mon cousin, le blond incapable de poser un diagnostic correct sur une fièvre.

— Est-il courant, en France, qu'un aristocrate devienne médecin ? Je dois dire que c'est assez inhabituel ici.

Il haussa les épaules.

— Quand nous étions jeunes, Sébastien et moi adorions ouvrir les choses pour comprendre comment elles fonctionnaient. Nous n'avons pas vu de raison de changer en grandissant. En outre, la Révolution est passée par là et a tué la plupart des aristocrates français, si vous vous souvenez.

Il la dévisagea avant de demander :

— Êtes-vous assez âgée pour vous en souvenir ?

— Évidemment. Avez-vous été en danger, tous les deux ?

— Les écoles de médecine françaises ont fermé en 1792. Nous sommes donc venus en Angleterre pour étudier à Oxford.

— Donc, vous avez échappé au pire. Vous avez eu de la chance.

Elle finit sa coupe de champagne. Piers observa les mouvements de sa gorge quand elle déglutit. Le corps humain était décidément fascinant, songea-t-il.

— Ma mère a perdu son mari en 1794, mais, heureusement, pas sa propre tête, reprit-il.

— Pourquoi n'êtes-vous pas allé rendre visite à votre père lorsque vous êtes revenu en Angleterre ?

— Je n'y tenais pas. Je me souvenais trop bien de lui. C'est un sot et un faible.

— Comme le mien, répliqua-t-elle, ce que Piers trouva plutôt surprenant. Mais c'est mon père et je l'aime. Quant à votre père, il n'est pas sot. J'ai dîné chaque soir avec lui pendant deux semaines, et je peux vous assurer qu'il est deux fois plus intelligent que le mien.

— Pourquoi ne l'épousez-vous pas, lui, dans ce cas ? lança Piers, moqueur.

Mais à peine les mots eurent-ils franchi ses lèvres que tout son corps se crispa de répulsion. Il commettrait un parricide plutôt que de permettre une telle chose.

Linnet plissa le nez.

— Je suis à peu près certaine de pouvoir trouver un mari qui aurait au maximum vingt ans de plus que moi. Et si le choix m'était donné, je préférerais.

— Mais on ne vous a pas donné le choix lorsqu'il s'est agi de devenir ma femme, si je ne m'abuse ?

— Les femmes ont rarement le choix. Nous n'avons guère voix au chapitre.

— Si je vous demandais de m'épouser, vous auriez alors le choix.

— Vous ne voulez pas m'épouser, riposta-t-elle avec un petit rire.

— Voulez-vous m'épouser ?

— Non.

— Eh bien, voilà. N'avez-vous pas l'impression d'être émancipée ? Vous avez refusé un comte avant même que la table du dîner soit dressée. Et vous pourrez sûrement arracher une autre demande en mariage à l'un de ces pauvres médecins avant l'heure du coucher. C'est Bitts qui a les meilleures origines – second fils de vicomte ou quelque chose de ce genre.

Quand elle rit de nouveau, Piers s'alarma du plaisir qu'il ressentit à l'entendre. Cette femme était vraiment dangereuse.

La porte s'ouvrit. Prufrock fit entrer les trois jeunes gens qui se rendaient insupportables à force de vouloir apprendre la médecine.

— Penders, Kibbles et Bitts, dit Piers en les désignant tour à tour du menton. Kibbles est le seul à avoir un cerveau en état de marche ; Bitts est un gentleman, cela ne faisait donc pas partie de son héritage ; et Penders est en progrès, ce qui est dans l'ordre des choses vu qu'il ne pouvait descendre plus bas. Messieurs, voici Mlle Thrynne, ma fiancée.

Elle leur décocha le sourire breveté qu'elle avait d'abord tenté sur lui. Ils fondirent comme du beurre et, en vérité, Penders vacilla même un peu.

— Un peu de tenue ! l'adjura Piers en lui donnant un coup dans les côtes. Tu as déjà vu une belle femme, n'est-ce pas ?

— Très heureux de faire votre connaissance, déclara Kibbles, qui s'inclina si bas qu'il manqua de perdre l'équilibre.

La porte s'ouvrit de nouveau et Prufrock annonça :

— Le duc de Windebank. Le marquis Latour de Laffitte.

Piers s'appuya contre le buffet pour observer sa prétendue fiancée. Seule femme présente, comment allait-elle s'en sortir ? D'un regard, il somma son père de rester à distance. Le duc obéit, et se dirigea vers une fenêtre qui donnait sur l'océan pour contempler la vue.

Il restait donc quatre hommes qui dévoraient Linnet des yeux – y compris Sébastien, dont Piers pensait qu'il aurait plus de jugeote.

Quand Linnet émit un petit rire de gorge, son cousin se rapprocha d'elle, les yeux brillants d'une lueur qu'il ne lui avait jamais vue qu'en salle d'opération.

À son immense surprise, il sentit un grondement lui monter dans la gorge. Jalousie, diagnostiqua-t-il. Mêlée d'une bonne dose de l'attitude du proverbial « chien du jardinier », qui ne mange point de choux et ne veut pas que les autres en mangent.

Piers s'écarta du buffet pour rejoindre son cher père. Il fallait en passer par là. Vu qu'il l'accueillait sous son toit, il lui était difficile de l'ignorer totalement.

Le duc se retourna. Puis demeura immobile, comme s'il s'attendait que son fils le frappe.

— Je croyais que nous avions conclu un accord, dit Piers, irrité par son attitude.

— Je l'ai rompu, répondit le duc.

— Vous n'étiez pas censé m'approcher. En échange, je vous laissais tacitement placer des espions dans ma maison…

Comme son père faisait mine de protester, Piers leva la main.

— Ne me prenez pas pour un imbécile. Prufrock n'est pas venu tout seul au fin fond du pays de Galles. Parfois, je me dis que je devrais réduire ses gages, vu ce qu'il touche certainement de vous.

Son père garda le silence.

Piers ne le quittait pas des yeux. Mais, en vérité, il n'éprouvait guère de plaisir à se montrer grossier. Il avait passé tant d'années à haïr cet homme qu'il trouvait plutôt déconcertant de découvrir, maintenant qu'il l'avait en face de lui, que ce n'était qu'un homme, finalement.

— Vous n'êtes plus opiomane, apparemment...

Le médecin qu'il était pouvait l'affirmer. Toutefois, il avait appris à reconnaître les signes de la dépendance à l'opium bien avant ses études : sur les genoux de sa mère, rien qu'en observant son père.

— Cela fait douze ans que je suis sevré. Comment va ta mère ?

— Vous savez probablement que son mari a été guillotiné sous la Terreur. Elle l'aimait beaucoup. Évidemment que vous le savez, poursuivit-il quand son père hocha la tête. Vous avez sans doute placé des espions chez elle aussi.

— Tu as bien fait de l'inciter à quitter la France, dit le duc sans prendre la peine de nier. Je n'aime pas ce qui se passe là-bas.

— C'est l'œuvre de Sébastien. Il a fait sortir nos mères de France il y a environ un mois, puis il a débarqué ici.

— Je... je resterai ici jusqu'à ton mariage, puis je repartirai et te laisserai de nouveau tranquille.

Comme son père esquissait un salut contraint, Piers s'interrogea : devait-il lui dire que le mariage était annulé ? Il décida de s'abstenir. Cela ne regardait pas son père, même si c'était lui qui avait procuré l'épouse en question.

Jetant un coup d'œil par-dessus son épaule, il vit que Linnet souriait à Sébastien.

— Elle est exquise, commenta le duc avec une pointe de fierté.

— Mieux encore, elle a un bébé royal dans le tiroir, répliqua froidement Piers. La bonne affaire que vous m'avez trouvée : une femme et un enfant dans le même paquet cadeau !

— Il doit être difficile à n'importe quelle femme de résister au prince Augustus. Alors, une femme aussi jeune et belle que Mlle Thrynne... Mais au cas où cela t'inquiéterait, je lui ai posé la question, et elle n'est pas amoureuse du prince.

Piers faillit sourire. Non, Linnet n'était pas amoureuse du prince. En fait, il retrouvait un peu de lui-même en elle. Il y avait de fortes chances pour qu'elle ne succombe jamais à un sentiment aussi embarrassant.

— Et si c'est une fille qu'elle attend ? Vous serez toujours sans héritier.

— Regarde le nombre de fils qu'a engendrés le roi. Il y a de grandes chances pour que ce soit un garçon. Et même si c'est une fille, elle pourrait, d'après mon avoué, hériter de tes possessions et des miennes. Elle n'aura pas le titre, certes, mais elle aura le reste.

— Bien, déclara Piers, je ferais mieux de retourner auprès de ma fiancée avant que Sébastien ne me l'arrache et ne l'emmène en France.

Il avait bien conscience de se montrer abrupt, mais il était incapable de rester une seconde de plus en compagnie de cet homme au regard suppliant.

— Laffitte est ton cousin. Il ne te volera pas ta fiancée, bien sûr.

— Il est mon cousin, certes. Mais voyez quelle femme vous m'avez amenée, *père*. Il n'y en a pas beaucoup comme elle dans toute la France, pas plus qu'en Angleterre.

— Non. Et pas simplement à cause de sa beauté, d'ailleurs.

Piers étudia tranquillement Linnet. Il y avait la beauté, bien sûr. Mais celle-ci n'éclipsait pas l'intelligence du regard. Et les intonations légèrement cyniques dans sa voix contribuaient à la rendre encore plus belle, comme si Aphrodite avait été croisée avec Athéna.

— Va, dit son père avec un geste brusque. Tu peux faire comme si je n'étais pas dans la pièce. Inutile de chercher à me ménager.

Une fois revenu auprès de Linnet et de Sébastien, Piers foudroya ce dernier du regard.

— C'est ma fiancée !

Son cousin adressa à Linnet un sourire charmeur.

— Vous êtes sûre que vous ne préféreriez pas m'épouser ? Vivre avec Piers, c'est un enfer. J'en parle en connaissance de cause, puisque je l'ai supporté pendant des années.

Une lueur dansante s'alluma dans le regard qu'elle attachait sur Sébastien. Prendrait-elle donc cette proposition au sérieux ? Piers eut l'envie soudaine d'envoyer son poing dans la figure de son cousin.

Sapristi, quelle mouche le piquait ? Des années auparavant, il avait décidé qu'il était mieux seul. Il ne voulait pas avoir à se soucier de quelqu'un d'autre.

— Vous devriez accepter, vraiment, s'obligea-t-il à dire. Il est bien plus gentil que moi. Je suis plus riche, toutefois.

Sébastien haussa les épaules.

— Mes terres ont été confisquées. Mais j'ai encore assez de bien.

— Tu as assez de bien pour t'habiller comme un freluquet, répliqua Piers. Au fait, tu ne devais pas aller voir l'amputé de cet après-midi ?

— J'y suis allé.

— Qu'est-ce que vous coupez ? s'enquit Linnet.

— Des bras et des jambes, répondit Sébastien.

— Il pourrait scier du bois, mais il a choisi la facilité, fit remarquer Piers.

— Je croyais que vous ouvriez les gens de haut en bas ?

Contrairement à la plupart des femmes, Linnet ne semblait ni effrayée ni dégoûtée.

— Le risque d'infection est trop grand, expliqua Sébastien.

Il s'apprêtait probablement à la régaler de détails croustillants lorsque Prufrock annonça que le dîner était servi. À table, Linnet était à la droite de Piers. Sébastien, Dieu merci, se trouvait banni à l'autre extrémité pour tenir compagnie au duc.

— Sauvée par le gong, dit-il à Linnet. Mon cousin se préparait à vous assommer avec des histoires d'infection et de décès.

— C'est vraiment aimable de votre part de me procurer un marquis avec qui flirter. D'autant que ma prochaine résidence sera sans doute sur le Continent.

— Vous voulez dire que vous devrez quitter le pays ? À cause de ce bébé qui n'existe pas ?

Elle haussa les épaules.

— Selon ma tante, vous épouser constituait un brillant rétablissement après une catastrophe annoncée.

À la suite d'une telle révélation, un vrai gentleman aurait aussitôt formulé une demande en mariage. Piers, lui, n'eut aucun mal à garder le silence.

— Puis-je vous offrir un peu de vin ? proposa Prufrock, qui se pencha sur Linnet de telle façon que son regard plongeait dans son corsage.

— Allez-vous-en, gronda Piers. Nous avons une conversation privée. Il vous faudra apprendre à vous comporter en domestique quand j'aurai épousé Linnet, savez-vous. Il est hors de question que vous vous immisciez dans la chambre conjugale, et encore moins dans les confidences conjugales.

— Comme vous voudrez, dit Prufrock, qui s'éloigna sans un regard en arrière.

— Je pense que vous l'avez blessé, commenta Linnet. Quel étrange majordome vous avez.

— C'est un espion au service de mon père. Prufrock ne peut s'offrir le luxe d'être blessé, car il est rémunéré par deux maisons. Écoutez, je vous emmènerai nager demain matin.

Elle fit mine de protester, mais il ne lui en laissa pas le temps.

— Si vous sautez dans l'eau et que vous vous noyez, les gens vont jaser. On dira que j'ai fait cela juste pour le plaisir de vous disséquer. Et qui vous apprendra à nager si ce n'est moi ? ajouta-t-il comme Linnet plissait le nez. Cela dit, je ne crois pas que vous vous mouillerez. Dès que vous aurez trempé un orteil, vous rebrousserez chemin en piaillant.

— Ce ne serait pas convenable.

Piers leva les yeux au ciel.

— Pour une jeune fille qui a eu récemment maille à partir avec la royauté, vous êtes d'une pruderie étonnante. Votre chasteté ne court pas de danger avec moi. De plus, nous pouvons y aller tôt le matin, pendant que votre chaperon ronfle encore. Ah non, j'oubliais ! Vous n'avez pas de chaperon.

Linnet sourit. Ce n'était pas ce sourire éclatant, aux fossettes irrésistibles, qu'elle utilisait pour manipuler les pauvres bougres qui succombaient à son charme, mais un sourire presque secret, qui lui étirait à peine les lèvres et brillait au fond de ses yeux.

— Bien, conclut-il en se relevant.

— Le plat principal n'est pas encore…

— Il y a des patients qui meurent là-haut, répliqua-t-il avant de s'éloigner.

Il perdait la tête, à rester ainsi à la regarder.

Une retraite stratégique était nécessaire. Après tout, il n'avait pas l'intention de se marier. Jamais.

9

Quand elle se mit au lit, Linnet songeait toujours au pli profond qui se creusait entre les sourcils de Piers. Était-il dû à la douleur continuelle ou, tout simplement, à son mauvais caractère ? Il y avait quelque chose dans la férocité de son regard et les marques de souffrance autour de sa bouche qui la poussait, malgré elle, à le provoquer, à le faire rire, ou à l'obliger à l'écouter.

C'était absurde. Manifestement, il avait pris la décision de passer sa vie seul et n'était jamais revenu dessus.

Pourtant, quand elle s'endormit, le visage de Piers flottait encore dans son esprit, les traits adoucis par le rire – un Piers qui n'était pas Piers.

La première chose qu'elle vit en se réveillant, ce fut ce même visage. Mais aux sourcils froncés.

— Vous ne vous êtes même pas retournée quand j'ai claudiqué dans votre chambre, canne comprise. Voilà deux fois que je vous parle et vous restez inerte, avec ce bizarre petit sourire sur les lèvres.

— Quelle heure est-il ? marmonna-t-elle en repoussant ses cheveux de son visage.

— C'est l'aube, répondit-il avant de s'asseoir au bord de son lit, comme s'ils étaient des amis de longue date. Ma jambe me fait un mal de chien. Alors, s'il vous plaît, pourriez-vous vous préparer ? Nager est la seule chose qui atténue la douleur.

— Nager...

Linnet roula sur le côté, la main sous la joue. Elle était encore à moitié endormie et avait l'impression que Piers venait juste de sortir de son rêve.

— Vous croyez que je vais aller nager avec vous ?

— Dépêchez-vous, répliqua-t-il en enfonçant les doigts dans sa cuisse. Le soleil se lève.

— Ça fait mal à ce point ?

— Les massages me soulagent, dit-il entre ses dents. Vous sentez bon.

— Chèvrefeuille, précisa-t-elle, ravie du compliment. Vous savez, vous ne devriez pas être dans ma chambre.

— Pourquoi ? Si l'on nous découvre, le pire qui puisse arriver, c'est que nous soyons obligés de nous marier. Comme nous sommes déjà censés nous marier, et étant donné les circonstances... acheva-t-il avec un haussement d'épaules.

Elle supposa que les circonstances en question étaient son absence de virilité. Effectivement, personne ne pourrait la croire déshonorée si l'homme en question était incapable de l'honorer.

— En fait, c'est plutôt drôle, déclara-t-elle en s'étirant voluptueusement.

— Quoi ? D'avoir un homme dans votre chambre ? Vu votre réputation, j'aurais pensé que c'était chez vous une seconde nature.

— Vu votre réputation, je vous croyais spirituel. Nous sommes donc tous les deux surpris.

Elle se redressa et pivota si bien qu'elle se retrouva assise à côté de lui.

— Avez-vous reçu beaucoup d'hommes dans votre chambre ? demanda-t-il avec curiosité.

— Aucun. Même pas le père putatif de mon prétendu enfant. Pour être franche, je préfère ne pas me retrouver seule avec un homme. Juste au moment où vous vous détendez assez pour vous montrer amicale, vous pouvez être sûre qu'il va vous sauter dessus.

— Cela ne m'est jamais arrivé, répliqua-t-il avec ironie. Pourriez-vous vous habiller, s'il vous plaît ? Je promets de ne pas vous sauter dessus.

— Pourquoi cette hâte ?

— La marée est haute, le bassin est rempli et le soleil vient juste de se lever. Croyez-moi, c'est le meilleur moment pour se baigner.

— Je n'enlèverai pas tous mes vêtements.

— Comme vous voudrez, rétorqua-t-il avec un haussement d'épaules. Mais si vous portez des jupes longues, je ne plongerai pas pour vous récupérer au fond de la piscine.

— Je garderai ma camisole, décida Linnet, soudain tout excitée. Et vous, vous porterez… C'est-à-dire, il faudra que vous portiez quelque chose aussi.

— Mon caleçon, si vous voulez, répondit-il, l'air de se désintéresser totalement du problème.

Linnet se précipita derrière le petit paravent qui se dressait dans un coin de sa chambre. Elle était ravie de constater à quel point les relations avec Piers étaient faciles. Savoir qu'il n'allait pas essayer de l'embrasser, ou se jeter à ses genoux ou, pire que tout, perdre la tête et l'obliger à se débattre, rendait sa compagnie très plaisante.

— Je ne voudrais pas vous effrayer, lança-t-elle tout en enfilant une robe du matin, mais vous êtes exactement le genre d'homme que j'aimerais épouser.

Comme il émettait un grognement, elle tenta de s'expliquer :

— Vous ne me donnez pas l'impression de saliver sur moi. Je sais que vous n'allez pas commencer à vous pourlécher les babines et à imiter le petit chaperon rouge.

— Je serais plutôt le loup que la petite fille, non ?

— Vous savez très bien ce que je veux dire. Ça vous ennuierait de boutonner le haut de ma robe ? demanda-t-elle en émergeant de derrière le paravent, après avoir enfilé ses bas. C'est plus difficile que je ne le pensais de s'habiller sans femme de chambre.

Elle lui tourna le dos et il s'exécuta. De nouveau, elle savoura cette sensation inédite de liberté.

— Personne ne m'avait dit que c'était si amusant d'être déshonorée, déclara-t-elle avec enthousiasme. Pas un instant, je n'ai appréhendé que vous arrachiez mes boutons.

— J'ai l'impression qu'être déshonorée, c'est, en général, bien plus amusant que cela. Est-ce que vous parlez toujours autant ? marmonna-t-il. Pour l'amour du ciel, allons-y !

Au dernier tournant du sentier, Piers plaça le signal à la verticale. Et la mer apparut, d'un bleu plus profond que la veille. Semblable à un miroir turquoise, l'eau du bassin reflétait le ciel. Le soleil rasant dorait les minuscules vaguelettes qui clapotaient contre la séparation entre la piscine et la mer.

— C'est tellement beau ! s'extasia Linnet.

— Et glacial, à cette heure-ci, dit Piers en se débarrassant de son manteau.

Linnet s'obligea à reporter les yeux sur le bassin. Ce ne serait pas correct de sa part de… de le reluquer, alors que lui, bien sûr, ne pouvait pas en faire autant. Mais, un instant plus tard, elle ne put s'empêcher de regarder de nouveau.

Piers avait enlevé sa chemise. Enlevé sa chemise ! Elle était en présence d'un homme presque nu. Et elle devait s'avouer qu'elle le trouvait beau. Pour la première fois de sa vie, sur ce point en tout cas, elle pouvait peut-être donner raison à sa mère. Ces muscles…

Il lui tournait le dos, et la manière dont ses épaules bougeaient, et celle dont son torse s'amincissait jusqu'à la taille et…

Il enlevait ses bottes !

Linnet fut incapable de détourner les yeux. Dans sa tête, une petite voix avait stupidement commencé à décrire toute la scène : « Il se penche… Oui ! Il va enlever son pantalon. Il le fait descendre sur ses hanches. Hmmm… Ses… ses fesses sont – la voix parut s'étrangler – différentes. Différentes des miennes. Musclées, elles aussi. Elles… – la voix s'étrangla de nouveau – Allait-il se retourner ? »

— Merde, je vous avais dit que je gardais mon caleçon, non ?

L'exclamation de Piers fit sursauter Linnet. Elle devait à tout prix se reprendre. Il était impuissant, que diable ! Et elle le lorgnait de la façon la plus scandaleuse… comme si elle se trouvait dans le bordel dont sa tante lui avait parlé.

C'était horrible de sa part. Pervers, en vérité.

Elle se débarrassa de ses mules d'un coup de pied. Ce serait comme de se baigner avec un frère, tenta-t-elle de se persuader. Il n'était rien de plus. En outre, elle garderait sa camisole, et lui avait renfilé son caleçon. D'un coup d'œil discret, elle constata que celui-ci était blanc et semblait couvrir la zone adéquate.

— Vous pourriez m'aider de nouveau avec mes boutons ?

Il vint se placer derrière elle et elle eut l'impression que sa peau s'enflammait au contact de ses doigts. Si jamais il le devinait, elle mourrait d'embarras.

— Alors, comment fait-on pour nager ? réussit-elle à demander. Il me suffit de sauter et je saurai comment m'y prendre ?

— Je vous montrerai. Mais ça va être froid. Vous allez tremper un orteil et vous sauver vite fait.

Certainement pas. Au point où elle en était n'importe quoi de froid ferait l'affaire. Sa température interne semblait s'être déréglée et elle avait l'impression d'être rouge comme une tomate. Et pourtant, elle tremblait.

— Je vais me jeter à l'eau, c'est tout.

Il commença à dire quelque chose, mais elle bondit sur le rocher plat qu'il lui avait indiqué la veille, et sauta dans l'eau. L'espace d'une seconde, elle sentit le fouettement de l'air, sa chemise s'envola, et puis – oh mon Dieu ! –, jamais elle n'avait senti un froid aussi intense. Ce fut comme si elle s'enfonçait dans un tunnel de glace, comme si ses os gelaient jusqu'à la moelle.

Un instant plus tard, un bras puissant s'enroula autour de sa taille. Elle fendit l'eau dans l'autre sens et émergea, abasourdie, à la surface. Elle inspira une grande goulée d'air en ayant du mal à croire qu'elle était encore vivante.

— Espèce de folle ! crut-elle entendre.

Elle était vivante. Enfin... pas tout à fait car, de toute sa vie, elle n'avait jamais eu aussi froid. Le seul élément chaud était ce corps tout proche du sien.

— Je... suis... gelée, balbutia-t-elle en nouant les bras autour du cou de Piers et en se collant contre lui.

Quel réconfort ! Il criait de nouveau mais, avec l'eau qui lui bouchait les oreilles, elle ne comprenait pas ce qu'il disait. Elle se sentait bien ainsi, bras et jambes cramponnés à lui.

Soudain, elle comprit ce qu'il disait.

— Je ne veux pas vous lâcher, protesta-t-elle en rejetant ses cheveux mouillés en arrière d'un mouvement de la tête. Je gèlerais. Ou je me... me noierais. Vous êtes ch... chaud.

— Il s'agit de *nager*, vous vous souvenez ?

Il avait les dents serrées, ce qui semblait suggérer qu'il avait aussi froid qu'elle. Pourtant, il devait être habitué, non ?

— Je sais bien que nous sommes ici pour nager. Expliquez-moi comment faire et je... j'y réfléchirai.

En vérité, elle n'avait aucune intention de lâcher prise avant qu'ils ne soient sortis du bassin. Mais il la repoussa sans pitié. Le froid la saisit de nouveau et elle recommença à claquer des dents.

— Vous devez apprendre à faire la planche, grommela-t-il.

Elle y réussit du premier coup.

— Maintenant, je peux mourir ? réussit-elle à balbutier, malgré ses dents qui jouaient des castagnettes.

— Vous feriez mieux de sortir, répondit-il d'un air exaspéré.

— D'ab... d'abord, réchauffez-moi.

Avec un juron étouffé, il la ramena contre lui. Ce fut aussi délicieux que la première fois. Linnet laissa échapper un soupir de soulagement quand, posant la tête sur son épaule, elle s'abandonna à la chaleur infernale qui émanait de lui. Toutefois, une seconde plus tard, deux mains puissantes se refermèrent sur sa taille, la hissèrent dans les airs et la déposèrent sur le bord du bassin. Elle sortit précipitamment les pieds de l'eau.

— Les serviettes sont là-bas, aboya-t-il.

Elle baissa les yeux sur lui, si éberluée qu'elle ne comprit pas immédiatement ce qu'il disait. Il pivota et repoussa la roche de ses pieds, d'une détente puissante qui l'amena au tiers du bassin. Puis il commença à nager, laissant une traînée de bulles derrière lui. L'eau était manifestement son élément.

Il y avait trois serviettes. Linnet en enroula une autour de son torse frissonnant, et une autre autour de ses cheveux. Puis elle retourna vers le rocher. Au bout d'un moment, comme Piers enchaînait longueur après longueur, elle revint sur ses pas, s'empara de la troisième serviette et, après s'être rassise au bord du bassin, elle en entoura ses jambes et ses pieds.

Ainsi entièrement enveloppée, à l'exception du visage, elle observa le jeu des épaules et des bras puissants de Piers qui fendaient l'eau.

Lentement, son corps se réchauffa. Mme Hutchins se serait évanouie si elle l'avait vue. Évanouie ? Elle aurait eu une attaque, oui ! Non seulement Linnet était assise au bord de l'eau, uniquement vêtue d'une chemise trempée, mais il y avait un homme quasi nu à portée de main.

Dans cette situation, quelques taches de rousseur de plus ou de moins n'avaient guère d'importance, aussi renversa-t-elle la tête pour savourer la caresse du soleil. Haut, très haut dans l'immensité du ciel d'azur, une mouette tournait paresseusement, peut-être à la recherche d'un poisson.

En touchant le rebord, Piers compta cinquante. Mais il ne s'arrêta pas et repartit pour une nouvelle longueur. Son corps bouillonnait d'une énergie fiévreuse qu'il n'était pas nécessaire d'être médecin pour identifier. Soixante. Il était épuisé et, pourtant, un torrent de lave courait toujours sous sa peau.

Finalement, il se hissa hors de l'eau. Son regard se posa directement sur Linnet. La tête rejetée en arrière, elle offrait son cou pâle au soleil. La serviette qui lui entourait la tête avait glissé, et ses cheveux d'or sombre étaient répandus sur ses épaules.

Alors qu'il essayait de reprendre ses esprits, elle se redressa et ouvrit les yeux.

— Je suis tellement désolée d'avoir failli vous noyer, dit-elle avec, dans les yeux, ce sourire secret qu'il…

Eh bien, qu'il aimait voir.

— Ce n'était vraiment pas mon intention, continua-t-elle. Mais vous êtes tellement plus chaud que moi.

Il l'était lorsqu'un délicieux corps féminin se drapait autour du sien comme une algue accrochée autour d'un cordage.

— Vous m'avez l'air suffisamment réchauffée, maintenant, répliqua-t-il, conscient de sa voix grinçante.

Dieu merci, elle ne devinerait jamais pourquoi il semblait si furieux. Heureusement pour sa réputation !

Elle battit des paupières.

— J'ai pris toutes les serviettes ! Vous devez être gelé.

Comme elle se levait précipitamment, les serviettes dégringolèrent sur le sol.

Il aurait été sacrilège de qualifier ces seins de glandes mammaires tant ils étaient glorieux, rebondis, mouvants... Quant à sa chemise, transparente parce que trempée, elle lui collait aux cuisses et laissait entrevoir un triangle plus sombre au creux de celles-ci.

— Tenez, prenez une de celles-là.

Elle lui jeta une serviette qu'il réussit à attraper et à nouer hâtivement autour de sa taille.

— Vous savez quoi ? continua-t-elle en le regardant, légèrement rougissante.

— Quoi ? demanda-t-il tout en se réajustant discrètement avant de resserrer davantage la serviette.

— Vous allez rire, surtout que vous êtes médecin, mais ma mère a parlé de quelque chose...

— De quoi ?

Il avait toujours contrôlé parfaitement son corps. Toujours ! Cette désobéissance était une aberration.

— Ma mère a fait allusion à ce qui pendait chez les hommes.

— Pendait ?

S'il s'obligeait à ne regarder que son visage, il ne verrait pas ses seins et ses hanches que moulait la fine étoffe, il dominerait le désir brutal qui lui enflammait les reins. Ce n'était qu'un besoin physiologique, rien de plus.

— Oui, pendait, confirma-t-elle avec un gloussement. Entre les jambes. Ce n'est pas le cas, n'est-ce pas ? dit-elle en désignant d'un geste vague la zone entre ses hanches. Ça ne vous ennuie pas que je vous dise cela ? Je m'étais fait une image dégoûtante de quelque chose qui... Eh bien, ça ne pend pas du tout. Ça se tient droit.

Piers éclata de rire.

— Je sais, dit-elle en riant à son tour, je suis une sotte.

Vraiment ? Piers eut le sentiment embarrassant que c'était lui, le sot.

10

Linnet s'attarda dans son bain pendant une heure, buvant du chocolat chaud tout en continuant la lecture du roman de Fanny Burney, *Camilla.* Vint un moment où il n'y eut plus de brocs d'eau chaude et où le livre fut terminé. Elle sortit donc de la baignoire.

— Je me demande s'il y a une bibliothèque dans ce château, dit-elle à Eliza, sa femme de chambre. Je n'ai emporté que cinq romans et je les ai tous lus dans la voiture pendant le voyage.

— Vous ne pourriez pas les relire ? suggéra Eliza en lui tendant une serviette. Ça semble du gâchis de les regarder juste une fois. Vaut mieux acheter un ruban. Au moins, on peut le remettre.

— Je pourrais relire celui-ci, admit Linnet en indiquant *Camilla* du menton. Il est vraiment bien. J'ai déjà lu *Mlle Butterworth et Le Baron fou* deux fois. Et même trois, en fait, corrigea-t-elle en s'asseyant à sa coiffeuse.

— C'est drôle que vous lisiez comme ça, fit remarquer Eliza, qui commença à lui brosser les cheveux. Si les messieurs de Londres savaient que vous êtes un bas-bleu !

— Quelle différence cela ferait-il ?

Eliza pinça les lèvres.

— Personne n'aime qu'une fille ait plus d'esprit que de cheveux. D'un autre côté, j'ai jamais entendu parler d'une dame qui lisait autant que vous. Ça leur ferait les pieds, à tous ces imbéciles qui croyaient que le prince avait batifolé avec vous.

— J'en doute. À mon avis, mon prétendu bébé royal leur paraît bien plus intéressant que mes habitudes de lecture.

— En tout cas, il y a une bibliothèque, ici. M. Prufrock en a parlé hier soir, au dîner.

— Êtes-vous bien installés, tous ?

Sans doute mû par un sentiment de culpabilité – parce qu'il ne l'accompagnait pas lui-même au pays de Galles –, son père l'avait fait escorter non seulement d'Eliza, mais aussi d'un valet de pied, d'un garçon d'écurie, et même du gamin préposé à l'astiquage des chaussures.

— Oh, oui, mademoiselle ! On est dans l'aile ouest, avec les gens qui meurent du cancer et tout ça. On nous a dit de ne jamais aller dans l'aile est, parce que c'est là qu'on met ceux qui ont des infections. Les contagieux, quoi. Il y a une intendante pour chaque aile et une autre pour le château. La nuit dernière, il y avait un malade qui gémissait si fort que j'ai cru que je ne dormirais jamais. Mais finalement, il s'est arrêté. M. Prufrock, il dit que si ça recommençait, je devais me plaindre et on le ferait taire.

— Comment diable le pourrait-on ? Si cet homme souffre…

— En lui donnant un médicament, pour sûr. Pourquoi ne pas attendre devant le feu que vos cheveux soient secs, mademoiselle ?

— Parce que je n'ai rien à lire. Tu crois que tu pourrais descendre dans cette bibliothèque et me rapporter un livre ou deux, Eliza ?

— Je peux toujours demander à un valet de m'indiquer le chemin. Il y en a un qui est plutôt mignon, avec un drôle de nom. Hier soir, il m'a raconté que le docteur l'a menacé de lui couper la tête pour voir s'il pouvait marcher sans.

Dix minutes plus tard, Eliza revenait avec plusieurs volumes.

— Il y en a des tas et des tas ! Par contre, je n'ai rien pu trouver qui ressemblait aux romans que vous lisez.

Effectivement, cela n'avait rien à voir. Mais une femme en manque était prête à lire n'importe quoi.

— Tu savais qu'on soignait l'enflure en mangeant du melon ? demanda-t-elle à Eliza quelques instants plus tard.

— Ah bon ? Peut-être pour un doigt de pied. Mais pour le reste… Mon père avait le nez terriblement gonflé quand il buvait trop. Si vous voulez bien poser ce livre, mademoiselle. Votre corset est prêt.

— On conseille aussi l'oignon pour rafraîchir l'haleine, dit Linnet avant de reposer le livre à contrecœur.

— Des contes de bonne femme, assura Eliza.

Après lui avoir lacé son corset, elle fit passer la robe par-dessus la tête de Linnet avec précaution. Ses boucles étaient à présent relevées en un chignon piqueté de petites fleurs en émail. Quand sa femme de chambre entreprit de boutonner le dos du corsage, Linnet se replongea dans sa lecture.

— Ma tante boit d'énormes quantités d'élixir Daffy, murmura Linnet. C'est pour rester mince. Dans ce livre, ils suggèrent de la joue de bœuf bouillie.

— Pouah, c'est dégoûtant ! s'écria Eliza qui, après un instant de réflexion, ajouta : C'est pour ça que ça marche, sans doute.

— Je me demande ce que lord Marchant pense de ce genre de remèdes… Sais-tu où je pourrais le trouver ?

— Il est sûrement là-haut, avec les malades. Restez tranquille, mademoiselle. Il me reste juste un bouton... Voilà ! Vous avez une heure avant que la cloche de midi sonne.

Linnet jeta un coup d'œil à son reflet dans la glace – de face *et* de profil.

— Pas de bébé en vue, commenta gaiement Eliza. Je me demande quand le duc s'en rendra compte. Il va être tellement déçu lorsqu'il découvrira que vous n'êtes pas la courtisane qu'il voulait pour son fils.

— Est-ce que tout le monde est au courant de tout dans cette maison ? soupira Linnet.

— Pas dans celle-là, assura Eliza, l'air choqué. Il faut que je vous dise quand même qu'ils ont organisé des paris à l'office. M. Prufrock est bien moins sévère que M. Tinkle. M. Tinkle n'aurait jamais toléré ça chez nous.

— Les paris, c'est sur l'enfant que j'attends ou n'attends pas ?

— Oh, non ! Nous, c'est-à-dire ceux de la maison, on sait bien que Stubbins vous a promenée dans Londres et que vous n'avez pas vu le prince. Le pari, c'est de savoir si lord Marchant tombera amoureux ou pas.

— J'espère de tout cœur que tu n'as pas misé toutes tes économies là-dessus, lança Linnet en se dirigeant vers la porte.

— Nous tous, on a parié pour vous. Et ceux d'ici, ils parient tous pour leur maître. Il faut dire qu'ils en ont une peur bleue. Il n'est pas humain, qu'ils disent.

— Ils ont de bonnes raisons, sans doute, fit remarquer Linnet. Après tout, ils travaillent pour lui. Tu vas perdre ton argent, Eliza. Lord Marchant et moi sommes déjà convenus que nous sommes mal assortis.

Eliza eut un sourire jusqu'aux oreilles.

— Pourquoi vous ne monteriez pas là-haut pour lui demander ce qu'il pense de la joue de veau en saumure ou je ne sais quoi ?

Tout en parlant, elle avait traversé la chambre en courant et, d'un geste preste, elle tira sur le corsage de Linnet pour dégager davantage son décolleté.

— Voilà, vous êtes prête.

Linnet se rendit au second étage. Cependant, quand elle passa la tête par la porte de l'infirmerie, elle ne vit ni Piers ni aucun des autres médecins.

En l'apercevant, le patient de la veille releva la tête et marmonna quelque chose. Comme Linnet n'avait pas compris, elle s'approcha de lui.

Il faisait penser aux pauvres chiens errants, pitoyables et galeux.

— Cette affection de la peau doit être très douloureuse, dit-elle. Nous n'avons pas été présentés hier, mais je suis Mlle Thrynne.

— Meuheu Hammer... ock, articula péniblement le patient.

— Puis-je faire quelque chose pour vous ? Voudriez-vous un peu d'eau ?

— Le docteur dit qu'y a rien à faire pour lui, fit une voix enfantine derrière elle.

Se retournant, elle découvrit un petit garçon dans le lit voisin. Il n'était guère plus séduisant que l'autre patient, avec son petit corps maigre et ses cheveux noirs hirsutes. Quand elle remarqua sa pâleur excessive, Linnet eut un coup au cœur ; ce n'était quand même pas un des mourants dont avait parlé Eliza ?

— Ça ne veut pas dire qu'il ne peut pas boire de l'eau, objecta-t-elle. Comment t'appelles-tu ?

— Gavan, répondit le gamin en se redressant dans son lit. Hammerhock, ils ont décidé hier qu'il a la fièvre. Alors, des fois, l'infirmière vient lui poser un linge mouillé sur le front et elle lui donne un médicament.

Hammerhock acquiesça d'un signe de tête.

— Et où est-elle, cette infirmière ? s'enquit Linnet qui, à la vérité, se sentait un peu dépassée.

— Elle se repose, répondit Gavan. Ça lui donne la migraine d'être enfermée avec tous ces types qui meurent.

— Qui meurent ? Toi, tu es en train de mourir ?

— Les docteurs disent qu'on va mourir *tous*, déclara Gavan avec un petit sourire suffisant.

Comme M. Hammerhock émettait un grognement étranglé, Linnet se retourna vers lui. Il lui désigna un verre d'eau et elle l'aida à en boire une gorgée. Puis il se renversa sur son oreiller, les yeux fermés.

Dans les autres lits, la plupart des patients semblaient assoupis, aussi alla-t-elle s'asseoir sur le lit de Gavan.

— Comment es-tu arrivé ici ?

— C'est ma mère qui m'a amené. Et elle m'a laissé.

— Tu habites très loin du château ?

— Non, pas très. Enfin, plus loin que le marché.

— Et maintenant, le docteur s'occupe de toi. Bientôt, tu pourras retourner dans ta maison.

— Je peux pas. Je peux pas retourner à ma maison parce que je suis malade et, ici, j'ai un lit, vous comprenez ? Alors, maman m'a dit que je devais rester ici parce qu'il y a des draps. Et à manger. Tout plein à manger.

Dans le dos de Linnet, la porte s'ouvrit. Avant même qu'elle se fût retournée, elle entendit Piers grommeler :

— Tiens, tiens, voyez qui est là en train de polir son auréole.

Linnet garda les yeux fixés sur Gavan, lequel se redressa un peu plus en souriant jusqu'aux oreilles. Puis elle entendit le martèlement de la canne et Piers apparut de l'autre côté du lit.

— Alors, on s'encanaille avec les agonisants et les morveux ?

— C'est quoi, les morveux ? demanda Gavan qui, tout de suite après, désigna Linnet du doigt. Vous avez vu la dame ?

— Oui, j'ai vu la dame, confirma Piers après avoir haussé les sourcils. Que penses-tu d'elle ? J'envisage de l'épouser.

Gavan hocha la tête.

— Mon père, il dit...

Il hésita.

— Accouche, l'encouragea Piers. Elle ressemble à une dame, mais n'en est pas une.

Linnet le foudroya du retard.

— ... il dit que les femmes les mieux, c'est celles qui ont des vraiment grosses pêches.

Il fixa la poitrine de Linnet et, naturellement, Piers l'imita.

— Vous feriez mieux de la prendre, continua le jeune garçon. Parce qu'avec cette canne, y a pas beaucoup de femmes qui voudront de vous.

Ignorant le regard furieux de Linnet, Piers se pencha pour examiner plus attentivement ses attributs.

— Tu es sûr ? Moi, j'ai toujours rêvé d'une brune à l'allure un peu bohémienne.

— Vous y connaissez donc rien aux femmes ? répliqua Gavan, l'air écœuré.

— Peut-être pas autant que toi.

— Une fille qui ressemble à une bohémienne, eh ben, c'est sûrement une bohémienne. Et alors, vous serez obligé de vivre sur la route parce qu'elle voudra jamais s'arrêter longtemps au même endroit.

— Et je ne peux pas la laisser partir de son côté ?

— Pas si vous êtes mariés. Si vous êtes mariés, vous serez enchaînés, tous les deux. C'est ce qu'il dit, mon père.

— Comment te sens-tu, aujourd'hui ? Tu t'es levé ?

— L'infirmière, elle m'a permis, mais juste pour utiliser le pot de chambre. Alors, j'ai fait semblant de le rater et j'ai mouillé sa chaussure, et elle m'a dit que j'étais un vrai démon. Et elle m'a remis au lit, conclut-il en s'esclaffant de bon cœur.

— Où est cette infirmière ? demanda Linnet à Piers. Selon Gavan, elle aurait une crise de migraine.

— Y a trop de mourants par ici, expliqua Gavan.

— Nurse Matilda est probablement en train de siffler mon cognac, déclara Piers. Ce que je ferais, moi aussi, si je devais supporter qu'un Gavan urine sur mes chaussures. Gavan, je compte sur toi pour me dire si elle revient complètement pompette, d'accord ?

Gavan hocha vigoureusement la tête

— Tu l'aimes bien, nurse Matilda ? lui demanda Linnet.

— Elle veut pas que je me lève. Elle dit que si je me lève, elle donnera mon lit à quelqu'un d'autre.

Un nouveau grognement étranglé s'éleva du lit voisin. Comme Piers et sa petite coterie s'étaient éloignés, Linnet se pencha sur M. Hammerhock.

— Oui ?

— Pour l'amour du ciel, femme, reculez ! rugit une voix derrière elle. Il y a un risque qu'il soit contagieux, espèce de triple buse !

Linnet ne lui prêta pas attention car M. Hammerhock s'efforçait d'aligner quelques mots.

— Cette… infirmière est… un dragon, réussit-il à articuler, avant de se rejeter en arrière, haletant.

— Alors, vous allez vraiment vous marier avec le docteur ? s'enquit Gavan. Parce qu'il est pas très gentil. Il parle toujours mal aux gens, et nurse Matilda, elle le traite de démon, lui aussi.

Comme pour corroborer ses dires, on entendit Piers insulter l'un des jeunes médecins.

— Ma mère, elle lui flanquerait une raclée, reprit Gavan. Je pense que si vous vous mariez avec lui, vous aurez intérêt à lui flanquer une raclée de temps en temps.

Tous les deux contemplèrent l'imposante silhouette de Piers.

— Enfin, ça sera peut-être pas facile… reconnut le jeune garçon.

— Je vois ce que tu veux dire, acquiesça Linnet. Alors, tu aimerais sortir de ce lit ?

— Je peux pas. Je veux pas perdre ma place. Vous savez, y a plein de gens malades qui veulent être ici.

— J'empêcherai qu'on donne ton lit, assura Linnet, encouragée par un hochement de tête de M. Hammerhock. Comme tu dois être un peu fatigué, un domestique pourrait peut-être te porter dehors. Tu étais sans doute un petit garçon plein d'énergie avant de venir ici.

Tout en parlant, elle s'était levée pour tirer le cordon de la sonnette. Piers, à présent à l'autre bout de la pièce, haranguait les médecins. Il ne remarqua pas qu'un valet complaisant – nommé Neythen – soulevait Gavan, enveloppé dans sa couverture, et l'emportait.

— Où voulez-vous aller, mademoiselle ? demanda-t-il par-dessus son épaule à Linnet, qui lui avait emboîté le pas.

— Au bassin.

— C'est quoi, le bassin ? demanda Gavan, dont les yeux brillaient d'excitation. C'est un étang pour pêcher ? Parce que j'en ai vu un, une fois. Je…

Il ne cessa de parler tout le long du chemin et ne s'arrêta que lorsqu'ils atteignirent le bassin. Pour la bonne raison qu'il resta bouche bée.

— C'est beau, n'est-ce pas ? dit Linnet en souriant. Neythen, pouvez-vous installer Gavan confortablement sur ce rocher plat ?

— C'est tellement grand ! s'écria Gavan.

Et Linnet s'aperçut que, au-delà du bassin, il contemplait l'océan.

— Je savais pas que c'était aussi grand. Toute cette eau… elle va où ?

— Elle reste plus ou moins là, répondit Linnet.

Tous les trois s'assirent et contemplèrent l'océan pendant un moment.

— Quel âge as-tu, Gavan ? s'enquit Linnet.

— Six ans trois quarts. Vous avez vu comme le soleil, il fait un chemin sur la mer ?

Un large rai de lumière dorée s'étendait effectivement jusqu'à l'horizon.

— C'est comme une route, poursuivit Gavan. Sûrement la route vers le paradis. Ma mère, elle m'en a parlé.

Comme Neythen s'agitait, Linnet s'inquiéta :

— Devez-vous retourner à votre poste ?

— M. Prufrock comprendra, répondit le jeune homme en resserrant la couverture autour des épaules de Gavan. C'est un type bien.

— Je crois pas que j'irai au paradis, lâcha Gavan, sans paraître très affecté.

— Bien sûr que si, répliqua Linnet. Mais j'espère que ce ne sera pas avant un bon moment.

— Je crois pas qu'on vous laisse passer la porte si vous croyez pas à tous les machins, les nuages, les harpes, tout ça…

— Il n'y a pas besoin d'y croire, assura Linnet avec force. Quand le moment sera venu, la porte s'ouvrira, c'est tout.

De nouveau, elle observa Gavan. Se pouvait-il qu'il fût en train de mourir d'une terrible maladie ? Cette idée lui fendait le cœur.

— Y a pas de chien, par ici ? s'enquit le petit garçon après avoir soupiré.

— Il y en a un près des écuries, répondit Neythen. Mais c'est une espèce de bâtard hirsute qui n'appartient à personne.

— Alors, il pourrait être à moi, suggéra Gavan, que la discussion sur l'au-delà n'intéressait manifestement plus. Mon frère, il a un chien, mais moi, j'en ai pas un à moi tout seul. On y va ?

— L'infirmière va peut-être se demander où tu es, objecta Linnet.

Selon Gavan, cependant, celle-ci ne remarquerait même pas son absence. Et, dans le cas contraire, elle serait ravie.

— Elle dit que je suis une épine dans son flanc, leur confia-t-il. S'il vous plaît, on peut aller voir le chien, juste un petit coup ?

Peu après, ils se trouvaient dans l'écurie, essayant d'attirer à eux un petit chien au poil grisâtre, dont les caractéristiques les plus saillantes étaient ses yeux noirs brillants et son état de saleté, lorsque Linnet entendit le martèlement de la canne.

— Ah, vous voilà ! dit Piers d'une voix rien moins qu'aimable. Pour l'amour du ciel, l'infirmière croit qu'on a volé ce gamin !

— Elle a pas donné mon lit, hein ? s'écria Gavan en essayant de se relever.

Heureusement, Neythen le rattrapa au moment où il perdait l'équilibre.

— Elle ne peut pas donner ton lit, tu as laissé tes puces dedans.

— J'ai pas de puces, protesta Gavan. Vous pensez que...

— Je ne pense pas, bien sûr, coupa Piers. Que faites-vous avec cette bestiole dégoûtante ?

— Ça sera mon chien, déclara Gavan. Je vais le dresser et il dormira sur mon lit.

Bien qu'acculé contre une mangeoire, l'animal ne semblait pas désireux d'approcher. Pourtant, Gavan ne cessait de multiplier les « Viens, mon beau... Viens, mon beau... »

— À mon avis, il ne s'appelle pas « Monbeau », fit remarquer Piers.

Il avait à peine prêté attention à Linnet. Et elle jugeait très irritante la manière dont son cœur s'était emballé lorsqu'il était entré dans l'écurie. Allait-elle bientôt guetter le bruit de sa canne comme une idiote énamourée ?

— Il s'appelle comment, alors ? demanda Gavan. Il était à vous ?

— Évidemment que non. Si tu veux qu'il vienne vers toi, tu ferais mieux de lui offrir un peu de viande. Prufrock te cherche, ajouta-t-il à l'intention de Neythen. Va lui dire où tu te trouves, puis reviens chercher ce vaurien pour le remonter à l'étage.

— Alors, s'il est pas à vous, je peux le prendre, insista Gavan. Peut-être que je vais l'appeler Rufus.

— Je suggère Pêche, dit Piers en coulant un regard ironique à Linnet. Un nom qui te rappellera le conseil de ton père.

— Non, c'est un nom de fille, répliqua Gavan. Il a plus l'air d'un Rufus. Viens, Rufus.

Linnet se releva puisque Gavan semblait décidé à convaincre Rufus d'attraper un bâton.

— À quoi diable jouez-vous ? lui demanda Piers. Vous avez raté le déjeuner.

Il la dominait de toute sa hauteur ce qui l'agaçait prodigieusement.

— J'ai simplement emmené Gavan dehors, répliqua-t-elle. Sauf à me cloîtrer dans votre bibliothèque pour y lire des ouvrages médicaux, je n'ai rien d'autre à faire.

— Vous devriez faire ce que font les dames toute la journée. Je ne vous demande qu'une chose, c'est de rester à l'écart de mes patients.

— Pourquoi ?

— Pourquoi ? Parce que je vous le dis !

— Vous avez peur de votre infirmière, insinua Linnet.

— Je n'ai pas peur de nurse Matilda. Elle est très stricte en matière de discipline.

— Dans ce cas, pourquoi vous être donné la peine de venir jusqu'aux écuries pour nous chercher ?

— Peut-être que je suis en train de tomber amoureux de vous, comme le pensent la plupart de mes gens.

— Ce sont pas vos gens qui pensent cela, mais les *miens*.

— Mon majordome m'a parlé du pari. Vos domestiques vont perdre beaucoup d'argent, assura-t-il avec une certaine satisfaction. J'espère que vous les payez bien et qu'ils peuvent se le permettre.

Linnet lui adressa une grimace avant de reporter son regard sur Gavan. Après avoir rampé sur le sol, il tendait la main vers Rufus, qui lui reniflait les doigts avec prudence.

— Vous ne pouvez pas laisser cet enfant mourir avec une brute comme infirmière et des malades tout autour de lui.

Comme Piers lâchait un rire bref, elle le foudroya du regard.

— Je suis un salaud sans cœur, c'est cela ? dit-il.

— Oui.

Il s'appuya plus lourdement sur sa canne.

— Allons-nous rester ici à discuter des soins aux patients ou puis-je retourner m'occuper d'eux ?

— Pourquoi ne pas vous asseoir sur ce joli banc, là-bas ? suggéra Linnet.

— Pourquoi ne pas simplement m'en retourner…

— Parce que je veux vous parler de ces patients que vous laissez se morfondre dans leur lit en attendant la fin.

— Pourquoi diable voudrais-je en parler avec vous ? Votre beauté ne vous donne aucune qualification médicale.

— Il n'est pas nécessaire d'être médicalement qualifiée pour savoir qu'on ne laisse pas un garçon mourant, un enfant, au milieu de tous ces gens malades. Gavan reste dans son lit toute la journée. L'infirmière refuse de le laisser se lever, ne serait-ce qu'un moment.

— Sur mes instructions, répliqua Piers d'un ton suave. En général, elle m'obéit car c'est moi qui la paye.

— C'est ridicule. Si vous aviez vu comme il était heureux de voir l'océan ! Et maintenant, avec…

Elle baissa les yeux. Rufus s'était enhardi, il faisait apparemment pipi sur les pieds nus de Gavan.

— Ça ne va pas plaire à nurse Matilda, fit remarquer Piers, jubilant presque. Et c'est vous qu'elle blâmera.

Linnet haussa les épaules.

— Neythen peut lui rincer les pieds dans l'abreuvoir des chevaux avant de le ramener dans la salle.

— Si vous me disiez ce que, selon vous, je devrais changer dans l'aile ouest ?

— Il faudrait la rendre plus gaie.

— C'est à cause de la mort, n'est-ce pas ? dit-il en se penchant vers elle. Elle vous fait peur.

— Ce n'est pas à cause de la mort, rétorqua-t-elle.

— Bien. Écoutez, cette conversation est fascinante, mais ma jambe ne supportera pas davantage d'excitation.

Comme il pivotait, Linnet étrécit les yeux, en proie à une colère grandissante.

— Vous me laissez en plan ?

— Moi ? Je fais quoi ? demanda-t-il par-dessus son épaule. Je vous laisse… *en plan* ? Eh bien, oui.

Linnet le contourna et se planta devant lui pour l'empêcher de franchir la porte.

— Pourquoi ne voulez-vous pas m'écouter ?

— Parce que vous dites des âneries.

— Vous auriez dû voir le visage de Gavan quand il a parlé du paradis ! Il disait que le soleil sur l'océan ressemblait à...

— Il aurait pu ressembler à une vache morte, coupa Piers, que je n'aurais pas vu le rapport.

— C'est parce qu'il va mourir, espèce de brute !

— Nous allons tous mourir.

— Pas comme Gavan. En tout cas, pas si vite... ou pas si jeune.

— Qui peut savoir quand Gavan mourra ? Je suis au regret de vous dire qu'il y a de grandes chances pour que vous mouriez avant lui. Même si l'on prend en compte la longévité des femmes, il n'a pas sept ans, alors que vous devez en avoir dans les vingt-cinq.

— Vingt-trois, précisa Linnet, perplexe.

— Si je me fie à ce que j'ai vu de sa mère, il vivra jusqu'à un âge avancé. C'est une femme solide, et suffisamment intelligente pour l'avoir conduit ici quand il est tombé d'une meule de foin et a été victime d'une double fracture.

— D'une double...

— Fracture. De la jambe, expliqua-t-il charitablement. Et maintenant, cela vous ennuierait-il beaucoup que je boite jusqu'au château pour prévenir que le patient a été retrouvé, encore que couvert d'urine, et sans aucun doute infesté de puces ? Nurse Matilda ne va pas apprécier.

— Je croyais qu'il était mourant. Il m'a dit que vous l'obligiez à rester au lit.

— Pour mieux vous tromper, prétendit Piers. Je l'ai effectivement obligé à rester au lit. Nous avons tenté une méthode nouvelle pour ressouder l'os, qui consistait à immobiliser le membre dans une gangue de plâtre. Et ça a remarquablement marché, sans vouloir me vanter. À présent, est-il nécessaire que je vous redise que ma jambe me fait un mal de chien, la salope !

— Est-ce une raison pour être aussi…

— Grossier ? Vous êtes entrée dans mon infirmerie ; vous avez sorti de son lit un enfant auquel on a enlevé son plâtre il y a seulement trois jours ; vous l'avez fait transporter au bord de la mer, puis dans les écuries, et maintenant, il se vautre à terre. Ce gamin ne peut même pas se relever seul. Il ne pourrait pas marcher même si vous…

— Regardez ! cria Gavan. Regardez-moi !

Ils regardèrent.

Appuyé sur Rufus, Gavan se tenait debout. Le chien lui léchait la main.

— Il m'aime !

11

Quand Linnet s'habilla pour le dîner, son humeur était plutôt sombre. Ainsi, l'aile ouest n'était pas remplie de mourants... Elle se sentait certes stupide, mais aussi vindicative. Car si Piers prenait manifestement soin du corps de ses patients, il ne se souciait pas de l'ennui qui devait les accabler, à rester cloués dans ces lits jour après jour.

Il n'empêche que cela ne la regardait pas. Et d'autant moins qu'un mariage entre eux était hors de question. Dire qu'elle s'était donné deux semaines pour qu'il tombe amoureux d'elle ! C'était risible.

Un peu plus tôt, elle avait écrit un billet au duc pour qu'il organise leur départ dès le lendemain. Elle devait décider de ce qu'elle ferait de sa vie, ce qui signifiait, en premier lieu, retourner chez son père. Ensuite... peut-être un voyage. Peut-être l'Europe.

Mais elle avait le pressentiment que le duc répugnerait à partir immédiatement.

Linnet ignorait pourquoi Piers et son père ne se parlaient plus depuis des années. Mais l'expression du duc ne laissait pas le moindre doute : il était profondément heureux d'être auprès de son fils, même si celui-ci se comportait comme un fieffé imbécile la plupart du temps.

Assise à sa coiffeuse, Linnet commença à lire à voix haute un article d'une revue médicale, pendant qu'Eliza relevait ses cheveux en un chignon compliqué. Un vacarme soudain retentit dans la cour.

— Que diable se passe-t-il ? s'inquiéta Linnet.

Eliza se précipita vers la fenêtre.

— Une voiture ! On dirait une citrouille tellement elle est jaune et brillante.

Linnet la rejoignit à l'instant où un pied délicat, chaussé d'un délicieux escarpin à talon haut, émergeait de la voiture. Il appartenait à une dame vêtue d'une tenue de voyage bordeaux, et coiffée d'un impertinent petit chapeau surmonté non pas d'une, ni de deux, mais de trois plumes vaporeuses.

— Quelle merveille ! soupira Eliza. Ce chapeau doit venir de La Belle Assemblée. Ils ont quelque chose, y a pas à dire.

— Peut-être que c'est une rivale qui veut épouser lord Marchant, commenta Linnet en retournant s'asseoir.

— C'est plus probablement une malade, répliqua Eliza. Il paraît qu'il y a des gens qui viennent le voir de toute l'Angleterre. Et peut-être même de l'étranger. D'aussi loin que l'Écosse, qui sait.

Linnet ne voulait pas savoir si Piers était un bon médecin. Pas après la manière dont il s'était moqué d'elle. Il avait parfaitement compris qu'elle croyait Gavan mourant, et l'avait laissée se ridiculiser. Ses yeux le trahissaient : il était malveillant.

— J'espère que c'est une candidate au titre de duchesse, insista-t-elle. Cela m'amusera de voir sa réaction à la perspective de passer toute sa vie avec cet homme.

— Et voilà, vous êtes prête, annonça Eliza en enfonçant un peigne dans ses boucles.

Linnet se leva et esquissa quelques pas vers la porte. Mais elle n'avait pas très envie de descendre. Elle se sentait une telle nigaude.

— Peut-être que…

— Non, décréta Eliza. Même si c'est le suppôt de Satan qu'on dit, vous n'allez pas vous cacher dans votre chambre. Allez-y et arrangez-vous pour qu'il tombe amoureux de vous.

Comme Linnet laissait échapper un gémissement, elle ajouta en ouvrant la porte :

— On compte tous sur vous.

Linnet descendit lentement l'escalier. Elle croyait avoir été humiliée quand une salle de bal entière lui avait tourné le dos. Qui aurait pensé qu'elle subirait une humiliation encore plus grande lorsqu'un imbécile de médecin lui rirait au nez ?

Un brouhaha de voix excitées s'élevait du salon. Prufrock se tenait devant la porte ouverte, sans même se soucier d'avoir l'air d'un majordome.

— Racontez-moi, dit-elle en atteignant le bas de l'escalier.

— La duchesse vient d'arriver pour voir son fils. Enfin, l'ex-duchesse.

— Vous voulez dire, la mère de lord Marchant ? Ne vit-elle pas à l'étranger ? demanda Linnet, sa curiosité soudain piquée.

— Apparemment, après avoir passé quelque temps en Andalousie, elle s'est lassée et a décidé de venir surprendre son fils au pays de Galles.

— Alors que le duc séjourne justement ici. Captivant !

— Le duc n'est pas encore descendu. Elle n'a donc pas eu la joie de le retrouver, déclara Prufrock qui, après s'être avancé d'un pas, annonça : Mlle Thrynne.

Les conversations cessèrent, et toutes les têtes se tournèrent vers la porte. Imitant Zenobia de manière éhontée, Linnet s'immobilisa brièvement sur le seuil avant de pénétrer dans la pièce.

Plusieurs messieurs se précipitèrent vers elle : le marquis Latour de Laffitte, les trois médecins... mais pas Piers.

Elle tendit la main à Sébastien, qui la baisa à la manière des aristocrates français. Jetant un coup d'œil à la ronde, Linnet débusqua Piers. Adossé au pianoforte, il avait les yeux mi-clos, comme s'il se désintéressait de ce qui se passait dans la pièce.

Comme elle s'y attendait, il releva brusquement les paupières. Il était, bien sûr, aussi somnolent que le lion guettant la gazelle imprudente. Dans son regard, il y avait de la moquerie... et quelque chose d'autre. Un « quelque chose » qui la fit se raidir.

Elle reporta son attention sur le marquis, qu'elle gratifia de son sourire le plus charmeur.

— Racontez-moi donc votre journée. Lord Marchant vous a-t-il dit que je l'ai exaspéré en emmenant l'un de ses patients au grand air ?

Avec son rire prompt et ses yeux pétillants, Sébastien était tout à fait adorable.

— J'exaspère Piers si régulièrement que je ne m'en aperçois même plus, prétendit-il. Mais venez avec moi. Comme il est trop mal élevé pour s'en charger, je dois vous présenter à sa mère, ma tante. Il y a tout juste une heure qu'elle est arrivée.

Un instant plus tard, Linnet esquissait une révérence devant une petite femme d'une élégance irréprochable.

— Lady Bernaise, permettez-moi de vous présenter Mlle Thrynne, dit Sébastien. Elle est venue au pays de Galles pour rencontrer votre fils, comme vous le savez.

La mère de Piers ne montrait aucun signe de fatigue malgré son long voyage. En vérité, elle était très belle, avec un teint radieux et des cheveux brillants qui démentaient son âge.

— *Enchantée*, dit-elle en français. Si j'en crois ce que m'a dit ce cher Sébastien, vous êtes l'épouse destinée à mon fils.

Elle accompagna ces mots d'un sourire paresseux, qui rappela à Linnet celui de Piers. Il disait à la fois tout et rien.

— Pas « destinée », corrigea Linnet. Éventuelle.

— Cela fait si longtemps que je ne suis pas venue en Angleterre, répliqua lady Bernaise avec un geste gracieux de la main. Vous devez me pardonner mes fautes. Souhaitez-vous épouser mon fils ?

— Si la réponse est non, je serai heureux de me proposer, déclara Sébastien.

Il plaisantait, bien sûr, mais il y avait néanmoins une pointe de sérieux dans sa voix.

Linnet lui sourit. Il était tout ce que Piers n'était pas : gentil, bien élevé, attentionné. Et il s'habillait magnifiquement.

— Je crains que votre fils et moi ne soyons pas faits l'un pour l'autre, répondit-elle à lady Bernaise.

— Et comment êtes-vous parvenue à cette conclusion ? s'enquit cette dernière en la regardant par-dessus l'éventail qu'elle venait d'ouvrir d'un coup sec.

— Elle a passé plus de cinq minutes avec lui, lança Sébastien.

— Lord Marchant me l'a dit lui-même, expliqua Linnet. Et je suis d'accord avec lui. J'ai bien peur d'exaspérer ce pauvre homme, ce qui n'augurerait rien de bon pour un mariage.

— Depuis quand suis-je un « pauvre » homme ? fit la voix de Piers, juste derrière elle.

— Un homme qui s'habille comme toi ne peut être considéré autrement, *mon cher*, rétorqua sa mère. Où as-tu trouvé cette veste ? Sur un tas d'ordures ?

— Non, *maman*, rétorqua-t-il en utilisant le terme français, dans une poubelle. Au fait, ai-je pensé à mentionner que mon cher et méprisable père se trouve également ici ?

Les yeux de lady Bernaise s'étrécirent l'espace d'une fraction de seconde.

— Dans l'excitation de me revoir après tant de mois, tu as dû oublier.

— C'est sûrement cela. Cela et ma mémoire défaillante. Mon Dieu, il devrait descendre d'un instant à l'autre.

Lady Bernaise s'éclaircit la voix.

— Non, il ne consomme plus d'opium, ajouta-t-il, devançant sa question.

Sébastien adressa un sourire contrit à Linnet.

— Nous vous traitons déjà en membre de la famille, mademoiselle Thrynne.

Linnet s'efforçait de comprendre cet échange. Le duc avait-il pris de l'opium pour soulager un mal quelconque ? Il semblait pourtant très bien portant pour un homme de son âge – entre cinquante et soixante, d'après elle.

Devinant apparemment ses pensées, Piers expliqua :

— Il a développé une dépendance. L'opium soulage la douleur, mais rend dépendant. Ce qui signifie qu'il ne pouvait plus cesser d'en prendre. Il a certainement commencé à cause d'un orteil meurtri ou quelque chose d'aussi grave. Il passait son temps à tituber dans la maison pour notre plus grand amusement, à *maman* et à moi.

Lady Bernaise referma son éventail pour lui en asséner un coup sur la main.

— Je te prierais de ne pas manquer de respect à ton père en ma présence.

— Ensuite, quand elle a fini par s'enfuir en France – en m'emmenant avec elle, Dieu merci –, il a demandé le divorce, poursuivit Piers. Il a proclamé *urbi et orbi* qu'elle le trompait et s'était sauvée avec le jardinier. Ce qui, au passage, n'était pas la vérité. Notre jardinier avait au moins quatre-vingts ans, et il n'aurait pas survécu à une telle excitation.

— Tu laves notre linge sale en public, protesta lady Bernaise en le fusillant du regard.

— Linnet n'est pas le public, riposta Piers. C'est ma fiancée. Du moins, jusqu'à ce que l'un de nous deux ait envoyé un démenti au *Morning Post*.

— Mon père s'en occupera dès que je serai rentrée à Londres, lui dit Linnet. Nous partons demain.

— Devez-vous vraiment partir ? Vous êtes *ravissante*, s'écria lady Bernaise. Vous feriez sensation en France. Encore qu'à mon avis, vous serez encore mieux lorsque vous pourrez porter d'autres couleurs que le blanc. Une raison, peut-être, d'épouser Piers.

— Si j'étais votre mari, je me ferais un plaisir de me rendre avec vous chez les modistes, assura Sébastien. Alors que Piers préférerait mourir plutôt que de vous accompagner.

— Oui, mais tu as un an de moins que mon fils, objecta lady Bernaise. Il doit donc se marier le premier.

Linnet s'apprêtait à intervenir lorsque lady Bernaise rouvrit brusquement son éventail pour dissimuler son visage.

Toutes les têtes se tournèrent vers la porte.

Le duc était pâle, et il paraissait avoir vieilli en quelques heures. Néanmoins, il s'avança directement vers eux sans prêter la moindre attention aux autres personnes présentes.

Il portait des culottes de velours et une redingote assortie, dont le haut col mettait en valeur son profil patricien. Aux yeux de Linnet, il n'avait rien d'un opiomane. Mais que connaissait-elle en la matière ?

— Séduisant, non ? lui murmura Piers à l'oreille.

— En effet.

— Je ne dirai pas à ma chère maman que vous pensez cela. Ni qu'il pourrait choisir de vous épouser, si je vous rejetais. Il se pourrait qu'elle éprouve encore un brin d'affection pour ce vieux salaud.

Le duc s'inclina sur la main de son ex-femme. Elle avait abaissé son éventail, mais son visage demeura absolument impassible.

— Sapristi, il ne pourrait pas avoir l'air un peu moins éperdu ? murmura Piers. Il déshonore le sexe masculin. Je crois que vous allez devoir vous faire à l'idée de m'épouser. Ou d'épouser un autre homme, mais certainement pas lui.

— Il a peut-être conscience d'avoir commis une erreur, chuchota Linnet. Pensez-vous que votre mère puisse lui pardonner ?

— L'opium ? C'est possible. Le fait qu'il l'ait traitée de catin adultère dans tout Londres, et jusque devant les juges ? C'est peu vraisemblable.

Le dos raide, le regard distant, lady Bernaise s'adressa au duc d'une voix glaciale.

— Alors, Windedank, comment allez-vous depuis que j'ai quitté l'Angleterre ?

— Aïe ! dit Piers.

— Effectivement, acquiesça Linnet. Nous ne devrions pas regarder.

— Pourquoi ? C'est plutôt satisfaisant de le voir souffrir. Ce vieil imbécile l'a rejetée au cours d'une crise provoquée par l'opium, mais je pense qu'il s'en est ensuite mordu les doigts.

Linnet pivota pour le regarder.

— Comment se comporte un opiomane ?

Le regard de Piers s'assombrit.

— Il est euphorique, il danse dans toute la maison en petite tenue et, d'une manière générale, il agit comme sous l'effet d'une insolation. Et puis, l'instant d'après, il se met à vomir. C'est un état répugnant et disgracieux.

— Lorsque vous étiez petit, avant que votre mère vous emmène en France, vous aviez une idée de ce qui n'allait pas chez lui ?

— J'étais trop jeune pour comprendre. Mais j'avais déjà appris à discerner les symptômes d'intoxication. Les enfants de drogués se méfient des difficultés d'élocution, des signes de confusion, des yeux injectés de sang.

— Vous aviez remarqué ses yeux ?

— Peut-être pas à ce moment-là. Mais maintenant, si. La prise régulière d'opium contracte les pupilles.

— Ce devait être terriblement déroutant pour un enfant, dit-elle en posant la main sur son bras. Je suis désolée.

Le regard qu'il abaissa sur elle était impossible à déchiffrer.

— J'en suis plutôt reconnaissant, en fait.

— Pourquoi ? Parce que votre mère vous a emmené en France ?

Sous ses doigts, elle percevait la chaleur de son bras. Stupidement, elle songea aux muscles qu'elle avait vus le matin même.

— C'est grâce à cela que je suis devenu médecin. Sans sa toxicomanie, je passerais mon temps à jouer aux échecs dans un club londonien, et j'envisagerais de me tirer une balle dans la tête pour mettre fin à mon ennui.

Apparemment lassée de s'entretenir avec son ex-mari, lady Bernaise s'approcha d'eux.

— Mes chers enfants, dit-elle, je sens venir la migraine.

— La migraine conjugale ? demanda Piers. Je croyais qu'il fallait être mariée pour en souffrir.

— Il faut toujours que tu plaisantes, protesta-t-elle en le menaçant de son éventail. La vie n'est pas une plaisanterie. Pas toujours. Je t'assure que ton père pouvait me donner mal à la tête même lorsqu'un continent entier nous séparait.

— J'en suis désolé, fit le duc derrière elle. S'il vous plaît, ne vous retirez pas dans votre chambre. C'est moi qui vais partir.

— Non, restez ici avec notre fils, répliqua lady Bernaise sans le regarder. Vous avez perdu trop d'années. Vous le méritiez, certes, mais j'ai l'impression qu'à présent, vous avez conscience du chagrin que vous vous êtes imposé.

— En effet, acquiesça le duc.

Ses yeux demeurèrent rivés sur son ex-femme tandis qu'elle tendait la main d'abord à Linnet, puis à Piers.

— Je pense que Sa Grâce ne s'est pas trompée en vous choisissant pour Piers, dit-elle à Linnet, d'un ton qui trahissait une surprise manifeste. Oui, il a eu tout à fait raison.

— Reprenez-vous, intima Piers à son père dès que sa mère se fut éloignée. Vous ressemblez à un chien qui convoite un os à moelle. Bon sang, vous auriez dû vous trouver une autre femme, à l'heure qu'il est ! Elle, elle s'est remariée. Pourquoi pas vous ? Nous aurions alors une nouvelle duchesse qui tenterait de se montrer condescendante envers *maman*. Ça, au moins, ç'aurait été intéressant !

— Pour moi, il n'y aura jamais personne d'autre, répondit le duc. Je l'ai tellement fait souffrir... Mais à l'époque, je ne comprenais pas combien je l'aimais. À présent, je dois vivre avec l'homme que j'étais alors.

— On dirait le rôle principal dans un mauvais mélodrame, railla Piers.

— Chut, lui dit Linnet.

— Mademoiselle Thrynne, j'ai reçu le billet dans lequel vous me demandiez de repartir demain, déclara le duc avec une expression désespérée.

— Si nous restions encore quelques jours… peut-être que lady Bernaise et vous parviendriez à discuter, hasarda Linnet. Je ne suis pas si pressée que cela.

— Je le savais ! s'écria Piers en reculant avec ostentation. En fait, depuis le début, vous jouez la comédie en prétendant ne pas vouloir m'épouser.

— Oui, répondit Linnet qui, après l'avoir regardé, éclata de rire. Aujourd'hui, j'ai pris conscience que vous étiez le prince charmant. Le rêve incarné de toute femme.

— C'est très gentil à vous de le proposer, intervint le duc. Mais je ne voudrais pas la rendre encore plus furieuse contre moi.

— N'est-ce pas merveilleux ? s'exclama Piers. La fiancée indésirable et la parentèle encore plus indésirable décident de…

Le coup de coude que Linnet lui décocha dans l'estomac le coupa dans son élan.

— Nous resterons aussi longtemps que vous le souhaitez, Votre Grâce, déclara-t-elle. Après tout, je serais bien inspirée d'étudier un peu plus soigneusement mes perspectives matrimoniales.

Après avoir jeté un coup d'œil sarcastique à Piers, elle poursuivit :

— Peut-être qu'avec votre fils, il faut aller au-delà des apparences. Je ne devrais pas être si prompte à le rejeter. Qui sait s'il n'a pas simplement *l'apparence* d'un imbécile puéril ? S'il n'y a pas un adulte à l'intérieur, prêt à émerger un jour ou l'autre ?

— Que je sorte de mon état infantile ou pas, je serai duc, souligna Piers. À moins d'épouser mon père ici présent, vous n'obtiendrez sans doute jamais aucune demande aussi intéressante.

— Ah, parce que vous faisiez une demande ? répliqua-t-elle avec suavité.

— Non, mon père s'en est chargé pour moi. Alors, qu'en pensez-vous ? enchaîna-t-il en se tournant vers le duc. Allez-vous rester pour essayer de vous insinuer de nouveau dans les bonnes grâces de ma mère ? C'est perdu d'avance, à mon humble avis.

— Certainement pas, affirma Linnet. Surtout que Sa Grâce peut bénéficier des conseils avisés de son fils et héritier.

— Je peux l'aider s'il souffre d'hémorroïdes, riposta Piers. Mais, d'après ce que j'ai entendu, le mariage est la pire de ces deux calamités.

Le duc le regarda, secoua la tête.

— Tu ne te marieras jamais, n'est-ce pas ?

Linnet eut pitié du duc.

— Il faut probablement que ce soit lui qui en décide. Il doit trouver lui-même sa femme.

— Rien de plus facile ici, répliqua Piers. Vous n'imaginez pas le nombre de jeunes femmes qui montent vers ce château d'un pied léger, pour venir se plaindre de ballonnements, de cécité, de vomissements... Tout un tas de maux charmants.

— Eh bien, c'est dans ce vivier qu'il vous faudra choisir, déclara Linnet avec un haussement d'épaules.

— Peut-être que, finalement, je devrais vous garder.

— N'êtes-vous pas fatigué d'agir comme un petit garçon ? demanda-t-elle. Ne l'écoutez pas, continua-t-elle à l'intention du duc. Un jour ou l'autre, une femme enceinte se présentera, et il l'épousera parce que ce sera la chose prudente à faire.

— Prudente ? Pas si je n'ai pas la certitude qu'elle porte un garçon, décréta Piers. Et, pour autant que je sache, il n'existe pas de moyen d'en être sûr.

— Vous pourriez toujours substituer l'un de ses autres enfants, suggéra Linnet.

Piers éclata d'un rire bruyant. Mais le sourire qu'esquissa le duc était contraint.

— Vous trouvez peut-être matière à rire dans la primogéniture, tous les deux. Mais ma famille a transmis ce titre durant des centaines d'années.

— Jusqu'à ce que vous traîniez votre nom dans la boue en devenant un mangeur d'opium. Il doit être l'heure de dîner, poursuivit Piers en se détournant. Prufrock, que diable attendez-vous ? Sonnez donc cette cloche avant que nous nous entre-dévorions.

— Une journée difficile, commenta Linnet en glissant son bras sous celui du duc.

— J'ai fait le bon choix avec vous, répliqua-t-il après lui avoir tapoté la main. Mais je vois ce que vous voulez dire.

Piers les précédait à grands pas, sans se soucier de l'étiquette qui aurait exigé qu'il attendît – si ce n'est Linnet, en tout cas son père – avant d'entrer dans la salle à manger.

— Vous avez peut-être remarqué que je ne portais pas d'enfant, dit doucement Linnet.

Les mensonges qui l'avaient conduite au pays de Galles lui pesaient sur la conscience. Mais, l'air profondément embarrassé, le duc agita la main comme pour signifier qu'on ne remarquait rien.

— Je suis persuadée que votre fils se mariera un jour, ajouta Linnet.

Mais n'était-ce pas un mensonge de plus ? Elle ne parvenait pas à imaginer la femme qui non seulement tolérerait Piers, mais, aussi, lui tiendrait tête.

— Peut-être, peut-être. J'avais espéré… mais je vois à présent que vous vous ressemblez beaucoup.

— Cela, Votre Grâce, s'apparente à une insulte, si vous voulez bien pardonner ma franchise, fit-elle remarquer avec un sourire.

— Mon intention n'était certes pas de vous insulter. Qu'allez-vous faire ensuite, ma chère enfant ?

— Je vais retourner à Londres. Peut-être me rendre à l'étranger… Ou alors, je peux aller directement chez lady Jersey et lui montrer que je n'attends pas d'enfant. Puis j'obligerai le prince à reconnaître que la chose était impossible. Et alors, je pourrai trouver un mari.

— Très bien. Vous pouvez compter sur mon soutien. J'ose croire que mon opinion aura une influence significative sur lady Jersey.

Elle lui sourit de nouveau.

— Je vous remercie.

12

Linnet rêvait que sa mère, assise au bout de son lit, lui lançait des cerises en riant. Comme elle ne visait pas très bien, l'une d'elles tomba à terre après avoir rebondi sur l'épaule de Linnet ; une autre disparut entre les replis du drap.

— Maman, protesta-t-elle, cela va tout salir.

— C'est pour s'amuser, ma chérie, répliqua sa mère sans cesser de rire. Il faut que tu…

Mais Linnet n'en sut pas plus car, secouée sans ménagement, elle se réveilla. Ce n'était pas sa mère qui était assise au bout du lit, mais Piers. Aussi à l'aise que s'il était le grand frère qu'elle n'avait jamais eu.

Et pourtant… Il suffit à Linnet d'un regard sur son visage aux traits ciselés, ombré d'une barbe légère, pour que tout son corps lui dise qu'il ne s'agissait pas d'un frère. Il ne portait pas de veste, et ses épaules tendaient l'étoffe de sa chemise.

— Bonjour, dit-elle en se sentant rougir.

C'était absurde ! Piers était impuissant, et il se moquerait d'elle à n'en plus finir s'il soupçonnait que son physique lui plaisait tellement. Car ce n'était que cela : une admiration parfaitement normale de la beauté physique.

— Envisagez-vous de sortir de ce lit à un moment ou un autre ? lança-t-il de son ton péremptoire habituel. Je vous ai apporté du chocolat chaud. J'ai l'impression d'être une femme de chambre... ou plutôt, l'un de ces eunuques qui servaient les empereurs.

Il ne ressemblait pas à un eunuque, non pas qu'elle en eût jamais vu. Elle referma les mains sur la tasse qu'il lui tendait et prit une gorgée du breuvage riche et onctueux, au parfum presque poivré.

Elle comprenait les gens qui aimaient le mariage. C'était amusant d'avoir quelqu'un avec qui discuter le matin au-dessus d'un chocolat chaud. Plus encore, elle aimait regarder Piers. Et puisqu'il ne faisait pas attention à elle, elle ne se priva pas d'observer, entre ses paupières à demi baissées, le jeu de ses muscles.

Le corps masculin était tellement différent du sien, si attirant à sa manière. Elle présenta silencieusement ses excuses à sa mère en comprenant, pour la toute première fois, ce qui faisait ainsi briller ses yeux lorsqu'elle courait à un rendez-vous.

Soudain, elle prit conscience de l'activité à laquelle Piers se livrait : penché sur le côté, il poussait, du bout de sa canne, sa boîte à bijoux posée sur la coiffeuse. Elle était à présent tout au bord. Un coup supplémentaire et elle tomberait.

Linnet poussa un cri tout en posant précipitamment la tasse de chocolat sur la table de nuit.

— C'est si difficile de vous réveiller...

— Donnez-moi cela ! s'écria-t-elle en lui arrachant la canne. Vous êtes prié de ne pas exercer votre sens de l'humour puéril sur ma boîte à bijoux. Je l'ai héritée de ma mère. Elle est incrustée de nacre et vient de Venise.

Cette fois, ce fut vers elle que Piers s'inclina, jusqu'à poser les mains de chaque côté de ses hanches.

— C'est la seconde fois que vous me traitez de puéril. Des hommes ont été provoqués en duel pour moins que ça.

— Pas par vous, riposta-t-elle. Vous êtes infirme.

Il y eut un court silence.

— Voilà qui est plutôt cruel, dit-il à voix basse, tout en se penchant davantage.

— Pas plus que la manière dont vous parlez aux gens, rétorqua-t-elle non sans jubilation.

Il se déplaça légèrement, puis referma soudain les mains sur sa taille. Il était si proche qu'elle percevait sa chaleur. Elle s'accrocha à la canne sans chercher à dissimuler son sourire. Le taquiner était grisant... et dangereux.

— Personne ne vous a prévenue qu'on me surnommait la Bête ? dit-il, comme s'il lisait dans ses pensées.

Linnet plissa le nez.

— C'est le cas de tous les garçons de deux ans. Par leur nounou. Qu'allez-vous faire ? Me traiter de tous les noms ? Ça ne servira à rien puisque les pires m'ont déjà été donnés par le Tout-Londres.

— Eh bien, voilà quelque chose que ma mère et vous avez en commun. Je ne serais pas dépaysé de me pelotonner contre une catin.

D'un geste maladroit, Linnet réussit à retourner la canne pour lui en donner un petit coup dans la poitrine.

— Pourriez-vous reculer ? C'est tout à fait inconvenant.

Il ne bougea pas. Ses yeux brillaient d'un éclat qui allait au-delà de l'inconvenance. Soudain, Linnet prit conscience de son erreur. Elle avait supposé qu'un homme impuissant était... eh bien... incapable d'éprouver du désir.

Manifestement, Piers n'avait pas de problème avec le désir.

Une fois de plus, il devina ce qu'elle pensait. Son regard balaya lentement son visage, s'arrêta sur ses lèvres, descendit le long de son cou...

Puis il devint fixe.

Baissant les yeux, elle découvrit que sa chemise de nuit était coincée sous elle, si bien que la mince étoffe était tendue à outrance sur son buste. Elle voilait à peine ses seins, dont on distinguait très bien les pointes rosées. Rejetant la canne, Linnet croisa les bras sur sa poitrine.

— Vous n'êtes pas censé me reluquer ainsi, observa-t-elle.

— Vous êtes ma fiancée, répliqua-t-il d'une voix grave, rauque, dépourvue de son habituel ton moqueur.

Linnet humecta sa lèvre inférieure du bout de la langue.

— Plus maintenant.

— Vous savez, nous devrions explorer un peu plus soigneusement cette question des fiançailles. Nous sommes peut-être en train de jeter l'eau du bain avec le bébé.

De nouveau, il se rapprocha. À présent, ses mains étaient sur l'oreiller de Linnet, son visage juste au-dessus du sien.

— J'ai été embrassée par un prince, argua-t-elle d'une voix qui, malheureusement, grimpait dans les aigus.

— Un rival, dit-il, l'œil encore plus étincelant. Je possède un farouche esprit de compétition, le saviez-vous ?

Il inclina la tête et, d'un geste souple, effleura de la langue sa lèvre inférieure.

Malgré la vague de sensations qui déferla en elle, Linnet parvint à répliquer :

— Le gagnant est le prince Augustus.

— Mais je n'ai même pas encore commencé. Vous savez quoi ? Je pense que nous devrions nous en tenir là pour le moment. Il faudrait probablement que j'améliore ma technique. Que je lise quelques livres... que j'élabore une stratégie.

Le souffle court, les yeux mi-clos, Linnet attendait qu'il pose ses lèvres sur les siennes.

— Quoi ? glapit-elle, soudain privée de toute repartie.

— Vous sentez le chocolat, murmura-t-il, ses lèvres juste au-dessus des siennes.

Elle ferma les yeux. Allait-il se décider à...

— Si vous étiez un bonbon, je vous croquerais, murmura-t-il, juste avant de... lui mordiller la lèvre inférieure !

Malgré elle, Linnet fut parcourue d'une onde brûlante. Elle rouvrit brusquement les yeux.

— À mon avis, vous avez effectivement besoin de lire un livre ou deux. Je suis la première femme que vous embrassez ? Si l'on peut appeler cela embrasser.

Piers se redressa et se tapota le menton du bout de l'index.

— Laissez-moi réfléchir... Je crois me rappeler... Non ! Vous n'êtes pas la première femme. Êtes-vous déçue ?

— Peu m'importe.

— Que diable avez-vous fait de ma canne ? demanda-t-il en se relevant. Ah, la voilà ! À présent, pouvez-vous sortir de ce lit et vous habiller pour que nous allions nager ?

Mais tout était différent. Si Piers paraissait identique à lui-même – aussi détaché et ironique que d'habitude –, Linnet, elle, était tout simplement incapable de traverser la pièce en chemise de nuit après ce baiser. Ou ce semi-baiser.

— *Primo*, je ne vous ai même pas embrassée, déclara-t-il alors, comme conscient de son hésitation. *Secundo*, je n'aurais pas pu faire suivre ce baiser – si j'étais allé aussi loin – d'une défloration, si vous voulez bien vous en souvenir. *Tertio*... Bon, il n'y a pas de *tertio*, parce que tout a été dit en *secundo*, vous ne croyez pas ?

Linnet s'éclaircit la voix.

— Je me lèverai si vous allez vous asseoir là-bas, dit-elle en désignant un fauteuil. Face au mur.

— Et je suis aussi censé nager en vous tournant le dos ? Pour que vous vous noyiez ? Si vous le prenez ainsi, je m'en vais. Il faut que je nage tous les matins, sans quoi ma jambe me punit.

— Non ! Je veux retourner dans le bassin et apprendre à nager.

— C'est bien ce que je pensais. Alors, habillez-vous, que diable, et descendons avant que la lumière change ! Je dois bientôt aller voir mes patients. Ils ont la déplorable habitude de mourir dans la nuit.

Ses yeux n'étincelaient plus. En vérité, il paraissait tout aussi indifférent que d'ordinaire, aussi Linnet dégringola-t-elle de son lit pour se ruer derrière le paravent.

— Je suis en train de lire l'un des livres de votre bibliothèque, lui dit-elle. Un ouvrage médical.

— Ah bon ? Lequel ? demanda-t-il avec un manque flagrant de curiosité.

— *Observations et recherches médicales*, du Dr Fothergill. C'est très intéressant.

— Des foutaises. Ne croyez pas un mot de ce qu'il dit. D'ailleurs, ne croyez pas un mot de ce que vous lisez dans n'importe quel livre de la bibliothèque. La plupart d'entre eux ont été écrits par des jacasseurs incompétents.

— Vous voulez dire que la sève de jonquille ne rend pas un homme impuissant ? demanda-t-elle en passant la tête au-dessus du paravent. Quelle déception !

— Je vois que vous préparez l'avenir. Pauvre homme que votre futur mari !

— Alors, ça marcherait ?

— C'est hautement improbable. Voulez-vous ce bas qui vient de tomber par terre ?

— Oui, s'il vous plaît.

Le bas de soie vola par-dessus le paravent et atterrit sur l'épaule de Linnet.

— Pourquoi prendre la peine d'enfiler des bas ? Vous allez les enlever dans cinq minutes.

— Je ne peux pas sortir sans bas ! répondit-elle en finissant d'attacher ses jarretières.

Mais elle avait d'ores et déjà décidé de se passer de corset, trop pénible à lacer.

— Vous pouvez m'aider de nouveau avec les boutons ?

Quand elle émergea de derrière le paravent, Piers regardait par la fenêtre.

— Le soleil est déjà levé. Je devrais vraiment me rendre à l'infirmerie.

— Non. Vous devez aller nager. Boutonnez ma robe et allons-y.

Bien que moins inattendu, le plongeon dans l'eau glacée fut tout aussi brutal.

— Oh, mon Dieu, oh, mon Dieu ! balbutia Linnet en s'accrochant à Piers, qui venait de la repêcher.

— Vous avez repris votre souffle ? lui cria-t-il à l'oreille.

Elle secoua la tête, ne voulant pas renoncer à la chaleur du bras puissant refermé autour de son corps. Mais il la repoussa sans ménagement.

— La planche !

Elle s'exécuta.

— Bien. À présent, faites la même chose sur le ventre.

Comme elle le regardait avec incrédulité, il se chargea lui-même de la faire pivoter. Elle coula aussitôt, mais il la rattrapa.

— Sur le ventre, répéta-t-il. Je veux que vous fermiez les yeux et que vous flottiez sur le ventre. C'est tout aussi facile que sur le dos.

— D'ab… d'abord, réchauffez-m… moi, bégaya-t-elle entre deux claquements de dents.

Il l'attira à lui, le dos de Linnet contre son ventre. Son bras passait juste sous ses seins et, même dans l'eau glacée, elle eut la sensation d'un déferlement de sang chaud jusqu'à l'extrémité de ses orteils. Elle avait une conscience aiguë du corps musclé pressé contre le sien – et du renflement dur dont sa mère…

Mais elle s'empressa de repousser cette pensée.

— Ça va, dit-elle en prenant une grande inspiration.

Quand il laissa retomber son bras, elle s'allongea vers l'avant et se mit plus ou moins à flotter.

— Vous nagez presque ! lui cria-t-il à l'oreille.

Elle ouvrit la bouche pour répondre… et but la tasse.

— Beurk ! fit-elle en crachant. Beurk !

— Il est temps de sortir. Vos lèvres bleuissent, et vos doigts aussi. Sans parler d'organes importants chez moi. Il faut que je bouge.

Ce fut en tremblant de tout son corps que Linnet s'approcha de la pile de serviettes et s'en enveloppa de la tête aux pieds. Puis elle revint vers le bassin et, assise sur le rocher plat, elle regarda Piers fendre inlassablement l'eau du bassin.

Le soleil était encore plus chaud que la veille et, tout en sachant que des taches de rousseur étaient inévitables, Linnet ne put s'empêcher d'offrir son visage à ses rayons. Au bout d'un moment, elle s'allongea sur la pierre tiède afin que ces derniers atteignent son cou et ses épaules.

Elle finit par retirer la serviette autour de ses cheveux pour qu'ils sèchent. Puis repoussa celle qui lui entourait les jambes.

Lorsque Piers se hissa hors du bassin, elle était presque endormie sur son matelas de serviettes. Elle cligna des yeux.

— Vous avez terminé ?

— Ça m'en a tout l'air. Une fois de plus, vous avez pris toutes les serviettes.

— Je suis désolée, dit-elle en se redressant. Tenez, prenez celle-ci, ajouta-t-elle en lui tendant celle qui lui avait enveloppé les cheveux. Elle est un peu humide, je le crains.

Il s'en saisit sans commentaire et se frotta le corps et la tête, sous le regard de Linnet, qui s'était rallongée. Jamais elle n'aurait imaginé que les hommes puissent ressembler à cela. Être aussi excitant, aussi…

Peut-être tenait-elle plus de sa mère qu'elle ne le croyait. Cette pensée navrante la fit se relever.

— Non, restez ici, l'arrêta-t-il. Retournez-vous.

— Certainement pas !

— Je vais vous apprendre à nager. Sur la terre ferme. Ce sera plus facile que de vous crier des instructions dans l'oreille pendant que vous hurlez à cause du froid.

— Ah bon ?

Une fois sur le ventre, elle se tortilla pour s'installer confortablement sur les serviettes restantes. Puis elle regarda Piers par-dessus son épaule.

— Et maintenant, je fais quoi ?

13

Lorsque Piers abaissa le regard sur le corps infiniment délectable de sa fiancée – de sa fiancée supposée –, il sut qu'il s'exposait à de graves ennuis.

C'était son père qui l'avait choisie, que diable ! Piers excluait donc d'avoir quelque chose à voir avec elle, aurait-elle été la plus belle femme de toute l'Angleterre.

Ce qu'elle était, souligna une petite voix dans sa tête. Non seulement il n'avait jamais vu de femme aussi exquise, mais il n'imaginait même pas qu'elle pût exister.

Il s'agenouilla à côté d'elle, en réprimant avec férocité la partie de lui-même qui aurait voulu caresser ce dos délicieux, ces fesses rebondies, ces jambes élancées.

— Mettez les bras sur le côté, lui ordonna-t-il, d'une voix aussi éraillée que s'il fumait des cigares depuis des années. Vous faites comme ceci d'un côté, puis de l'autre. Et quand vous levez le bras gauche, vous tournez la tête à droite pour prendre une inspiration, et vice-versa.

Lorsqu'elle l'imita avec docilité, il reporta les yeux sur la partie inférieure de son corps.

— Vos jambes doivent rester droites et effectuer de petits battements.

Après tout, il n'y avait rien de mal à regarder. Sauf qu'on pouvait qualifier cela de supplice. Il avait pourtant vu le corps de centaines de femmes, peut-être même d'un millier. Elles avaient dénudé leur poitrine, leurs fesses, leurs parties les plus intimes, sans qu'il sourcille une seule fois.

Mais, à cet instant, son corps palpitait, s'embrasait littéralement de désir. Piers se remit debout et serra avec force la serviette autour de sa taille. Il n'allait quand même pas se laisser manipuler par son père, son père méprisable et méprisé, et accepter l'épouse qu'il lui avait choisie !

Il observa Linnet, s'obligeant à ignorer la sensualité qu'elle exsudait. Elle semblait posséder un excellent sens du rythme.

Évidemment, reprit sa petite voix intérieure. Il pourrait lui apprendre un autre genre de rythme et elle…

Il écrasa cette pensée d'un coup de talon imaginaire, et se détourna en lâchant d'un ton brusque :

— Il est temps de rentrer. Mes patients m'attendent, dont certains sans doute à l'état de cadavres. Je ne peux pas faire attendre des cadavres. Ce n'est pas poli.

Il l'entendit se relever vivement, puis enfiler sa robe.

— Attendez ! cria-t-elle alors qu'il se dirigeait vers le sentier. Vous oubliez que vous devez boutonner ma robe.

Il pivota. Elle se tenait au bord du bassin, ses boucles humides cascadant en désordre sur ses épaules, les joues rosies par l'exercice. Et elle souriait. Elle souriait jusqu'aux oreilles, et pas de ce sourire charmeur destiné à ensorceler ses pauvres étudiants.

— Je ne peux pas retourner au château comme ça. Vrai, je n'ai pas de chaperon. Mais, à moins que vous souhaitiez que tous mes domestiques pensent que nous sommes nus ensemble, il faut que vous reboutonniez ma robe.

— Ne dites pas de bêtises. Les domestiques savent exactement ce que nous faisons.

— Eh bien, votre père, lui, serait scandalisé.

Il émit un grognement, mais s'abstint de répliquer qu'il se souciait de l'opinion de son père comme d'une guigne.

— Venez ici, dans ce cas. Je n'ai pas envie de retourner sur ce rocher avec ma canne.

— Je suis désolée, dit-elle en accourant. Quand je vous regarde nager, vous déployez une telle énergie que j'oublie votre problème à la jambe. Au fait, comment est-ce arrivé ?

Elle lui offrit son dos, et Piers s'attaqua à la rangée de boutons.

La colonne vertébrale d'une femme était une chose très délicate. Il le savait, bien sûr, mais il ne devait ses connaissances qu'à l'observation de dos endommagés. Celui de Linnet était une succession de petits renflements parfaits recouverts d'une peau laiteuse.

— Où est votre chemise ? demanda-t-il soudain.

— Oh, je l'ai enlevée ! Rien n'est plus froid que du tissu mouillé.

Elle tenait ses cheveux relevés pour qu'ils ne se prennent pas dans les boutons, et sa nuque pâle s'inclinait telle la tige d'une fleur gracieuse. Ses paroles pénétrèrent lentement dans le cerveau de Piers. Elle avait ôté sa chemise pendant qu'il lui tournait le dos. Elle s'était tenue, ne serait-ce qu'une seconde, nue sous le soleil.

— Piers, comment vous êtes-vous blessé à la jambe ?

— Il y a si longtemps que j'ai oublié, prétendit-il en glissant le dernier bouton dans sa fente.

Elle retourna ramasser serviettes et chemise, puis le rejoignit et lui prit le bras. Il ne s'aperçut qu'il attendait ce geste que lorsque sa main fine s'insinua au creux de son coude.

— Alors, de nouveaux patients sont arrivés cette nuit ? demanda-t-elle sur le ton de la conversation. Pouvez-vous m'expliquer comment sont organisées les différentes salles ? Eliza m'a dit qu'il y en avait dans les deux ailes.

— On regroupe les malades selon les maladies que je pense avoir diagnostiquées.

— C'est-à-dire ?

— Les fièvres infectieuses avec les fièvres infectieuses. Les patients sont aussi séparés par sexe.

— Y a-t-il plus d'hommes ou de femmes ?

— Les femmes remportent la palme.

— Pourquoi ? Nous sommes malades plus souvent ?

— Non. Votre sexe est beaucoup plus raisonnable lorsqu'il s'agit de demander de l'aide. Les hommes ont tendance à tomber raides morts dans leur champ, ici, au pays de Galles. C'est une façon nette et plaisante de s'en aller. Je la recommande.

— Et les enfants ?

— La grippe a tendance à les faucher. La plupart des très jeunes meurent avant d'arriver ici.

— C'est horrible, souffla-t-elle en frissonnant.

— C'est la vie.

— À part Gavan, y a-t-il d'autres enfants en ce moment ?

— Deux filles.

Ils avaient atteint la maisonnette du gardien. Linnet ne disait rien, mais il pouvait quasiment suivre ses pensées.

— Abstenez-vous, lui conseilla-t-il.

— M'abstenir de quoi ?

— De ce que vous mijotez. Peu importe de quoi il s'agit, je sais que cela m'agacera.

— Je n'ai rien à faire, argua-t-elle d'un ton si raisonnable que Piers s'en alarma. J'ai presque fini le livre du Dr Fothergill et, de toute façon, vous m'avez dit que ses observations ne valaient rien. J'ai parcouru votre bibliothèque, vous n'avez aucun roman.

— C'est ce que vous faites, en général ? Vous lisez des romans ?

— Il n'en existe pas suffisamment. Je lis aussi des guides de voyage et du théâtre, ajouta-t-elle avec un haussement d'épaules.

Piers se tourna vers elle pour l'observer. Même si cela lui coûtait, il s'efforça de voir au-delà de sa peau crémeuse et de ses longs cils. Et il découvrit tous les signes d'une vive intelligence.

Comment son père s'était-il débrouillé ? Où l'avait-il dénichée ?

— L'un des meilleurs médecins que j'aie jamais rencontrés était une femme de Catalogne, dit-il.

— Comment y est-elle parvenue ? En Espagne, les écoles de médecine admettent les femmes ?

— Vous savez où se trouve la Catalogne ?

— Je viens de vous dire que je lis des guides de voyage, répondit-elle avec une pointe d'irritation.

— Son père est l'un des médecins les plus renommés du pays. C'est lui qui l'a instruite, puis il a obligé l'école de médecine à l'accepter. À mon avis, elle en savait déjà plus, à ce moment-là, que la plupart des médecins. Mais cela lui a permis d'obtenir un diplôme officiel.

Ce fut en silence qu'ils gravirent les marches du château. Prufrock ouvrit aussitôt la porte.

— Vous nous attendiez ? demanda Piers.

— Moi, non, mais trois nouveaux patients, oui. J'en ai envoyé deux à l'étage, et le dernier est dans l'armurerie. Le marquis et les autres médecins y sont aussi.

— Dans l'armurerie ? répéta Linnet.

— Nous l'avons débarrassée de ses armes, et c'est là que nous établissons les premiers diagnostics, expliqua Piers en se libérant du bras de Linnet. Si cela ne vous ennuie pas, vous allez devoir monter l'escalier seule.

J'ai du travail. Pour commencer, il faut que je passe à l'armurerie avant que Sébastien ne tue mon nouveau patient.

— Si quelqu'un a l'air particulièrement malade, je le mets là, intervint Prufrock. S'il risque d'être contagieux, devrais-je dire.

— Mais comment…

Les portes se refermèrent avant qu'elle ait pu poser sa question.

14

Gavan était assis sur son lit lorsque Linnet passa la tête dans l'entrebâillement de la porte, un peu plus tard.

— Hé, mademoiselle ! cria-t-il avec un grand sourire où manquaient deux dents.

Un grognement s'éleva du lit voisin.

— Monsieur Hammerhock, comment vous sentez-vous ? s'enquit Linnet.

— Il a plus de fièvre, rapporta Gavan. Mais sa figure est toujours moche et sa langue, elle est pas trop bien. Mais il va vivre, c'est ce que le docteur a dit.

— Je suis heureuse de l'apprendre. Tu vois, Gavan, tout le monde ici ne...

— Vous pourriez m'emmener dehors ? Ça fait des heures et des heures que je vous attends. On sait pas ce que Rufus est en train de faire. Il faut aller le voir.

— Je crois que tu n'es pas censé sortir de ton lit, objecta Linnet.

— Le médecin a dit qu'il pouvait commencer à marcher aujourd'hui, fit une voix sévère derrière elle.

— Nurse Matilda ? demanda Linnet en se retournant précipitamment.

La femme qui se tenait près du lit portait un tablier de cuir qui lui descendait jusqu'aux genoux. Avec son petit chignon noir au sommet du crâne et son très long menton, elle paraissait assez effrayante.

— Je m'appelle Mme Havelock, répliqua-t-elle d'un ton glacial.

— Je suis vraiment désolée, balbutia Linnet, prise de court. Lord Marchant a évoqué une nurse Matilda mais, bien sûr, il y a plus d'une infirmière ici, avec tous ces patients.

— C'est parce qu'il a des manières absurdes et impertinentes que le docteur m'appelle ainsi, répliqua Mme Havelock – qui ne se donna pas la peine d'ajouter : « Mais vous êtes priée de vous abstenir. » Je ne suis pas une simple infirmière, mais l'intendante de cette aile. Si jamais vous emmenez Gavan à l'extérieur, évitez l'écurie. Je ne veux pas le voir revenir avec une seule puce. Ce garçon est un aimant à puces.

— On s'approchera pas d'une puce, déclara Gavan. Elle va juste m'emmener voir l'eau du bassin, affirma-t-il, les yeux brillants.

— Si cela ne tenait qu'à moi, je refuserais, rétorqua Mme Havelock. Mais il rend fou les autres patients. Qu'il sorte !

— Vous donnerez pas mon lit à quelqu'un d'autre, hein ?

Linnet fit signe à Neythen, à qui elle avait demandé d'attendre près de la porte.

— Si vous voulez bien emmener Gavan, Neythen, dit-elle, nous en débarrasserons Mme Havelock. Je suis sûre qu'une matinée chargée l'attend. Vous occupez-vous vous-même de tous les patients de cette aile, madame Havelock ?

— Certainement pas, répondit cette dernière. Ce serait tout à fait inconvenant. J'ai des aides-soignantes et des infirmiers sous mes ordres.

Lui signifiant clairement le peu d'importance qu'elle lui accordait, l'intendante tourna les talons sans autre forme de politesse.

Évidemment, ils ne se rendirent pas au bassin. Après avoir déposé Gavan dans l'écurie, Neythen retourna au château en promettant de revenir une heure plus tard. Linnet s'assit sur un banc de bois grossier pendant que le petit garçon jouait avec Rufus.

— Il est plus pareil, fit-il remarquer. Vous trouvez pas qu'il a l'air plus content maintenant qu'il m'a ?

Linnet baissa les yeux sur le chien. Rufus n'avait pas beaucoup de poils, mais le peu qu'il avait était hirsute ; l'une de ses oreilles se dressait en pointe alors que l'autre retombait, réduite de moitié par une morsure ; et comme sa queue formait un angle vers la droite, il ne l'agitait que de ce côté-là.

— Il n'est pas très beau.

— Mais si, protesta Gavan. C'est que vous le regardez pas comme il faut.

— C'est-à-dire ?

— Il faut voir ses qualités de chien.

— En tout cas, il a une très longue langue, constata Linnet lorsque Rufus, s'asseyant sur son arrière-train, se mit à haleter.

— Oui, hein ? Et elle est rose, ce qui est le mieux pour un chien. Je pense qu'on devrait lui donner un bain. Mme Havelock aime pas les puces et je crois bien qu'il en a. Vous voyez comment il se gratte ?

Le doute n'était pas permis. Rufus se grattait bel et bien.

— C'est parce qu'il a besoin d'un bain, insista Gavan. Il faut qu'on le lave, mademoiselle.

Linnet imaginait déjà la scène.

— Tu es en convalescence, je ne crois pas qu'il serait bon pour toi de te mouiller, objecta-t-elle. Nous pourrions peut-être demander à l'un des garçons d'écurie de s'en charger.

— Bonjour, mademoiselle Thrynne.

Ce n'était pas Piers, bien sûr. Piers avait beaucoup de travail. Mais il était curieux que la voix de son père fût si semblable à la sienne alors qu'ils ne se ressemblaient pas. Et il était encore plus curieux – et même carrément stupide – que le cœur de Linnet ait bondi au son de cette voix.

Elle se releva pour saluer le duc d'une révérence.

— Comment allez-vous, Votre Grâce ? Puis-je vous présenter Gavan et son chien Rufus ?

Le petit garçon leva les yeux.

— Votreugrace, c'est un drôle de nom.

— C'est ainsi que l'on s'adresse à un duc, expliqua Linnet.

Gavan hocha la tête et recommença à grattouiller le ventre de Rufus.

— J'ai bien peur qu'il n'y ait que ce banc pour s'asseoir, dit Linnet en reprenant sa place. Êtes-vous venu voir comment se portaient vos chevaux ?

— Il fallait que je quitte la maison, répondit le duc, qui la rejoignit sur le banc.

Sans doute voulait-il dire que lady Bernaise occupait le salon, mais Linnet ne sut que répondre. C'est alors que le duc cacha son visage entre ses mains.

— Je suis désolée, murmura-t-elle en lui posant la main sur l'épaule.

— Tout est ma faute, balbutia-t-il tandis qu'une larme tombait sur son genou.

Une voix fendit l'air, la faisant sursauter.

— N'est-ce pas touchant ?

Comment avait-elle pu trouver que la voix de Piers était semblable à celle du duc ? Elle était tellement plus sinistre, plus grave, plus agressivement virile…

— Gavan gagne de nouvelles puces, continua Piers, et ce cher papa gagne de nouvelles amies. Nous sommes tous très, très contents. Ce doit être votre influence, la Belle.

— Ne m'appelez pas ainsi !

— Ce doit être votre influence, répéta-t-il en ponctuant sa phrase d'un coup de canne sur le sol.

— Arrêtez de jouer les imbéciles.

Le duc prit une profonde inspiration et laissa retomber ses mains. Il avait les yeux rouges et brillants.

— Tu m'as dit de ne plus jamais te présenter d'excuses, Piers, mais...

— Pensez-vous que j'ai changé d'avis ? coupa Piers, l'air absolument furieux.

Linnet jeta un coup d'œil à Gavan. Assis dans le coin d'une stalle, il murmurait quelque chose à l'oreille de Rufus, vautré sur ses genoux. Il ne leur prêtait pas la moindre attention.

— Je sais que rien n'a changé, reprit le duc d'une voix étranglée. Mais je ne peux pas m'empêcher de dire que je suis désolé. Je vous regardais, ta mère et toi, hier soir, conscient qu'un jour, j'avais eu tout ce que la vie pouvait m'offrir, et que je l'avais rejeté. J'ai rejeté mon mariage. Pire, je t'ai blessé...

— Taisez-vous, lui intima Piers d'une voix glaciale. Je vous ai dit que je ne pouvais pas vous accorder le pardon que vous recherchez, et, même si je le pouvais, cela n'effacerait pas le passé comme par magie.

Alors que le duc essuyait une autre larme, Piers continua :

— Vous avez un jour décidé que vous préfériez l'euphorie des drogues à l'ennui de la vie familiale. Après tout, qui peut dire que vous n'aviez pas raison ? Personnellement, je n'ai jamais été tenté de dormir avec la même femme toutes les nuits. Et encore moins, de me reproduire dans un humain miniature morveux et braillard.

— Ça suffit ! dit Linnet en se levant.

Piers plissa les yeux.

— Et maintenant, nous voilà partis pour une injection réconfortante de compassion féminine.

— Qui montre de la compassion ? Ce que je vois, c'est que vous vous ridiculisez, et comme j'ai supporté ce genre de comportement toute ma vie, je peux vous dire que ce n'est pas de la compassion qu'il m'inspire. La répétition entraîne le mépris, pas la compassion.

— Si votre père était un pleurnicheur, je sais de quoi vous parlez.

— Vous n'y êtes pas du tout. Votre père a abusé de l'opium, il a perdu sa famille, il vous a fait de la peine...

— Sniff, sniff, fit Piers.

— Exactement ce que j'allais dire, déclara Linnet, avec un sourire destiné à l'exaspérer. Seraient-ce vos études de médecine qui vous ont appris qu'il était normal de continuer à agir comme un enfant de six ans en colère ?

— Je vous en prie, tout est ma faute, répéta le duc en se levant à son tour.

— Nous sommes d'accord avec vous, répliqua Piers. Inutile de vous acharner à battre votre coulpe.

— Effectivement, répliqua Linnet, pourquoi prendre cette peine alors que votre fils se fait un plaisir de le faire pour vous ?

— Vous êtes toujours aussi sarcastique ? s'enquit Piers, l'air un peu abasourdi.

— Non. Je suis une fille très gentille. Mais vous faites ressortir ce qu'il y a de pire en moi.

— Je vais partir, déclara le duc. Enfin, nous allons partir. Elle n'a même pas voulu me parler ce matin... Je vous ramènerai à Londres, mademoiselle Thrynne. J'aurais dû comprendre plus tôt que mon fils n'accepterait jamais pour épouse une femme que je lui aurais suggérée.

— Est-ce vrai ? interrogea Linnet, les mains sur les hanches.

— Et alors ? répliqua Piers. Vous préféreriez être rejetée à cause de vos propres mérites, ou, devrais-je dire, démérites ?

Linnet se tourna vers le duc.

— Nous n'irons nulle part. Nous resterons ici jusqu'à ce que je sois sûre de n'avoir pas envie d'épouser un tyran de six ans, méchant et égoïste.

— C'est de moi que vous parlez ? intervint Gavan.

— Non, répondit Linnet. Continue de jouer avec ton chien.

— Je vais essayer de marcher, annonça le petit garçon. Rufus va m'aider.

— Bonne idée, approuva Piers. Nurse Matilda ne va pas te garder ton lit jusqu'à la fin des temps, tu sais.

Gavan se releva en chancelant légèrement et sortit de la stalle, Rufus sur les talons. Tous le suivirent des yeux quand il s'engagea dans l'allée qui séparait deux rangées de stalles.

— Un aller-retour, et il ferait mieux de retourner se soumettre aux tendres soins de nurse Matilda, conseilla Piers.

— Si vous voulez bien m'excuser, dit le duc, je vais regagner le château.

Il redressa les épaules et s'inclina poliment, mais ses yeux étaient gonflés.

Linnet attendit qu'il se soit éloigné pour lâcher :

— Vous devez lui pardonner.

— Pourquoi ?

— Ce n'est bon ni pour lui ni pour vous. La colère est destructrice, et peut vous nuire dans l'exercice de votre métier.

— Au contraire, elle fait de moi un meilleur médecin. Je suis mieux à même de déceler quand les gens me mentent et, croyez-moi, il n'y a personne à qui l'on ment plus que son médecin.

— Faux. À son conjoint.

Piers laissa échapper un rire bref alors qu'elle continuait :

— Votre père se repent d'avoir consommé autant d'opium. Il est désolé d'avoir poussé votre mère à retourner en France, puis d'avoir divorcé.

— Les drogués sont souvent désolés de ce qui est arrivé, riposta-t-il. Je l'ai constaté à maintes reprises.

— Les membres d'une famille se pardonnent les uns aux autres.

— Ah oui, vraiment ? Qu'en savez-vous ?

— Mes parents ont souvent eu l'occasion de se pardonner l'un l'autre.

Piers s'approcha d'elle de son pas inégal et glissa la main sous son menton.

— Et vous, leur avez-vous pardonné ?

Surprise, Linnet cligna des yeux.

— C'est bien ce que je pensais, dit-il en laissant retomber sa main. Il est plus facile de donner des conseils que de les suivre.

— Je leur pardonne, bien sûr, assura-t-elle, d'une voix qui trahissait néanmoins son incertitude.

— Votre père n'aurait-il pas dû vous accompagner ? hasarda Piers, enfonçant le clou. Après tout, j'ai une réputation soigneusement entretenue de Bête. Et il vous a expédiée au fin fond du pays de Galles sans aucun scrupule ?

— Escortée par votre père, souligna-t-elle. Un duc.

— Nous avons tous deux des parents non seulement irresponsables, mais aussi indifférents, déclara-t-il, non sans une certaine satisfaction. Mais assez de ce charmant papotage. J'étais venu vous dire que l'heure du déjeuner avait sonné.

— Irresponsabilité et absence d'amour ne vont pas forcément ensemble. Mon père m'aime ; simplement, il trouve difficile, voire impossible, d'envisager de renoncer au confort de sa vie londonienne. Votre père vous aime, de toute évidence, puisqu'il supporte votre mauvais caractère et l'absence générale de traits aimables chez vous.

— J'imagine que c'est un avertissement à ne pas trop espérer de ce petit point que nous avons en commun vous et moi ?

Linnet n'avait pas remarqué qu'il était aussi près d'elle. Elle perçut son odeur fraîche, masculine, et son cœur s'emballa.

— À mon avis, nous avons un lien plus intéressant que l'ineptie de nos parents, ajouta-t-il.

Il fit passer sa canne de la main droite dans la gauche. Elle attendit. Une main lui frôla la joue et se referma sur l'arrière de sa tête. Elle attendit encore. Sans mot dire.

C'était comme si le monde entier attendait. Le bruit des pas mal assurés de Gavan, le claquement de sabot d'un cheval, le craquement du bois… tout s'évanouit sous l'intensité du regard de Piers.

— Vos yeux…

Mais il l'empêcha d'aller plus loin. Ses lèvres étaient comme un alcool fort qui lui coupa le souffle. Et sa langue…

Elle avait détesté ça quand le prince Augustus enfonçait sa langue dans sa bouche. Seules les bonnes manières l'avaient empêchée de le gifler.

Mais à présent…

Piers n'envahit pas sa bouche comme s'il se trouvait en terrain conquis. Au contraire, il lui effleura les lèvres en une caresse si douce que ce fut elle qui les entrouvrit pour l'inviter à aller plus loin. Mais il ne profita pas de cette invitation. Sa langue s'attarda sur ses lèvres, les taquinant et les goûtant sans s'appesantir.

Les battements de son cœur s'accélérèrent. Elle voulait... Elle voulait... Sa langue rencontra celle de Piers, joua avec elle, s'imprégna de son essence intime.

Enfin, de la main qui lui enveloppait le crâne, il l'attira plus près de lui, contre son corps dur. Il inclina la tête imperceptiblement, mais Linnet, dont tous les sens étaient en alerte, perçut ce geste, ce changement, et devina son intention.

Ce fut un baiser sauvage, violent et passionné. Spontanément, elle noua les bras autour du cou de Piers. Il avait le goût du thé fumé qu'il avait bu au petit déjeuner, auquel se mêlait, plus puissant et plus âcre, celui du désir.

C'était là le genre de baiser que jamais un gentleman ne donnait à une dame.

Linnet l'adora.

15

Ce n'était pas son père qui affectait sa relation avec les malades, contrairement à ce que prétendait Linnet. Mais *elle*.

Piers regardait sans la voir la patiente qui venait d'arriver au château. Il gardait encore à l'esprit la manière dont les yeux de Linnet s'étaient assombris, passant du bleu de l'irritation à... autre chose.

Il ne s'agissait que de désir sexuel, bien sûr. Cette pulsion qui transformait des millions d'hommes en crétins absolus. Linnet était scandaleusement belle et – Dieu seul savait pourquoi – elle le désirait. Ou, en tout cas, elle le paraissait.

Soudain, il entendit la voix de Sébastien.

— Vous êtes vraiment grosse pour cinq mois, madame Otter. Y a-t-il des jumeaux dans votre famille ? demanda-t-il tout en tapotant son ventre d'un côté, puis de l'autre.

— On dirait que tu es en train de choisir un melon, fit Piers en le poussant de côté. Il est évident qu'elle n'attend pas qu'un seul bébé, à moins qu'elle n'ait folâtré avec un ours.

— Certainement pas ! s'écria Mme Otter dans un hoquet.

— C'était pour rire, la rassura Sébastien. Il a un sens de l'humour très particulier.

— Une paire de fesses ici, dit Piers en désignant une petite bosse. Une autre de ce côté, encore que ce puisse être une tête… Y a-t-il eu des cas de jumeaux dans votre famille, madame Otter ? Oui ? Eh bien, je crois que vous pouvez préparer deux berceaux.

— Ma tante et ma mère, elles ont toutes les deux perdu leurs jumeaux. C'est pour cela que je suis venue ici, expliqua-t-elle d'une voix tremblante. Parce que leurs bébés sont morts à la naissance.

— Étaient-ils mort-nés ou sont-ils morts après ?

— Après, je crois. Ils étaient trop petits. Ma mère racontait qu'ils avaient des mains pas plus grosses qu'une noix. Qu'une coquille de noix.

— Eh bien, les vôtres sont tous les deux vivants pour le moment, déclara Piers. Rentrez chez vous et mettez-vous au lit. Restez-y pendant les quatre prochains mois.

— Quoi ?

— Vous garderez le lit, dit-il en détachant chaque mot. Ne vous levez que pour faire pipi. Et encore, ce serait mieux de vous abstenir.

— Mais je ne peux pas ! Mon mari a besoin de moi. Et mon beau-père qui vit avec nous… Il est vieux et je dois…

— Vous allez vous rendre auprès de Mme Havelock et lui dire que nous avons besoin d'un lit dans l'aile ouest. Pour plusieurs mois. Nous allons essayer d'amener les mains de vos bébés au-delà du stade dangereux de coquilles de noix.

— Un lit ? s'exclama Mme Otter. Vous voulez que je reste ici ?

— Oh, vous allez vous plaire ! assura Piers. Tous mes patients sont ravis. Mon intendante est une sainte femme, d'un dévouement sans égal. D'ailleurs, elle va être canonisée d'un jour à l'autre.

— Mais je ne peux pas rester au lit pendant des mois ! Mon mari ne s'en sortira pas, et je suis la responsable du club de couture, et c'est moi qui collecte…

Sa voix mourut quand elle vit l'expression de Piers.

— Je vois bien que vous êtes indispensable à la bonne marche du comté. Mais vous avez plus de chances de mettre ces enfants au monde vivants si vous restez allongée pendant quatre mois. Évidemment, des jumeaux, c'est beaucoup de soucis et de travail. Alors, si vous préférez vaquer de-ci de-là chez vous, nous le comprendrions très bien. Je suppose que votre mère a mieux dormi avec vous toute seule plutôt qu'avec deux semblables à vous.

Comme elle secouait la tête en le foudroyant du regard, il ajouta :

— Vous êtes sûre ? Dans ce cas, montez au deuxième étage. Est-ce tout pour aujourd'hui ? enchaîna-t-il en se tournant vers la porte. Je ne me suis pas donné la peine de me changer avant de dîner juste pour multiplier les visites.

— Je n'aime pas le cas de fièvre arrivé ce matin, lui avoua Sébastien en lui emboîtant le pas.

— Fièvre pétéchiale, sans doute, répondit Piers, qui pensait à sa séance de natation du lendemain. Il y en a une flopée en ce moment.

— Selon moi, c'est plus grave que cela.

— Comment cela pourrait-il être plus grave ? La moitié de mes patients victimes de fièvre pétéchiale meurent, et encore, je ne les saigne pas. En outre, puis-je te signaler que le diagnostic n'est pas ton point fort ?

Sébastien secoua la tête.

— Cet homme est vraiment malade. J'ai demandé à l'intendante de l'isoler dans une chambre.

— Bien, dit Piers, que la douleur obligea à s'arrêter un instant.

— Comment va ta jambe ?

— Comment va la tige que tu transportes dans ton pantalon ? rétorqua Piers avec un regard assassin.

— Elle ne souffre pas, répondit joyeusement Sébastien. À la différence de ta jambe, si j'en juge par la manière dont tu titubes comme un homme saoul le jour de Noël.

— Foutaises, marmonna Piers en reprenant sa progression. Tu as vu ma mère ?

— Elle cherche ton père afin de le torturer en refusant de lui parler. Et elle est habillée comme pour une réception chez la reine.

Piers s'arrêta et s'adossa un instant au mur.

— Tu te surmènes, enchaîna son cousin. Tu devrais nager moins. Un jour sur deux suffirait.

C'était hors de question. Surtout maintenant qu'il avait une camarade de jeu dans le bassin.

— J'y penserai, prétendit-il. À ton avis, ma mère veut le reprendre ?

Sébastien réfléchit un instant avant de répondre, songeur :

— Elle porte un de ces corsets qui remontent tant les seins qu'ils vous sautent aux yeux.

— Tu es pervers d'avoir remarqué ça chez ta tante.

— Mon attention n'avait rien de sexuel, se défendit Sébastien. Contrairement à celle de ton père.

— Elle prend plaisir à le torturer, c'est tout, assura Piers.

Mais, même à ses propres oreilles, sa voix trahissait son incertitude.

— Il n'est pas impossible qu'il l'intéresse, rétorqua Sébastien. Et ce serait une bonne chose. Elle redeviendrait duchesse, elle resterait en sécurité ici, en Angleterre, et j'enverrais ma mère la rejoindre à Londres.

— Dans ce cas, pourquoi...

Mais Piers renonça à sa question. Manifestement, son cousin comprenait mieux les femmes que lui. Il faut dire qu'avec ces broderies sur son gilet, il ressemblait à l'une d'elles.

— Toutefois, elle ne renouera pas avec ton père tant que tu ne seras pas réconcilié avec lui, lança Sébastien par-dessus son épaule.

— Foutaises, dit de nouveau Piers.

Mais, déjà, son cousin s'engouffrait dans le salon.

— Ah, ma tante ! entendit Piers. Vous êtes aussi ravissante qu'une jeune fille de dix-huit ans !

— Triples foutaises, confia Piers à Prufrock, qui se tenait devant la porte avec l'air de beaucoup se divertir.

Il put constater qu'effectivement, sa mère était moulée dans une robe conçue pour une femme ayant une poitrine deux fois moins volumineuse.

Mais la cible de cette extravagance féminine brillait par son absence.

— Bonsoir, *maman*, dit Piers en s'inclinant sur sa main. Où est le duc ?

— Qui ? demanda sa mère avec dédain.

— Vous savez bien : le nez aquilin, les pommettes hautes, la mise sobre. Nous vivions autrefois dans ses parages.

— Je suppose qu'il n'a pas envie d'une boisson apéritive, répondit-elle en prenant une gorgée de vin. Et j'ai entendu dire qu'il s'en allait demain à l'aube. Nous aurons le château pour nous seuls.

Malgré la gaieté de son sourire, Piers remarqua une ombre dans son regard. Sapristi, Linnet avait raison. Et Sébastien aussi, probablement.

— Où est ma fiancée ? s'enquit-il en jetant un regard circulaire.

— Je l'ignore, répondit sa mère. Elle surveille peut-être la préparation de ses malles.

— Elle ne part pas, lui apprit-il en acceptant le verre de cognac que lui présentait Prufrock. Elle s'évertue à provoquer en moi des accès de violence en flirtant avec l'idée de m'épouser. Non pas que je le lui aie jamais proposé.

— Elle ne t'épousera jamais, mon chéri, répliqua sa mère, une lueur de pitié dans les yeux. Il lui suffira d'apparaître à la cour de Napoléon pour provoquer une émeute. Quant aux taches sur sa réputation… personne ne s'en souciera.

— Êtes-vous en train de me dire qu'elle est trop bien pour moi ?

— Trop bien, je ne sais pas, répondit sa mère en agitant son éventail. Mais trop belle, c'est certain. Tu aurais dû l'épouser dès son arrivée, avant qu'elle ait eu le temps de te connaître.

En voyant Prufrock traverser le salon comme une flèche, Piers se retourna, sachant pertinemment qui s'apprêtait à faire son entrée.

Linnet portait une robe du soir d'un style vaguement antique. Selon une rumeur entendue par Piers, les Romaines ne portaient pas de sous-vêtements sous leur tunique. Apparemment, Linnet avait pris très au sérieux cet aspect historique de sa tenue.

La mousseline de sa robe était si arachnéenne qu'il distinguait la rondeur de son genou tandis qu'elle prenait la pose sur le seuil de la pièce, attendant que Prufrock l'annonce. Quant à la mousseline drapée sur sa poitrine… eh bien, il y en avait peu, et s'y ajoutait un rang de perles qui attirait subtilement l'attention sur son décolleté.

Malgré lui, Piers sourit. Sa mère ne savait pas tout : Linnet avait choisi cette robe pour lui.

Alors qu'il s'avançait au-devant d'elle, Sébastien lui coupa la route en lançant :

— Excuse-moi, je suis pressé.

Piers ralentit donc l'allure. Il ne pouvait pas rivaliser avec les grâces charmeuses déployées par son Français de cousin. Ayant saisi au passage un verre de champagne sur un plateau, Sébastien le tendit cérémonieusement à Linnet, non sans lui avoir au préalable baisé la main.

Un spectacle à vous donner la nausée ! Aussi Piers tourna-t-il les talons pour revenir vers la console sur laquelle il avait laissé son verre de cognac.

Linnet viendrait à lui. Non pas qu'il y accordât de l'importance, puisqu'il s'agissait simplement d'un jeu entre eux. Ce qui le fascinait, ce n'était pas le flirt, mais ce qu'il pressentait de similitudes entre eux.

À sa manière, elle était aussi peu « aimable » que lui, parce qu'elle était trop belle, trop intelligente, et avait la langue trop acérée.

Sauf que lui n'était pas beau.

Et qu'elle ne vint pas à lui. Exaspéré, Piers constata qu'elle semblait trouver délicieux le bavardage inepte de Sébastien.

Cinq minutes plus tard, le duc entra dans le salon, les traits tirés, l'air las de l'homme qui a renoncé. Piers s'aperçut qu'il lui en voulait encore plus que de ses regards suppliants.

Finalement, ce fut Sébastien qui entraîna Linnet jusqu'à lui.

— Peut-être n'as-tu pas remarqué que ta fiancée était arrivée.

— Bonsoir, ma fiancée.

— Bonsoir, Belzébuth, répondit-elle en inclinant la tête, une ombre de sourire dans le regard.

— J'ai été rétrogradé, apparemment. Je suis certain d'avoir été traité de Lucifer par le passé. Belzébuth n'est-il pas un démon de rang inférieur ?

— Je crois que vous mélangez les démons. Belzébuth est un autre nom que l'on donne au diable lui-même.

— Ah, tant mieux ! Comme je vous l'ai dit, je possède un féroce esprit de compétition.

— Assez de cette charmante conversation, intervint Sébastien. Si je voulais voir des chiens se montrer les dents, j'assisterais à des combats.

— Allons, allons, dit Piers, tu ne devrais pas insulter Linnet. Dès qu'elle m'aura jeté la demande en mariage de mon père au visage, tu seras libre de la conquérir.

Évidemment, Sébastien profita de l'occasion pour s'incliner de nouveau, baiser la main de Linnet, et lui assurer qu'elle était la représentante la plus charmante, agréable et exquise du beau sexe qu'il eût jamais, etc. Piers l'observait, émerveillé qu'il ne se rende pas compte du mépris dans lequel Linnet tenait ce genre d'hommage outré.

Certes, elle lui souriait, de ce sourire ravageur qu'elle utilisait comme une arme. Mais ses yeux demeuraient parfaitement froids.

Sébastien paraissait pourtant tout à fait conquis. Piers, qui le connaissait depuis toujours, ne lui avait jamais vu semblable expression.

— Ça suffit, dit-il à Linnet. S'il s'agissait d'un combat de chiens, vous seriez un mastiff et lui un simple épagneul. Réservez votre artillerie à des adversaires mieux armés.

Sébastien fronça les sourcils.

— De quoi parles-tu ? Tu es encore plus incompréhensible que d'habitude.

En riant, Linnet passa son bras sous celui de Sébastien.

— Il est jaloux, assura-t-elle, alors que son regard démentait cette affirmation. Vous êtes un homme si fringant, milord. Un véritable dandy. J'ai du mal à croire que vous ayez grandi ensemble, tous les deux.

— Je suis le reflet de la mode, déclara Piers.

Pris de court, Sébastien et Linnet détaillèrent sa tenue en silence. Comme à son habitude, il portait une veste à la coupe simple, fermée par des boutons quelconques, un pantalon banal et une cravate négligemment nouée.

Alors que la redingote de Sébastien, d'un moutarde éclatant, avait des basques plus larges, en circonférence, que la robe de Linnet.

— Tu te fais des illusions, lâcha Sébastien.

— Le *reflet* de la mode, répéta patiemment Piers. Sans moi, tu crois peut-être que tu brillerais d'un tel éclat ?

— Une métaphore plutôt tirée par les cheveux, commenta Linnet. Mais je vois ce que vous voulez dire. Un corniaud fait toujours paraître un lévrier plus majestueux, n'est-ce pas ?

— Ou un caniche plus ridicule, riposta Piers.

— Tu peux m'insulter autant que tu le veux, déclara Sébastien.

Il contemplait Linnet avec une expression béate. Mais elle était apparemment si habituée à voir celle-ci sur les visages masculins qu'elle ne réagit pas. Impossible de déceler le moindre signe de triomphe chez elle.

— Vous ne sauriez être plus différents dans la manière de vous habiller, se contenta-t-elle de dire.

— Vous auriez dû nous voir lorsque nous étions gamins, répliqua Piers. J'avais du mal à marcher, évidemment, alors Sébastien courait deux fois plus vite que moi. Puis, lorsque nous avons grandi, il a commencé à s'habiller deux fois plus élégamment que moi pour compenser mes tenues débraillées.

— Mais vous vous intéressiez tous les deux à la médecine. Comment vous y êtes-vous pris pour mener à bien une carrière ? Aucun des messieurs que je connais à Londres n'a de talent de ce genre.

— Ni d'aucune autre sorte ? s'enquit Piers, le sourcil relevé.

— Ils savent danser.

— Voilà peut-être la réponse : je ne pouvais pas danser, alors j'ai choisi d'ouvrir les gens.

— Et comme il ne réussissait pas si bien que cela, j'ai dû prendre sa place, intervint Sébastien.

Linnet éclata de rire. Son rire... Il était bien plus ensorcelant que son fameux sourire. À la fois frais et un peu enroué, tel un alcool fort adouci par du miel.

— Il ne plaisante pas, assura Piers, qui but une autre gorgée de cognac pour se prémunir contre ce rire.

— Je croyais que c'était vous, le célèbre docteur ?

— Je suis doué pour comprendre ce qui ne va pas chez les gens. Le problème, c'est que j'y parviens encore mieux lorsqu'ils sont déjà morts. Sébastien, de son côté, excelle dans les actes chirurgicaux précis – ceux qu'on exécute sur des patients en vie et qui préfèrent le rester.

Linnet décocha un autre sourire à Sébastien, et c'est tout juste si le pauvre homme ne tomba pas à genoux.

— Il est très rassurant de penser que, si jamais j'avais besoin d'être opérée, vous seriez là, susurra-t-elle.

— Si vous voulez qu'on vous coupe une jambe, c'est assurément votre homme, déclara Piers.

— Ce serait un crime, répliqua Sébastien d'une voix suave.

Bon sang ! Piers commençait à se sentir un brin coupable. Sébastien n'imaginait pas quelle sorte de tentatrice était suspendue à son bras et à ses lèvres. S'il continuait ainsi, il allait finir par avoir le cœur brisé.

— Arrêtez, intima-t-il à Linnet qui, pour toute réponse, lui adressa son fameux sourire. Et ne me souriez plus jamais ainsi. Ça me donne envie de vomir, et étant donné que vos escarpins semblent ornés de perles – quel gaspillage d'argent ! – l'acide gastrique risquerait de provoquer des dégâts.

— Est-ce l'idée que tu te fais d'une conversation convenable, cousin ? Si c'est le cas, tu es encore pire que je ne le pensais. Mlle Thrynne est une fleur délicate, qui devrait être traitée avec le plus grand respect. Et toi, tu parles de lui couper la jambe ou de vomir sur ses orteils.

Piers haussa un sourcil à l'intention de Linnet. Après avoir soupiré, elle tapota le bras de Sébastien.

— Je suis désolée. Lord Marchant a remarqué, avec raison, que je suis aussi experte à flirter que lui ne l'est pas.

— Pas mal, apprécia Piers, sincère. Bon sang, je connais peu de personnes aussi méchamment douées que vous pour la conversation. Surtout si l'on songe aux armes supplémentaires dont vous êtes dotée.

— Vous parlez du sourire ? Je le trouve très utile. Vous devriez essayer, quelquefois.

Sébastien s'était rembruni. Sans doute commençait-il à comprendre que Linnet n'était pas seulement une fleur délicate.

— Tu ne fais pas le poids, l'avertit Piers. C'est une femme de génie. Pas étonnant que le Tout-Londres croie qu'elle tient un prince sous sa coupe.

— C'est familial, murmura Linnet qui, l'espace d'un instant, parut presque timide. J'aimerais beaucoup en entendre plus sur vos opérations, ajouta-t-elle à l'adresse de Sébastien. Vous avez dit que vous ne pouviez éviter l'infection. Quel genre de remèdes avez-vous essayés ?

Si Piers considérait souvent son cousin comme un peu nigaud, il n'avait jamais sous-estimé ses talents de chirurgien. Il n'en connaissait pas d'autres possédant cette concentration sans faille et ces doigts d'une dextérité et d'une rapidité ahurissantes.

— Si nous n'avions pas de problème d'infection, répondit Sébastien, je pense qu'il serait possible d'opérer d'une façon que nous ne pouvons pas même imaginer. Par exemple, dans l'aile ouest, nous avons une femme qui a une grosseur dans l'estomac. C'est certainement un genre de tumeur cancéreuse, probablement de la taille d'une pomme, si ce n'est plus grosse.

— Je suis certain que c'est une tumeur, intervint Piers. Je n'en connaîtrai la taille avec certitude que dans quelques mois, bien sûr.

Linnet cilla, mais elle s'abstint de grimacer ou de se récrier avec dégoût, comme la plupart des femmes confrontées à la réalité de la pratique médicale.

— Si nous savions comment prévenir l'infection, nous pourrions lui ouvrir l'estomac et enlever la tumeur, continua Sébastien. Elle pourrait rentrer chez elle et reprendre le cours de son existence.

Piers devait reconnaître que son cousin était particulièrement séduisant lorsqu'il parlait de chirurgie. Une mèche de cheveux lui retombait sur le front et ses yeux étincelaient.

Peut-être serait-il bien inspiré d'orienter le sujet dans une autre direction car Linnet était, de toute évidence, captivée.

— L'alcool ne convient pas ? demanda-t-elle. J'ai lu que, sur les champs de bataille, des soldats versaient de l'eau-de-vie sur leurs blessures, et que cela limitait les risques d'infection.

— Ça ne suffit pas, intervint Piers. Lorsque nous étions plus jeunes, nous avons essayé tous les moyens possibles. Mais nos patients mouraient avec une fréquence démoralisante.

— Presque tous, en vérité, confirma Sébastien, dont le visage arborait à présent cette expression de désolation qui plaisait tant aux femmes.

Sa vie en eût-elle dépendu, Piers n'aurait jamais pu afficher une telle expression. Sébastien, cependant, était sincère. La mort de ses patients le mettait au désespoir.

— Les membres, c'est une chose, continua son cousin. Mais intervenir à l'intérieur du corps, c'est un trop grand risque.

— Cette pauvre femme... murmura Linnet.

Piers avait déjà oublié de qui ils parlaient.

— Eh bien, au moins, elle est venue ici, dit-il. Nous lui donnons tellement d'opium qu'elle ne souffre pas.

— Elle est éveillée ?

— Rarement. Ce qui pour elle est le mieux, et de loin. Le cancer de l'estomac – si c'est de cela qu'elle souffre – semble être particulièrement douloureux.

— Et sa famille ?

— Je ne saurais vous dire, répondit Piers avec un haussement d'épaules. Peut-être qu'elle n'en a pas.

— Aucun de vos patients n'a de famille ? J'ai l'impression que personne ne reçoit de visite.

— Cela relève du domaine de nurse Matilda. Franchement, je n'en sais rien.

— Mme Havelock semble avoir des avis très tranchés, fit remarquer Linnet, les yeux étrécis. Il est possible qu'elle ait raconté à vos patients qu'ils n'avaient pas le droit de recevoir de visites.

— Oh, elle ne ferait pas cela ! assura Sébastien. Elle est plutôt brusque, mais elle a bon cœur.

— Si tu parles de son aptitude à la compassion, non, elle n'a pas très bon cœur, répliqua Piers. C'est une des raisons pour lesquelles je la garde ici. Elle peut maintenir un enfant hurlant sans un battement de cils.

— Un enfant hurlant ? répéta Linnet avec une grimace.

Ainsi, elle avait un point faible...

— Gavan a hurlé comme un putois lorsque nous avons dû réduire sa fracture, expliqua Piers. Mais regardez-le, maintenant. Il a cessé de brailler et il remarche. Bientôt, il retournera chez lui.

— Oui. Mais combien de temps a-t-il passé ici sans avoir le droit de voir sa mère ?

— Je vais me renseigner, mademoiselle Thrynne, promit Sébastien, qui avait froncé les sourcils. Vous êtes la bonté incarnée. Piers et moi, nous intervenons dans cette salle depuis des mois, et nous ne nous sommes jamais posé la question.

— Vous avez vos malades à soigner. Sans parler des canardeaux, répliqua Linnet en indiquant l'autre côté du salon. Je peux me charger d'interroger Mme Havelock.

— Les canardeaux ? répéta Sébastien, tandis que Piers s'esclaffait.

— Ces grands sots, expliqua-t-il en désignant Penders, Kibbles et Bitts, rassemblés autour de lady Bernaise et comme hypnotisés par son prodigieux décolleté.

— Oh, je vois ! dit Sébastien. Je suppose qu'ils suivent Piers partout comme s'il s'agissait de leur maman cane. Une maman cane douce et aimante.

— Cela demande un gros effort d'imagination, reconnut Linnet.

— Je préfère ce sourire-*là*, lui dit Piers.

Comme il s'évanouissait, il précisa :

— C'était un petit sourire mesquin et sarcastique, qui montrait bien votre véritable personnalité.

L'espace d'un instant, il crut qu'il allait recevoir un verre de champagne à la figure. Mais Prufrock annonça que le dîner était servi, et Linnet se contenta de lui tourner le dos, avant de s'éloigner avec Sébastien en s'accrochant ostensiblement à son bras.

Après le repas, la mère de Piers se leva et, adressant à la ronde un sourire étincelant qui incluait même son ex-mari, elle déclara :

— Pourquoi ne pas nous retirer au salon tous ensemble ? Prufrock a eu la gentillesse de nous organiser quelques divertissements.

D'un seul regard, Piers comprit que sa mère avait un plan diabolique en tête.

— Danser ! s'exclama-t-il quelques instants plus tard, en découvrant qu'on avait roulé les tapis et que Prufrock était au piano, accompagné d'un valet tenant un violon. Quelle bonne idée, *maman* ! C'est exactement ce dont je rêvais.

— Mon chéri, le monde ne tourne pas autour de toi, répliqua-t-elle en s'inclinant vers lui dans un nuage de jasmin. Et je serais désolée si je t'ai un jour donné cette impression. À présent, assieds-toi et repose ta jambe. Sébastien dansera avec moi, évidemment.

— Évidemment, répéta Piers en obéissant.

Son père vint s'asseoir à l'autre extrémité du sofa. Sans même chercher à s'en cacher, il gardait les yeux fixés sur son ex-femme qui s'apprêtait à valser en levant un visage rieur vers son neveu.

— Elle a toujours le pied aussi leste, observa Piers après quelques instants.

Il préférait encore faire la conversation plutôt que de regarder danser les gens. Le sourire que Bitts adressait à Linnet l'irritait tout particulièrement. Il aimait voir en lui un médecin, bien qu'incompétent, plutôt qu'un jeune galant.

— Ta mère ? fit le duc en hochant la tête. Tu aurais dû la voir quand elle avait dix-sept ans. Elle était aussi souple qu'un roseau, avec une étincelle dans le regard qui rendait tous les hommes amoureux d'elle.

— Allez-vous l'inviter à danser ?

Son père se tourna vers lui avec une crispation caractéristique des lèvres. Ce fut un choc pour Piers de se rendre compte que lui-même affichait souvent cette mimique.

— Et comment ! C'est elle qui a organisé ce divertissement. Il serait peu chevaleresque de ma part de ne pas lui offrir l'occasion de refuser mon invitation. À l'époque, nous ne valsions pas, bien sûr.

— À l'époque ?

— J'ai enfreint alors toutes les règles de la bonne société. Je n'ai pas attendu de lui être présenté et je ne l'ai pas invitée en bonne et due forme. Je l'ai simplement entraînée au milieu de la salle.

— Eh bien, allez-y. Entraînez-la.

— Ce n'est pas ce qu'elle veut. Et vu le mal que je lui ai fait, elle mérite d'avoir le plaisir de me rejeter.

Sébastien, pour sa part, ne courait guère le risque d'être rejeté par Linnet. Piers voulait bien être pendu s'il restait assis sur un sofa pendant que son cousin chuchotait à l'oreille de *sa* fiancée.

Il se leva, puis marqua un temps d'hésitation.

— Bonne chance, dit-il à son père.

— Pour ça, c'est trop tard. Bonne nuit.

16

— Vous êtes un chameau, marmonna Linnet.

Piers venait de la réveiller en lui chatouillant le nez avec un ruban qu'il agitait au-dessus de son visage.

— Je vous ai apporté du chocolat chaud.

— Voilà qui améliore légèrement votre chamellitude, répliqua-t-elle en s'asseyant pour prendre la tasse.

Et aussi pour regarder Piers à la dérobée, encore qu'elle se demandait ce qu'elle trouvait de séduisant chez un tel rustre.

Mais une femme qui avait rêvé toute la nuit qu'un certain médecin l'embrassait – et ne s'arrêtait pas là – pouvait difficilement prétendre qu'elle n'était pas fascinée.

— Ne jetez pas ainsi votre dévolu sur Sébastien, dit-il.

Il n'avait pas encore croisé son regard. Comme un gamin, il continuait de jouer avec le ruban, s'appliquant à faire des nœuds et à tester leur résistance.

— Vous abîmez ce ruban et c'est l'un de mes préférés.

— Il est en soie ? s'enquit-il en le nouant de nouveau.

— Bien sûr. Pourquoi ?

— Nous avons besoin de remplacer la corde qui nous sert à attacher les patients à la table d'opération. Ils se plaignent d'avoir des brûlures après coup. Peut-être que la soie conviendrait.

Il commença à frotter le ruban sur le pied du lit. Après quelques passages, celui-ci craqua.

— Oh, pour l'amour du ciel ! Il fallait vraiment que vous le déchiriez ? Entourez donc les cordes de soie.

— Bonne idée. Avez-vous entendu ce que j'ai dit au sujet de Sébastien ?

— Oui. Avez-vous peur de perdre votre camarade de jeu ?

— Si seulement j'étais le petit garçon que vous prétendez !

— Pourquoi ?

— Dans trente ou quarante ans, il existera un moyen de contrôler l'infection. La chirurgie en sera révolutionnée.

— Vous avez quoi, une trentaine d'années ? Vous pourriez opérer à soixante-quinze ans, bien calé contre la table.

— Pour trancher le nez de mon patient avec mes mains tremblantes ?

— Je vous traite de petit garçon parce que vous agissez comme un enfant que ses parents ont déçu, et qui est bien décidé à le leur faire payer.

— J'aime ma mère.

Il semblait l'avoir vraiment écoutée. Linnet se rendit alors compte qu'il n'était pas dans la nature de Piers de ne *pas* écouter.

— Évidemment que vous aimez votre mère. Mais vous aimez aussi votre père. Et il vous aime.

— Toutes ces tendres émotions de si bon matin me retournent l'estomac.

— Vous semblez avoir des problèmes avec ce dernier, souligna-t-elle. Peut-être que c'est *vous* que Sébastien opérera dans trente ans.

— Sapristi, j'espère bien que non ! Il a beau être excellent, ce n'est pas une affaire. Et si nous y allions ? Trop d'intimité m'insupporte, surtout avec une femme que je n'ai pas honorée.

Linnet termina son chocolat puis repoussa ses couvertures. Elle ressentait une pointe de tristesse à l'idée que Piers ne pourrait jamais faire l'amour.

— Comment avez-vous été blessé à la jambe... et au reste ? demanda-t-elle en se dirigeant vers le paravent, derrière lequel elle avait préparé ses vêtements.

Comme il ne répondait pas, elle se retourna. Il avait les yeux fixés sur son dos.

— Qu'y a-t-il ? J'ai renversé du chocolat ?

— Cette chemise de nuit est pratiquement transparente, articula-t-il d'une voix sourde. Je vois votre arrière-train.

Linnet se glissa derrière le paravent, une onde de chaleur dans le ventre – et un nouveau pincement de tristesse au cœur. Elle qui n'avait jamais vraiment désiré partager le lit d'un homme... eh bien, il y en avait un avec lequel elle pouvait l'imaginer.

Piers.

Piers, qui était impuissant. Quelle ironie cruelle !

— Je n'aime pas ce mot « arrière-train », répliqua-t-elle, en s'appliquant à ne pas laisser transparaître le moindre désir dans sa voix. C'est un terme de maquignon.

— Que préféreriez-vous ? Derrière ? Cul ? Chute de reins ? Pour ma part, j'aime assez « fesses ». On les imagine rondes et appétissantes.

Sans répondre, Linnet enfila sa robe, puis elle posa la main sur ses... fesses. Elles étaient rondes, incontestablement. Appétissantes ? Elle l'espérait.

— Je n'ai plus qu'à me brosser les cheveux, annonça-t-elle en allant s'asseoir à sa coiffeuse. Je vais les natter pour éviter qu'ils s'emmêlent. Sinon, Eliza a beaucoup de mal à me coiffer.

Piers vint se placer derrière elle pour boutonner sa robe sans même qu'elle le lui demande. Linnet fit glisser la brosse dans ses cheveux, croisa le regard de Piers dans le miroir, et suspendit son geste.

— On croirait que nous sommes mariés depuis dix ans, fit-il remarquer avec un sourire en coin.

— Vous n'avez pas l'intention de vous marier un jour, n'est-ce pas ?

— Je n'en vois pas l'utilité.

— Parce que vous ne pouvez pas avoir d'enfant ?

— C'est la raison même de cette institution, répliqua-t-il.

Linnet ouvrit la bouche, avant de s'apercevoir qu'elle n'avait pas envie de défendre l'amour, ou même l'amitié, devant un misanthrope. En outre, elle était d'accord avec lui : l'amour et le mariage allaient rarement de pair.

Elle attacha l'extrémité de sa natte avec un des morceaux du ruban déchiré, puis se leva.

— Nous y allons ?

— Vous avez l'air d'avoir quatorze ans avec cette natte, dit-il après l'avoir observée des pieds à la tête. Et vous avez oublié vos bas.

— J'en suis venue à penser, comme vous, que cela ne sert à rien. D'autant que nous ne croisons jamais personne.

— Prufrock n'est pas le genre de majordome à exiger que le personnel s'active dès l'aube.

— Comme majordome, il est assez inhabituel, observa Linnet qui, ayant glissé son bras sous celui de Piers, adopta son allure.

— Je vous l'ai dit, ce n'est pas un majordome, mais un espion au service de mon père.

— Pourquoi votre père aurait-il un espion chez vous ? Arrêtez de hausser les épaules, ajouta-t-elle. Vous le faites beaucoup trop souvent pour éviter de répondre à une question. Pourquoi votre père aurait-il un espion chez vous ?

— Il veut sans doute savoir ce qu'il se passe ici.

— Et, d'après vous, il en a un aussi chez votre mère ?

— Oui.

— Il est encore amoureux d'elle, vous savez. Et c'est réciproque.

— C'est ce que prétend Sébastien. À eux de décider s'ils veulent y donner une suite.

Linnet lui jeta un coup d'œil de biais. Son expression la dissuada de prolonger la discussion. De plus, cela ne la regardait vraiment pas.

— J'ai l'impression qu'il fait plus chaud, aujourd'hui, dit-elle un instant plus tard, alors qu'ils arrivaient en vue du bassin.

— Je n'aime pas ce ciel, répliqua Piers.

— Que lui reprochez-vous ? Il n'y a pas un seul nuage.

Elle lui lâcha le bras pour lui présenter son dos.

— Cette couleur jaune annonce une tempête, répondit-il en s'attaquant à ses boutons. Peut-être.

— Peut-être ? Vous diagnostiquez des maladies, pas des événements météorologiques. Déshabillez-vous, que l'on commence, continua-t-elle en enlevant sa robe. Je me suis entraînée à nager hier soir…

— Vraiment ?

— Sur le tapis. Malheureusement, Eliza est entrée, et elle a dû y voir la confirmation que j'avais complètement perdu la tête.

Comme Linnet s'élançait vers le rocher surplombant le bassin, Piers l'interpella :

— Moins vite ! Vous allez me donner l'impression d'être infirme.

— Et blesser vos sentiments inexistants ? railla-t-elle.

Elle se percha à l'extrême bord du rocher. Un léger vent soufflait de la mer, donnant à l'air un goût salé un peu enivrant.

Piers retirait ses bottes sans plus lui prêter attention. Pourtant, Linnet réclamait son regard. Elle savait qu'en plaquant sa chemise contre son corps, le vent en révélait chaque courbe. Elle aurait voulu que…

Avec un sursaut coupable, elle prit conscience de sa cruauté. Il était vraiment méchant de sa part d'exhiber devant lui ce dont il ne pourrait jamais jouir.

Elle s'assit et ramena ses genoux contre sa poitrine. Piers enlevait sa chemise, et elle l'observa tout en affectant de regarder l'eau. Il avait un torse magnifique. Les doigts de Linnet la démangeaient, elle aurait voulu le toucher, caresser sa poitrine, son dos, descendre vers… ses fesses, puisque fesses il y avait. Elle put les admirer lorsqu'il se tourna pour déposer son pantalon et sa chemise sur le sol.

Un instant plus tard, ils sautaient ensemble dans le bassin. Au lieu d'être terrassée par le froid, elle savoura l'excitation de la chute, puis le choc de l'eau qui lui succéda ; et, enfin, la manière dont Piers la rattrapa en l'enlaçant d'un bras ferme.

Mais il ne la laissa pas s'accrocher à lui très longtemps.

— Une main sur le bord ! aboya-t-il. Maintenant, essayez de nager.

Elle prit une profonde inspiration, s'écarta du bord du bassin… et ne tarda pas à couler. Il la repêcha et la ramena vers le bord.

— Flottez un moment, puis commencez à bouger les bras. Et n'oubliez pas les battements des pieds.

Elle frissonnait si violemment qu'elle ne croyait pas possible de bouger. Pourtant, non seulement elle y parvint mais, lentement, elle se mit à avancer. Piers restait à côté d'elle en lui criant des instructions dont elle n'entendait pas la moitié. Néanmoins, elle finit par maîtriser le mouvement de ses bras l'un après l'autre, la torsion de sa tête du côté opposé…

Justement, il lui saisit les jambes, de ses mains adroites de chirurgien, pour lui montrer comment perfectionner ses battements.

Sotte qu'elle était, elle cessa aussitôt de penser à ses mouvements. S'il voulait bien remonter les mains plus haut, encore plus haut…

Il n'en fit rien.

Cinq minutes plus tard, elle avait traversé toute la longueur du bassin. Son cœur cognait à grands coups et elle ne pouvait s'empêcher de sourire jusqu'aux oreilles.

— Vous pensez être capable de faire le retour ? lui cria-t-il.

Sans répondre, elle lâcha le bord et repartit. À la moitié du parcours, les yeux lui piquaient, elle avait la bouche pleine d'eau et ses bras pesaient des tonnes. Une vague lui passa par-dessus la tête et elle hésita, juste assez longtemps pour commencer à couler.

Piers lui passa le bras autour de la taille.

— Ça suffit. Venez.

Elle s'enroula naturellement autour de lui, tel un bébé s'accrochant à sa mère. Sauf que son corps dur n'avait rien de maternel.

— Votre cœur bat la chamade, déclara-t-il. C'est trop d'exercice, pour quelqu'un qui se contente de danser.

Ne souhaitant pas lui expliquer pourquoi son cœur palpitait follement, elle le laissa la hisser sur le rebord. Et ne se retourna même pas pour le suivre des yeux quand il s'élança à l'assaut des vagues.

Les jambes en coton, elle alla ramasser les serviettes préparées par Prufrock. Il fallait vraiment qu'elle lui demande d'en ajouter une, à l'usage exclusif de Piers. Mais lorsqu'elle s'allongea sur la pierre chaude, elle fut forcée d'admettre qu'elle aimait se dépouiller d'une, voire de deux serviettes, pour les lui donner.

Alors, il la regardait. Et elle se sentait farouchement vivante, comme si le sang chantait dans ses veines.

C'était là, bien sûr, la raison pour laquelle sa mère se rendait si joyeusement à ses rendez-vous. Elle ne devait pas pouvoir se passer du genre de plaisir que ressentait Linnet face à Piers.

Et ce dernier avait raison : Linnet n'avait jamais vraiment pardonné à sa mère de préférer la compagnie d'hommes à celle de sa fille. Au point de sortir par une pluie diluvienne pour retrouver l'un de ces hommes – on n'avait jamais su qui – et de trouver la mort quand sa voiture avait heurté un pilier.

« Je n'agirai jamais ainsi, songea Linnet. Jamais. Ce qui ne signifie pas que je ne peux pas la comprendre, finalement. » Elle eut la sensation que, dans son cœur, un vide aussi glacé que l'océan se comblait.

— Je t'aime, chuchota-t-elle au vent, au soleil, au souvenir de sa mère.

Piers surgit au-dessus d'elle, ruisselant, et lui envoya des gouttes d'eau froide sur le visage.

— Avez-vous l'intention de partager au moins l'une de ces serviettes ? demanda-t-il. Indépendamment du fait que mon corps est beaucoup plus large que le vôtre ?

Linnet dénoua celle qui était enroulée autour de sa tête et la lui tendit.

— Il m'en faut une autre, dit-il en se frottant les cheveux.

Elle lui donna celle qui lui enveloppait les pieds.

— Savez-vous combien de personnes sont affectées de maladies qui provoquent la chute des orteils ? J'aimerais bien une serviette différente.

— Mes orteils sont fermement attachés, rétorqua Linnet.

Il y avait dans les yeux de Piers une lueur dangereuse, à laquelle son corps tout entier réagit sur-le-champ.

Elle avait l'impression d'être une esclave allongée au pied d'un rajah, amollie et privée de toute volonté.

— Une autre serviette, exigea-t-il.

Elle prit son temps pour dégager le coin de la serviette, dévoiler son buste petit à petit comme on déballe un cadeau. Elle n'eut pas besoin de baisser les yeux pour savoir que les pointes de ses seins se dressaient sous sa chemise mouillée. Elle n'eut pas besoin, non plus, de les lever pour savoir que Piers les regardait fixement.

Elle jeta la serviette dans sa direction avant de se recoucher, les bras au-dessus de la tête.

Il s'essuya le corps sans cesser un instant de la regarder d'une manière éhontée.

— Vous ! finit-il par s'exclamer, tout en drapant la serviette autour de ses reins. Vous êtes...

Il releva brusquement la tête.

— Bon Dieu !

17

Linnet se redressa et suivit le regard de Piers. Une masse sombre avançait vers eux, comme si le ciel nocturne, surgissant de nulle part, fondait brusquement sur la mer.

Piers lui attrapa la main et la tira sur ses pieds, puis la lâcha pour ramasser sa canne.

— Courez ! Vite, retournez au château !

Par-dessus son épaule, elle vit que le gros nuage noir se rapprochait. Le plus étrange, c'était que, devant elle, le soleil brillait toujours dans un ciel encore bleu.

Piers commençait déjà à remonter le chemin de son pas chaotique.

— Linnet ! hurla-t-il sans se retourner. Courez, espèce d'idiote !

Elle se précipita à sa suite. Mais dès qu'elle l'eut rattrapé, elle ne put s'empêcher de regarder de nouveau en arrière.

Le nuage n'était pas noir, en fait, mais d'un bleu-vert très foncé, et il se gonflait comme s'il était vivant. La fascination le céda à la peur.

— Qu'est-ce que c'est que ça ? demanda-t-elle après une nouvelle course pour rejoindre Piers. Que se passe-t-il ?

— C'est ce maudit temps gallois. Vous pourriez vous mettre à courir, s'il vous plaît ?

— Je ne rentre pas sans vous.

Une bourrasque soudaine lui arracha les mots de la bouche. Linnet comprit qu'ils n'atteindraient pas le château. Pourtant, Piers accélérait encore l'allure, s'appuyant de tout son poids sur sa canne pour contrebalancer la poussée puissante de sa jambe gauche.

— La maison du gardien ! cria-t-il.

Le vent emporta la moitié de ses paroles, mais il désigna le petit bâtiment qui se profilait au détour du chemin.

Soudain, Linnet se sentit transpercée par des gouttes glacées qui lui fouettaient les épaules et le dos. Au prix d'un effort surhumain, Piers la dépassa, se jeta sur la porte pour l'ouvrir, puis il se retourna, saisit la main de Linnet qui se précipitait, haletante, et la tira à l'intérieur d'un geste si brusque que ses pieds quittèrent le sol.

La porte claquée, ils se regardèrent dans la pénombre. Une seconde plus tard, un vacarme assourdissant éclata, tandis que le panneau de bois tremblait sous l'assaut de coups violents.

— Oh, mon Dieu ! chuchota Linnet. Qu'est-ce que c'est ?

— La grêle, répondit Piers en boitillant jusqu'au milieu de la pièce. C'est la raison pour laquelle les volets de cette maison restent toujours fermés. À en juger par le bruit, ils sont gros comme des œufs de cane.

— Je n'ai jamais rien entendu de pareil ! s'exclama Linnet.

Pétrifiée, elle gardait les yeux fixés sur la porte qui tressautait, comme martelée par des centaines de poings.

— Vous avez quand même entendu parler du temps gallois ? Ce sera sans doute terminé dans deux ou trois heures. Votre femme de chambre savait-elle que vous alliez nager ?

À son hochement de tête, il continua :

— Prufrock lui dira de ne pas s'inquiéter. Comme c'est assez fréquent, il a pour ordre de ne pas lancer de recherches. Mes patients devront se contenter des tendres soins de Sébastien.

— Vos canardeaux l'aideront, fit remarquer Linnet.

Elle s'aperçut alors qu'elle claquait des dents, non seulement de froid, mais aussi en réaction à la peur qu'elle avait eue.

— Pensez-vous qu'il y ait des vêtements ou des couvertures ici ?

— On a oublié ses serviettes ? ironisa-t-il en la considérant d'un air appréciateur.

— Je gèle, dit Linnet, qui referma les bras autour d'elle. Alors, les couvertures ?

De sa canne, il désigna une porte à gauche de la cheminée.

— Faites un feu, implora-t-elle. S'il vous plaît.

— À vos ordres.

Il posa sa canne sur le côté et s'empara d'une pierre à briquet sur le manteau de la cheminée. Heureusement, du petit bois et quelques bûches étaient déjà préparés dans l'âtre.

Derrière la porte, Linnet découvrit une modeste chambre à coucher, qui ne contenait rien d'autre qu'un grand lit. L'unique fenêtre, placée côté terre, n'était pas souffletée par la grêle.

Il y avait un placard à côté de la porte. Les étagères étaient vides à l'exception d'un morceau d'étoffe tassé dans un coin. De ses doigts engourdis par le froid, Linnet le déplia et vit qu'il s'agissait d'une chemise d'homme en chanvre épais, grossièrement tissé.

En la portant à ses narines, elle découvrit avec soulagement qu'elle était propre, bien que chiffonnée. En une seconde, elle se débarrassa de sa chemise trempée. Mais, comme elle était encore toute mouillée, elle passa la tête par la porte.

— Piers, est-ce que je peux…

Sa voix mourut quand elle se rendit compte que Piers Yelverton, comte de Marchant, était accroupi devant la cheminée… nu comme un ver.

— Et votre serviette ? demanda-t-elle.

— Le vent l'a arrachée.

— Ainsi que votre caleçon ?

— J'ai dû oublier de le garder. J'ai l'habitude de nager nu.

Il tourna vers elle un regard aussi chaud que du cognac français. Exactement comme si elle avait avalé ce cognac, Linnet sentit une onde de chaleur descendre dans sa gorge avant d'irradier jusque dans son ventre, et même plus bas.

Elle ne put s'empêcher de détailler son corps puissamment musclé : ses jambes, son dos, ses épaules…

— Vous voulez que je me lève pour ne rien perdre ? dit-il d'une voix amusée, mais dans laquelle elle décela quelque chose d'intensément viril et dangereux.

Tout son corps réagit, et la sensation de douce chaleur se transforma en un torrent incandescent.

— Non ! Si vous n'avez pas de serviette… peu importe.

Quand il fit mine de bouger, l'instinct la précipita en arrière et elle referma vivement la porte. Elle sentit la rugosité du bois contre son dos et ses fesses. Elle était nue. Nue dans une maison avec un homme nu, et elle voulait…

En un clin d'œil, Linnet eut enfilé la chemise, qui lui tomba jusqu'aux genoux. Elle se tourna ensuite vers le lit, recouvert d'une couverture grossière. Quand elle repoussa celle-ci, elle découvrit un drap épais. Il suffirait à couvrir ce grand corps d'homme, et c'était tout ce qui comptait.

Après avoir arraché le drap du lit, elle rouvrit la porte et le glissa dans l'entrebâillement sans regarder.

— Qu'est-ce que c'est ? demanda Piers par-dessus le hurlement du vent.

— Mettez cela ! lui cria-t-elle.

— Ce n'est pas la peine.

— Si. Et n'entrez pas ici sans avoir ce drap autour de vous ! s'écria-t-elle quand il essaya de repousser la porte.

— J'ai trouvé une nappe.

Effectivement, un chiffon bleu lui ceignait la taille.

— Le drap conviendrait mieux, protesta Linnet, dont le regard se posa instinctivement sur son torse. Mais c'est indécent ! hoqueta-t-elle quand ses yeux descendirent plus bas.

Vaguement nouée sur sa hanche droite, la nappe couvrait à peine le... son...

— Vous ne pouvez pas porter cela !

— En tout cas, je ne peux pas porter le drap, à moins que vous ne vouliez vous asseoir sur cette couverture, rétorqua-t-il, un curieux sourire aux lèvres. À mon avis, elle abrite autant de puces que Rufus, ce qui n'est pas peu dire.

— Je refuse de m'asseoir là-dessus, déclara Linnet en regardant le lit avec horreur.

— Il n'y a rien d'autre pour s'asseoir. La maison manque cruellement de meubles. Je suppose qu'ils ont été empruntés par des voisins. Les Gallois sont gens économes, et ils ont dû penser que la maison n'avait pas besoin d'une table ou de chaises, puisque personne n'y vivait. Nous avons de la chance que le lit soit encore là.

En jetant un coup d'œil par-dessus l'épaule de Piers, Linnet constata qu'en effet, la pièce principale ne contenait qu'un lourd buffet. Elle reporta le regard sur le lit.

— Pour autant que je me souvienne, les puces ne peuvent survivre plus de quelques semaines sans un peu de sang neuf, reprit Piers en jetant le drap sur le lit. Vous pourriez le remettre en place ? Ma jambe me fait payer cette course forcée, et si je ne m'assois pas bientôt, je vais m'écrouler.

Linnet revint vers le lit et commença à border le drap de tous les côtés, non sans peine.

— J'ai fait ce que j'ai pu, annonça-t-elle au bout d'un instant. Asseyez-vous.

Il s'exécuta avec un grognement.

— Ça va mieux ? s'enquit-elle, avant de se résoudre à se percher à l'extrémité du lit.

Même si c'était tout à fait inconvenant, elle pouvait difficilement rester debout pendant toute la durée de la tempête.

— Tout vaut mieux que de peser sur cette fichue jambe, répondit-il sans lever les yeux de sa cuisse droite, qu'il malaxait à pleines mains.

— Il y a longtemps que vous avez cette blessure ?

— Depuis presque toujours.

— Pourquoi ne guérit-elle pas ?

— Je ne le saurai pas avant de m'être autopsié. Une plaisanterie stupide, reconnut-il comme Linnet tressaillait. Je crois que le muscle est mort, à l'intérieur. J'ai eu des patients qui souffraient de ce genre de problème, souvent après un choc traumatique. Dans certains cas, la douleur finit par disparaître. Dans d'autres... pas.

— Vous pensez qu'il n'y a aucune chance ? Vous n'avez aucune marque, apparemment, ajouta-t-elle après avoir observé sa jambe.

Il la tourna alors légèrement vers l'extérieur, et elle tressaillit en voyant la vilaine cicatrice irrégulière qui partait du haut de la cuisse et descendait plus bas que le genou.

— Comment avez-vous survécu ?

— Je l'ignore. Rien que le risque d'infection... Mais je suis un rude gaillard.

Finalement, il releva les yeux et lui adressa un large sourire. Linnet fut incapable de le lui rendre. Elle était ébranlée à la pensée des terribles souffrances qu'impliquait cette immense cicatrice. Sans réfléchir, elle se pencha, la main tendue, et fit courir ses doigts sur la peau boursouflée.

— Est-ce que la cicatrice en elle-même fait mal, ou juste les muscles dans votre jambe ?

— Je crois que vous êtes la première femme à me toucher là, dit-il lentement, le visage insondable. C'est une impression étrange.

Évidemment, à cause de son impuissance, aucune femme ne l'avait touché. Dieu que ses doigts paraissaient pâles sur sa peau hâlée, songea Linnet, qui prit soudain conscience qu'elle avait la main sur la cuisse d'un homme.

Elle l'enleva précipitamment.

— J'aimais bien ça, fit Piers d'une voix sourde.

Linnet se sentait si gênée qu'elle était probablement rouge comme une pivoine. Elle se risqua à le regarder. Elle connaissait ce regard, à présent. Du désir. Elle prit une profonde inspiration.

— Je voulais juste... balbutia-t-elle avant de s'interrompre.

Il semblait avoir du mal à s'empêcher de rire, l'animal !

— Je ne vois pas ce qu'il y a de drôle ! reprit-elle avec véhémence. J'essaye de montrer de l'empathie pour vos souffrances.

Piers s'adossa contre la tête de lit et croisa les mains derrière sa nuque. Malgré elle, Linnet ne put s'empêcher de remarquer que la nappe jouait de moins en moins bien son rôle de pagne.

— Je n'ai jamais permis à aucune femme de caresser cette partie de ma jambe.

— Bien sûr. Je comprends tout à fait.

Elle tenait ses mains serrées dans son giron, mais ses doigts picotaient encore du contact de sa peau.

— Cela m'a bien plu, cependant, continua-t-il. Peut-être devrais-je me trouver une coquine. Qu'en pensez-vous ? Nous pourrions la loger dans l'aile ouest, avec Gavan et les patients qui meurent mais ne sont pas contagieux.

— Pourquoi ? lui demanda-t-elle avec une curiosité sincère. Juste pour que cette dame frotte votre cicatrice de temps à autre ?

— Ce ne serait pas une dame, objecta Piers. Justement.

Ses yeux riaient. Mais il y avait aussi autre chose...

Du désir, rien de plus, tenta-t-elle de se persuader. Du désir banal. Elle remonta ses pieds et plia les jambes sur le côté. Il suivit son mouvement des yeux.

— Qu'est-ce qu'une coquine aurait de mieux qu'une dame ?

— Avec les dames, il y a trop d'obligations, répondit-il en effleurant le pied de Linnet de sa jambe tendue.

Elle eut l'impression d'un choc électrique.

— Des obligations comme dans le mariage ? réussit-elle à dire, fière de ne trahir aucune réaction.

— Exactement. Comme dans le fait de vivre avec la même femme pendant bien trop d'années. Ne me dites pas que vous n'avez pas songé aux inconvénients de la chose.

Il ne se trompait pas. Impossible de flirter avec un prince pendant deux mois sans réfléchir à ce que ce serait, de voir son visage à la table du petit déjeuner le reste de sa vie.

— Vous y avez pensé ! s'exclama Piers en riant. Tout autant que moi, vous êtes un loup solitaire.

Linnet secoua la tête.

— Non. Je veux me marier. Je veux aussi tomber amoureuse, même si je sais bien que les deux ne sont pas nécessairement compatibles.

— Vous êtes une romantique, bien que vous sembliez envisager l'adultère sans le moindre scrupule.

— Je lis trop de romans pour ne pas l'être.

— Les romans n'ont rien à voir avec la vie réelle.

— Ils sont mieux que la vie réelle, répliqua Linnet. On prend beaucoup de plaisir à voir les méchants punis de leurs méfaits.

— Pourquoi ne venez-vous pas vous asseoir à côté de moi ? Vous pourriez au moins vous adosser contre la tête de lit.

La position de Linnet était inconfortable, c'est vrai. Il n'empêche que…

— La tempête ne faiblit pas, souligna-t-il. Nous sommes bloqués ici pour au moins deux heures. De plus, il y a quelques lacunes intéressantes dans votre connaissance de la vie réelle dont nous pourrions discuter. J'ai toujours rêvé de bavarder avec une femme adultère. Quand elles arrivent jusqu'à moi, elles sont en général rongées par la syphilis, et elles n'ont pas très envie de commenter leur passé de femmes légères.

— Je ne suis pas adultère, vu que je ne suis même pas mariée. Mais je pourrais arguer que, dans la vie réelle, je serais compromise par cette tempête et que nous serions obligés de nous marier, riposta-t-elle en rampant vers la tête du lit pour s'asseoir à côté de lui.

— Ne renoncez pas à tout espoir, répliqua-t-il avec suavité. Un duché est toujours à votre portée. Pas le mien, tout simplement, puisque personne au pays de Galles ne se soucie de ce que nous faisons. Mon père est probablement dans le château en train de prier pour un miracle ; le vôtre est à Londres, certain que vous êtes comtesse et en bonne voie de devenir duchesse.

— Quelle sorte de miracle votre père attend-il ?

— Oh, que le passé n'ait jamais existé ! Que ma mère lui pardonne. Que ma blessure disparaisse.

— Il est désespérément triste.

— Pas de petits-enfants en vue. Quelle déception !

— Ne soyez pas assommant, répliqua-t-elle en lui donnant un coup de coude. Vous savez aussi bien que moi que votre père n'est pas un monstre. C'est stupide de votre part de prétendre le contraire.

— Vous n'allez pas ajouter « infantile » ?

— Peu vous importe d'être infantile, fit-elle remarquer. En revanche, si l'on vous dit que vous n'utilisez pas votre cerveau, cela ne devrait pas vous plaire. Vous êtes trop observateur pour ne pas voir son chagrin.

— Eh bien, dit ainsi...

— Je le dis ainsi. Il souffre parce qu'il vous aime, votre mère et vous.

— C'est à votre tour de battre votre coulpe. Si je donne un baiser à ce pauvre vieux, cela suffira ?

Elle tourna la tête et lui sourit.

— Non ! s'écria-t-il en se couvrant le visage du bras. N'essayez pas de pervertir ma volonté avec votre grimace. Aristote croit au libre arbitre, et moi aussi.

Linnet éclata de rire et lui rabattit le bras.

— Voilà, dit-elle en accentuant son sourire. Êtes-vous à ma merci, à présent ?

— Oh, mon Dieu, ça n'a pas marché cette fois-ci ! dit-il, ironique. Peut-être que vous perdez votre don.

D'un mouvement rapide, il se jeta sur elle. Linnet en resta bouche bée. Soudain, elle se retrouvait plaquée sur le dos, ses mains prisonnières de celles de Piers au-dessus de sa tête.

— Souriez-moi de nouveau. Voyons si la magie est longue à agir ou si j'y suis imperméable.

Bien que moqueurs, ses mots contenaient une caresse. Une caresse insolente et rude.

Linnet obéit. Mais ce n'était pas le sourire de famille. Celui-là prenait sa source ailleurs : dans un désir ardent, féroce, exigeant.

Piers ne dit rien.

— À ma merci ? répéta-t-elle en éprouvant le poids de son corps musclé sur le sien.

— Pas tout à fait, répondit-il, les yeux rivés sur son visage. Mais, bon sang… vous vous débrouillez bien.

De la pointe de la langue, Linnet s'humecta la lèvre inférieure.

— J'aime vous embrasser… et j'aimerais embrasser votre jambe, dit-elle tout en se demandant si elle n'était pas devenue folle.

Il prit une brusque inspiration tremblante.

— Vous…

— Oui ?

— Vous feriez n'importe quoi pour gagner, n'est-ce pas ?

— Je possède un farouche esprit de compétition, répliqua-t-elle avec un large sourire. Pensiez-vous être le seul ?

— Plus maintenant, marmonna-t-il, avant d'incliner – enfin ! – sa tête vers la sienne.

Ses lèvres conservaient un goût de sel. Et son baiser fut à son image : rude, impérieux, sans la moindre trace de courtoisie. De nouveau, Linnet eut l'impression d'être une esclave gisant aux pieds de son maître. Non, pas à ses pieds, puisque son corps entier palpitait sous le poids du sien.

— Bon sang, finit par marmonner Piers en la foudroyant du regard. Pourquoi ai-je l'impression de faire l'amour à une poupée de chiffon ? Vous sembliez savoir embrasser, hier !

Linnet dégagea ses mains pour les passer autour de son cou.

— Nous ne faisons pas l'amour.

— C'est vrai. Revenons à mon commentaire initial, débarrassé de la partie amour. Pourquoi est-ce que je m'embête à embrasser une…

— Taisez-vous, Piers.

Leurs regards se croisèrent avec une intensité électrique. Puis celui de Piers s'assombrit et il s'empara de nouveau de sa bouche.

Oubliant l'esclave, Linnet se concentra sur la sensation de ce corps dur qui pesait sur le sien. Tout en rendant ses baisers à Piers, elle caressa son dos musclé, descendit jusqu'au creux de ses reins et ne s'arrêta qu'à la limite du tissu.

Piers insinua la jambe entre les siennes, et sa chemise... Où donc était sa chemise ? Elle avait dû...

Piers délaissa sa bouche pour faire courir ses lèvres le long de sa joue, laissant une traînée brûlante sur sa peau.

Linnet ferma les yeux, se gorgeant de son odeur, de ses caresses, de sa peau chaude qui se pressait contre la sienne au fur et à mesure qu'il relevait sa chemise.

— Sapristi, Linnet, gronda-t-il, tu as la poitrine la plus magnifique que j'aie jamais...

Il s'interrompit pour refermer la main sur un sein, et en saisir la pointe entre ses lèvres. C'était délicieux, grisant... jusqu'au moment où il le suça ! Elle ne put retenir un gémissement, peut-être même un cri.

Elle ne devrait pas émettre ce genre de son, il fallait qu'elle...

— Arrête ! dit-il après avoir relevé la tête pour plonger son regard dans le sien.

— Ne t'arrête pas, supplia-t-elle.

— Tu réfléchis de nouveau. Tu es devenue toute raide.

— Non.

Comme elle en avait rêvé, elle passa la main sur son torse, sur ses muscles saillants, sur ses mamelons plats, d'un rouge sombre.

— Tu es beau.

— Et toi, tu es fêlée si tu le penses, répliqua-t-il, avant d'émettre un son étouffé quand elle en effleura la pointe du bout des doigts.

Elle les pressa alors avec plus de fermeté, et il renversa la tête en arrière, ce qui permit à Linnet de poser ses lèvres là où avaient été ses doigts.

Le tremblement qui le parcourut l'incita à tenter d'autres caresses… à lécher… à mordiller…

— Assez ! fit-il en roulant sur le dos, l'entraînant avec lui.

— Ta jambe ? Je suis désolée, je…

Les mots moururent sur les lèvres de Linnet lorsqu'il insinua le genou entre ses jambes. Toutes ses sensations se concentrèrent sur l'endroit ô combien sensible entre ses cuisses.

— Oh… gémit-elle. S'il te plaît…

Elle l'entendit vaguement rire. Puis il referma de nouveau la bouche sur la pointe de son sein qu'il tirailla, téta, mordilla tour à tour, avant d'infliger le même traitement à son jumeau, la réduisant à pousser des cris inarticulés, son entrejambe palpitant contre lui.

— Tu veux jouir ? murmura-t-il, la voix rauque, en glissant la main entre ses cuisses.

Le corps parcouru de tremblements, Linnet ouvrit la bouche, mais aucun son n'en sortit. Soudain, Piers la renversa sur le matelas, et sa bouche revint goulûment à son sein.

— Tu seras mieux sur le dos, si je t'embrasse ici pendant que je te touche… *là*, dit-il, insinuant de nouveau les doigts entre ses jambes.

Linnet remarqua à peine le moment où il délaissa sa poitrine pour tracer un chemin de baisers sur son ventre. Sous la caresse de ses doigts, elle se tordait, se cambrait contre sa main, incapable de réprimer les râles qui lui montaient aux lèvres.

C'est alors qu'il lui écarta les jambes.

Elle releva la tête, éperdue, et vit ses cheveux sombres entre ses cuisses.

— Que fais-tu ? s'écria-t-elle en tentant de se libérer. C'est… qu'est-ce que… arrête !

Trop tard. Ses lèvres s'étaient posées à l'intérieur de sa cuisse, et sa langue se rapprochait doucement, délicatement.

— Tu sens si bon, murmura-t-il. Essence de Linnet mêlée à une pointe d'océan… Quant à ton goût… c'est celui du miel le plus suave.

Il lui releva les genoux et sa langue prit possession d'elle, la précipitant dans le feu. Chaque caresse lui arrachait comme un sanglot, sa tête roulait frénétiquement de droite et de gauche et quand il insinua un doigt en elle, son cri rauque salua le déferlement du plaisir.

Lorsqu'elle entendit de nouveau le fracas du vent, elle perçut également la voix de Piers qui chuchotait, tout en l'embrassant :

— Oh, c'est si mignon, si délicat ! Et cela fonctionne si bien !

Elle parvint, Dieu sait comment, à se redresser pour le regarder.

— C'est le médecin qui parle ?

Une lueur démoniaque brillait dans ses yeux lorsqu'il les leva sur elle.

— Ce sont mes observations sur la partie la plus rose…

Il déposa un baiser et elle frémit de nouveau.

— … la plus adorable …

Un autre baiser.

— … et la plus délectable du corps de Linnet.

18

Linnet recula jusqu'à se retrouver adossée contre la tête de lit, puis elle replia les jambes contre sa poitrine en prenant soin, instinctivement, de cacher ce qu'elle avait de plus intime.

Comment avait-elle pu permettre qu'une telle chose se produise ? Elle en avait l'estomac retourné.

— Ce n'était pas convenable du tout, fit-elle remarquer. Je suis sûre que les gens ne... Où as-tu appris à faire ça ?

— Comment peux-tu savoir ce que les gens font ou ne font pas ? répliqua Piers, qui roula sur le flanc et plia le coude pour appuyer la tête sur sa main. En tant que médecin, je peux t'assurer qu'ils se livrent à toutes sortes de choses que ni toi ni moi n'avons encore essayées. Quelqu'un t'a-t-il déjà expliqué ce qui était convenable ou inconvenant dans une chambre à coucher ?

Comme elle secouait la tête, il déclara avec satisfaction :

— C'est bien ce que je pensais, étant donné les lacunes évidentes dans ton éducation.

— Que veux-tu dire ? demanda-t-elle alors que, contre toute raison, son corps continuait de frémir.

— Sais-tu ce qui vient de t'arriver ?

Un gloussement échappa à Linnet avant qu'elle puisse le retenir.

— Je suppose que cela veut dire « oui ». Eh bien, sache que la première règle, c'est qu'entre des amants, rien n'est inconvenant.

— On dirait que tu donnes un cours aux canardeaux. Je t'ai déjà entendu les bombarder de questions destinées à leur arracher des réponses stupides.

— Crois-moi, je n'envisagerais jamais de leur tenir des propos intimes. Pour une bonne raison : je n'aime pas que mes partenaires aient autant de poils sur la poitrine.

— Tu es ridicule, répliqua Linnet en nouant ses bras autour de ses genoux.

— Pas aussi ridicule que ton ignorance du système reproducteur.

Comme elle pouvait difficilement le contredire, il poursuivit :

— Je suppose que ta mère est morte avant d'avoir pu t'expliquer l'essentiel.

— Je connais l'essentiel, protesta-t-elle.

— Vraiment ? Dans ce cas, pourquoi croyais-tu que « ça pendait » entre les jambes des hommes ? Comment cela marcherait-il, à ton avis ? Comme une saucisse que l'on farcit ?

— Une erreur mineure, répliqua-t-elle, alors que son regard glissait vers cette partie de son anatomie que le tissu ne dissimulait plus depuis longtemps. Il est évident que ma mère parlait métaphoriquement.

— Ceci... dit-il en passant la main sur son sexe dressé, est une érection. Et je ne suis pas impuissant, comme tu aurais dû le comprendre à l'instant où tu m'as vu au garde-à-vous.

Linnet déglutit avec peine. Elle-même aurait bien aimé le toucher ainsi.

— Un homme n'a d'érection que lorsqu'il veut coucher avec une femme. Sinon, son sexe pend.

— Ah ! Ma mère avait donc raison. Tu pourrais le faire pendre, que je voie à quoi cela ressemble ?

De nouveau, il se caressa lentement.

— Non. C'est impossible.

— Tu ne peux pas le contrôler ?

— Pas à cet instant. Et rarement lorsque je suis près de toi, à ma grande surprise.

Une déclaration qui rasséréna un peu Linnet.

— Au cas où tu te poserais la question, je ne suis pas vierge, continua-t-il d'un ton désinvolte. Je ne prétendrai cependant pas avoir fait l'amour avec une femme. Mais j'en ai connu une, deux, ou davantage. Toi, en revanche, tu es bel et bien vierge, et remarquablement ignorante. Pourquoi ne me dirais-tu pas ce que tu sais de l'essentiel ? Ainsi, je pourrais corriger tes erreurs.

— Pour que tu me cries après comme tu cries après les canardeaux quand ils devinent de travers ? Certainement pas.

— Veux-tu sauter la leçon et passer directement à la démonstration ? Je suis en train de me caresser…

Instinctivement, Linnet reporta les yeux sur sa main et sur ce que celle-ci faisait.

— … et je n'aurais rien contre un peu d'aide.

— Je te croyais vraiment impuissant, murmura-t-elle. Pour moi, tu ne pouvais pas faire cela.

— Songes-y… Je te soupçonne d'avoir suffisamment de connaissances pour savoir ce que j'aimerais faire avec l'outil à ma disposition. Il est en état de marche.

Les yeux toujours fixés sur sa main, Linnet prit une profonde inspiration.

— Mais je pensais que… C'est-à-dire, ton père prétendait… Est-ce que tu ne peux pas avoir d'enfant, c'est tout ?

— Tu m'as demandé une ou deux fois comment je m'étais blessé…

— Je te l'ai demandé trois fois, corrigea-t-elle. Peut-être même quatre.

— Un jour que mon père était particulièrement euphorique – sous l'emprise de l'opium –, je suis entré inopinément dans la pièce où il se trouvait. J'avais six ans. Il m'a pris pour un démon qui venait lui voler son âme.

— Toi, un démon ? À six ans ?

— Bizarre, non ? Beaucoup de gens abonderaient dans son sens, maintenant, mais je peux t'assurer que j'étais assez mignon, à cet âge-là, sans la moindre vapeur de soufre autour de moi. Malheureusement, je devais avoir la bonne taille pour incarner un démon inférieur. Quoi qu'il en soit, il m'a lancé dans la cheminée pour sauver son âme. Je suppose que je devrais me réjouir d'avoir pour père un chrétien aussi dévot.

Linnet étouffa un cri et porta la main à sa bouche.

— Par chance, le feu n'était pas allumé. Il y avait néanmoins une paire de chenets en fer forgé, dont l'un m'a laissé ce charmant souvenir.

— Quelle horreur ! balbutia Linnet en se rapprochant de lui. Tu as dû avoir tellement peur et tellement mal...

— J'en garde peu de souvenirs. Le vol plané, le choc... Ce qui a suivi, en revanche, je me le rappelle très bien. Parce que la douleur refusait de s'en aller.

— Alors, ta mère t'a emmené en France.

— Et en Bavière, ensuite, où se trouvaient les meilleurs médecins. Toutefois, personne n'a compris pourquoi ma jambe refusait de guérir. Pendant notre absence, mon père a engagé une procédure de divorce. Il a dépensé le quart de mon héritage pour que sa femme – ma mère – soit déclarée officiellement dépravée.

— Il n'était pas lui-même, argua Linnet en caressant de nouveau l'affreuse cicatrice sur sa jambe. En tant que médecin, tu le sais.

— Mais en tant que fils...

Il secoua la tête.

— Et c'est pour cela que tu as prétendu être impuissant. Lui qui est si fier de son histoire familiale ! Tu savais exactement comment le blesser en le rendant responsable de l'extinction de sa lignée.

— Quand je l'entends dans ta bouche, l'idée que j'ai eue là ne m'apparaît pas comme très maligne. Il va peut-être falloir que je réfléchisse à une réconciliation.

Il se mit à tracer des petits cercles sur la cuisse de Linnet.

— Ce serait bien.

— Tout cela pour dire que je ne suis pas impuissant. J'espère que tu me pardonneras de ne pas me précipiter au château pour annoncer cette bonne nouvelle à mon cher papa.

Linnet s'absorba dans la contemplation de sa jambe. Du bout des doigts, elle suivit la cicatrice, puis continua sur la peau tendue par le muscle.

— Nous sommes convenus d'annuler nos fiançailles, dit-elle sans le regarder.

— Ce qui signifie que tu dois prendre la mesure de ce que nous faisons ici. Je n'ai rien à perdre, alors que ta virginité est dans la balance.

C'était du Piers tout craché. Un autre lui aurait peut-être menti, ou aurait esquivé le fait qu'il voulait coucher avec elle, mais pas l'épouser. Pas Piers.

— Que dirais-tu si je refusais ?

Elle savait pertinemment qu'elle ne refuserait pas, parce que c'était peut-être sa seule chance de faire l'amour avec quelqu'un qu'elle désirait vraiment.

Il haussa les épaules.

— Tu es une femme intelligente. Tu possèdes un atout extrêmement précieux sur le marché, et dont la valeur est doublée du fait de ta beauté. Pourquoi diable me le céderais-tu, et pour rien ?

— À t'entendre, je suis à vendre au plus offrant. Eh bien, ça a peut-être été le cas, continua-t-elle lorsqu'il garda le silence. Mais les enchères sont retombées parce que tout le monde croit que je ne possède plus cet atout ô combien précieux.

Piers persista dans son silence.

— Si je décide de te le donner, peux-tu m'assurer qu'aucun enfant n'en résultera ?

— Non. Cette maison n'est pas équipée de toutes les commodités nécessaires.

La pointe d'amusement qu'elle décela dans sa voix la fit sourire.

— Et s'il y a un enfant ?

— Nous nous marierons.

Elle hocha la tête, en proie à une timidité soudaine.

Piers l'attira contre sa poitrine.

— Je pense qu'il serait bon d'expliciter ce que nous nous proposons de faire, dit-il avant de s'emparer de sa bouche. Après tout, continua-t-il quelques instants plus tard, puisqu'il y a un risque de mariage, nous nous devons de procéder avec prudence. Et réflexion. Et…

Linnet ne l'entendait plus. Arquée contre lui, comme saisie d'ivresse, elle n'avait plus conscience que de cette partie de lui pressée contre sa cuisse. Comme il continuait de discourir, elle fit glisser sa main le long de sa jambe et la referma sur son sexe.

Il se tut sur-le-champ. Contre sa paume, elle le sentait palpiter, chaud et doux, et bien trop imposant.

— Tu me tiens comme un concombre de premier choix que tu t'apprêterais à cueillir, fit-il remarquer.

Mais quelque chose dans sa voix trahissait le fait qu'il n'était pas aussi blasé qu'il voulait le faire croire.

Relâchant la pression de ses doigts, Linnet les fit glisser sur toute la longueur de sa virilité, comme lui-même l'avait fait. La manière dont la peau bougeait la fascinait.

Lorsqu'elle continua en serrant davantage, Piers laissa échapper un gémissement sourd, la tête rejetée en arrière.

La flèche de désir qui la traversa de nouveau lui coupa presque le souffle.

— Je crois que c'est suffisant, chuchota-t-elle, haletante, en enlaçant Piers. Je suis sûre de ce que je fais.

— *Suffisant ?* répéta-t-il avec un petit rire, alors que, le visage enfoui dans son cou, elle tentait de l'attirer sur elle.

— Viens, l'implora-t-elle.

— Pas trop vite, murmura-t-il contre sa bouche, avant de glisser les doigts entre ses cuisses. Tu as dû entendre parler de la douleur qui accompagne la perte de la virginité.

Transportée par ses caresses habiles, Linnet l'entendit à peine. Mais ce qu'elle voulait allait au-delà des caresses et des baisers. Aussi s'accrocha-t-elle à ses épaules en ordonnant avec force :

— Maintenant !

En le sentant *là*, elle arqua les reins instinctivement.

— Doucement...

Mais elle ne voulait pas aller doucement. Une faim d'être possédée la tenaillait, si dévorante qu'incapable de trouver les mots, elle laissa échapper un sanglot.

Il dut comprendre car, lui agrippant les hanches, il les souleva, puis, la bouche dans ses cheveux, il chuchota :

— Sûre et certaine ?

Linnet se contenta de laisser échapper un gémissement rauque, auquel il répondit en la pénétrant d'une poussée à la fois implacable et douce.

— C'est douloureux ? demanda-t-il une seconde plus tard, ses lèvres lui frôlant la joue.

Non. Elle se sentait étirée, emplie, délicieusement possédée... mais ce n'était pas douloureux.

S'arc-boutant, elle l'invita à s'enfoncer davantage.

— Tu pourrais...

Les mots moururent sur ses lèvres lorsqu'il bougea légèrement, envoyant une cascade de sensations le long de ses jambes.

— Je peux m'arrêter, dit Piers d'une voix rauque. Le temps que ton corps s'habitue à moi...

Linnet l'entendit à peine. Déjà, elle creusait de nouveau les reins cherchant à retrouver cette sensation de feu liquide, plaisante mais...

— C'est tout ? murmura-t-elle, accrochée à ses épaules, avant de se rendre compte de la façon dont ses paroles pouvaient être interprétées. C'était très agréable. Vraiment. Très...

Elle s'interrompit comme il ondulait des hanches. Il rit de nouveau, d'un rire sourd, un peu tremblé. Déconcertée, elle rouvrit les yeux.

— Je ne crois pas que ce soit le moment de rire.

— Mmm, marmonna-t-il en se penchant pour lui mordiller les lèvres.

Le mouvement de son corps éveilla en elle une autre vague de sensations qui, prenant naissance dans son ventre, déferla jusqu'à l'extrémité de ses orteils. Comme elle refermait les yeux, il lui demanda :

— Tu te sens bien ?

— Oui, très bien, répondit-elle, tout en s'interrogeant.

Ce n'était quand même pas là toute l'affaire ?

— Dans ce cas, penses-tu que je puisse y aller ?

— Y aller ? Aller où ? demanda-t-elle en le retenant d'un geste instinctif.

Bien qu'un peu déçue, elle ne souhaitait certes pas qu'il parte.

— C'est déjà fini ? risqua-t-elle.

Il eut beau enfouir la tête au creux de son épaule, elle perçut son rire étouffé.

— Cesse de te moquer de moi ! lui intima-t-elle, prête à le repousser.

Ça lui apprendrait !

Relevant les genoux, elle appuya les pieds sur le matelas... et eut le souffle coupé par l'onde de plaisir qui se propagea dans tout son corps.

Contre son oreille, elle percevait la chaleur du souffle saccadé de Piers. Il lui souleva le genou gauche et, comprenant son ordre silencieux, elle enroula les jambes autour de ses hanches, ce qui le fit pénétrer plus profondément en elle.

— C'est très agréable, murmura-t-elle en lui embrassant le menton. J'aime beaucoup.

— À présent, il va falloir que je bouge, annonça-t-il entre ses dents. La pause pour accoutumance est terminée.

— D'accord, répliqua-t-elle, déçue, en laissant retomber ses jambes.

C'était tellement bon, cette sourde pulsation en elle !

Quand il commença à se retirer, la sensation de perte fut si insupportable que sa chair intime tenta instinctivement de le retenir. C'est alors que, d'une poussée plus forte, il plongea de nouveau en elle.

Avec un sanglot de joie, elle referma aussitôt les jambes autour de lui, et s'arc-bouta à sa rencontre.

— Qu'est-ce que...

Pour toute réponse, il commença à aller et venir en elle, éveillant un peu plus, à chacun de ses assauts, une exigence si incandescente qu'elle en enfonça les ongles dans ses épaules.

— Linnet... murmura-t-il en s'immobilisant.

Cette voix implorante lui ressemblait si peu qu'elle resserra son étreinte avant de couvrir de baisers son cou, son menton, ses joues.

— Il faut que nous...

— Quoi ? demanda-t-elle, brusquement tirée des brumes de l'extase. Est-ce que je fais ce qu'il faut ? Que veux-tu que je...

— Tais-toi, lui gronda-t-il à l'oreille.

Linnet aurait dû se formaliser d'être ainsi rabrouée. Mais à cet instant, il glissa la main entre eux, à l'endroit précis où leurs corps se joignaient, et il suffit de la caresse lente de son pouce pour provoquer une déflagration dans son corps.

Un cri étranglé s'échappa de ses lèvres. Le sentir ainsi en elle, l'emplissant de son sexe gonflé, chaud, possessif, fit courir comme une fièvre dans son sang.

Avec un grondement de satisfaction, il donna un autre coup de reins, et elle vit des étoiles, une myriade d'étoiles. Les mouvements rythmiques qu'il imprimait à ses doigts combinés à la délicieuse friction de sa virilité contre sa chair intime la firent monter par degrés jusqu'au sommet de la jouissance.

— Piers ! gémit-elle. Piers !

Renonçant à tout contrôle, il donna de tels coups de boutoir que le bois du lit cognant contre le mur rivalisa avec le fracas de la grêle.

Le plaisir la terrassa soudain, si brutal, si intense, qu'elle n'aurait jamais imaginé qu'une chose pareille pût exister. Elle ne voyait plus, n'entendait plus, n'était plus qu'un corps tétanisé par les ondes brûlantes de la volupté.

Venu de très loin, un râle sourd, presque animal, lui fit rouvrir les paupières. Elle distingua le visage de Piers juste avant qu'il ne rejette la tête en arrière.

L'expression déchirante de son plaisir, de son abandon total, propulsa en elle un nouveau flot de volupté, et un spasme ultime lui mordit le ventre au moment précis où il laissait échapper un cri rauque.

Juste avant de s'effondrer sur elle.

19

Plus tard dans l'après-midi

— Lady Bernaise s'est retirée avec la migraine, et le duc est en train de jouer aux échecs avec le marquis, annonça Prufrock en devançant Piers dans l'escalier. Un nouveau patient est arrivé, que j'ai isolé dans une chambre. Les canardeaux sont avec lui.

— Les canardeaux ? répéta Piers en arquant un sourcil. Elle vous a contaminé.

Prufrock avait le don d'apparaître complètement innocent lorsqu'il le souhaitait.

— Où est nurse Matilda ?

— Dans le salon du matin avec Mlle Thrynne. Comme vous l'avez demandé, la jeune demoiselle passe en revue les responsabilités de Mme Havelock envers les patients. La dernière fois que je les ai vues, ça ne semblait pas se passer sans heurts.

Piers hésita un moment, puis haussa mentalement les épaules. Était-ce vraiment important ? Dès que Linnet serait partie, il laisserait son intendante n'en faire de nouveau qu'à sa tête. Que les patients aient leur famille auprès d'eux ou pas, cela ne les empêchait pas de mourir, sauf si Sébastien et lui trouvaient un moyen de les prolonger.

Il entra dans la petite pièce qui servait à isoler les malades le temps qu'il trouve ce dont ils souffraient. Si tant est qu'il y parvenait.

Réunis autour du lit, les canardeaux – bon sang, lui aussi adoptait le surnom de Linnet ! – débattaient bruyamment. Le silence se fit lorsque Piers frappa le pied du lit de sa canne.

— Bitts, qui est le patient ?

— M. Juggs est patron de pub à Londres. Il a soixante-huit ans.

— Soixante-huit ans ? Vous avez eu une bonne longévité, au pub. Laissez-nous donc quelques bières. Pourquoi ne pas passer la main et vous reposer ?

Le patient était rond et chauve, à l'exception de deux formidables sourcils, si touffus qu'ils paraissaient doués d'une vie propre.

— Foutaises ! s'exclama-t-il avec un magnifique accent cockney. Mon père a vécu jusqu'à quatre-vingt-douze ans, et j'ai pas l'intention de manger les pissenlits par la racine plus tôt que lui. Si vous êtes aussi bon qu'on dit, évidemment.

— Je ne le suis pas, affirma Piers. Bitts, les symptômes ?

— Il est sourd.

— Allons donc, répliqua Piers. Il vient de m'envoyer balader. Avez-vous passé du temps dans la marine, Juggs ?

— Non. Mais douze ans dans le 14e régiment de dragons comme caporal-chef. C'est pas tout le temps que j'entends pas. Un coup, j'entends bien, et puis, ça s'en va.

— C'est la vieillesse, déclara Piers. Sortez-le de ce lit, qu'on le donne à quelqu'un d'autre.

— Et quelquefois, ça arrive avec mes yeux aussi, précisa l'homme. Comme si ça s'éteignait. Et puis ça revient.

— Ce n'est donc pas la vieillesse. Alors, Bitts, vous en dites quoi ?

— Les poumons sont dégagés, les membres solides, les réflexes normaux.

— Quelque chose à ajouter, vous deux ? lança Piers à l'adresse de Penders et de Kibbles.

— Il a perdu la vue à trois reprises, répondit Kibbles. En assistant à l'entrée du roi de Norvège à Londres, à la fête donnée pour les soixante ans de sa femme et lors d'une revue militaire.

— Tss, tss, fit Piers. Votre femme est plus jeune. Vous êtes du genre à les prendre au berceau ?

— Huit ans de moins, c'est tout, se défendit Juggs.

— Quel est votre diagnostic ? demanda Piers à Kibbles.

— Vu les trois occasions mentionnées, excitation excessive conduisant à une accélération du rythme cardiaque.

— Depuis quand une accélération du rythme cardiaque provoque-t-elle une perte de vision ? intervint Penders. Pour moi, c'est d'un arrêt cardiaque qu'il a été victime.

— Un arrêt cardiaque ne provoque pas non plus de perte de vision, objecta Bitts.

— Si, dans la mesure où le sang ne parvient plus, provisoirement, à la tête, rétorqua Penders. Éprouviez-vous des vertiges lors de ces épisodes, monsieur Juggs ?

— Non. Mais j'avais affreusement chaud.

Derrière Piers, la porte s'ouvrit. Avant même qu'elle entre, il reconnut Linnet à son parfum – légèrement fleuri, avec une pointe de citron. À croire que le désir sexuel exacerbait la sensibilité des nerfs olfactifs !

Mais les intonations charmantes de nurse Matilda le ramenèrent sans pitié à l'instant présent.

— Docteur, je suis profondément choquée par ce qui s'est passé aujourd'hui, apparemment avec votre permission, si ce n'est vos encouragements. Profondément choquée ! Bien que je sois désolée de vous interrompre, je n'avais pas le choix.

— Il est possible que le patient ait été victime d'un accès de fièvre lors de ces épisodes de cécité. Que pouvons-nous en déduire ? demanda Piers aux canardeaux, avant de se retourner à contrecœur.

La vérité, c'était que Linnet était d'une beauté terrifiante : des lèvres parfaites, des joues parfaites, un... un sourire secret – et parfait –dans ses yeux parfaits.

C'en était énervant !

Il se retint pour ne pas lui rendre son sourire.

— Que diable fabriquez-vous ? lui lança-t-il.

Son sourire s'effaça.

— J'interroge l'intendante de l'aile ouest sur les soins apportés aux patients – y compris le régime alimentaire et les visites des familles.

— Bien, dit Piers avant de se tourner vers nurse Matilda. Votre rôle est de répondre, dans la mesure où vous êtes l'intendante en question.

L'opulente poitrine de nurse Matilda se gonfla de manière impressionnante.

— C'est une offense grossière que de me soumettre à ces questions impertinentes. Si vous avez des réserves sur ma gestion ou sur les soins apportés aux patients, vous devriez me consulter directement.

Piers reporta son attention sur les canardeaux.

— Perte temporaire de la vue et de l'ouïe... fièvre possible... Quelles autres questions avez-vous posées ?

Comme les canardeaux gardaient le silence, il reprit :

— Aucune, je suppose. Vous, dans le lit, vous n'aviez pas de vertige. Quelqu'un a-t-il remarqué que vous aviez le visage rouge ? Aviez-vous une faiblesse dans les jambes ? ajouta-t-il quand Juggs secoua la tête. Chaud, et froid ensuite ?

— Juste chaud. Et puis, certaines fois, j'ai dégueulé.

— Vous n'aviez pas pensé à nous le dire ? Y a-t-il d'autres choses que vous ne nous dites pas ?

— Ma femme, elle dit que j'avais mon compte. Mais c'est pas vrai. Ça fait vingt ans que j'ai mon pub, alors, je sais bien quand un homme a du vent dans les voiles. Moi, j'en avais pas.

— Les ivrognes sont les derniers à le savoir, fit remarquer Piers, qui se tourna de nouveau vers nurse Matilda. En moins de cinq mots, pourquoi donc êtes-vous si énervée ? Je crois comprendre que les questions de Mlle Thrynne ne vous plaisent pas.

— Cette jeune personne ne connaît absolument rien aux soins. Elle a sous-entendu que j'étais cruelle…

— « Inhumaine » est le mot que j'ai employé, rectifia Linnet.

— Parce que je dis aux malades qu'une fois qu'ils sont ici, il n'y aura pas de visites, déclara nurse Matilda. Vous savez aussi bien que moi, lord Marchant, que beaucoup de nos patients ne repartiront plus. Je ne peux pas m'occuper des larmes et du reste. La famille peut aussi bien faire ses adieux quand elle laisse le patient ici. Ça ne sert à rien de prolonger leur peine.

— Donc, c'est vraiment dans leur intérêt, dit Piers, qui ignora volontairement le froncement de sourcils de Linnet. Avez-vous délivré ce message à Mme Juggs ?

— Bien sûr, répondit nurse Matilda en décochant à Linnet un regard hostile. Malheureusement, cette jeune dame est intervenue et a envoyé la femme à la cuisine, où elle représente une charge de travail supplémentaire, sans aucun doute.

— Ce qui signifie qu'on peut lui demander de monter et de décrire précisément l'état de M. Juggs lors de ses malaises, intervint Linnet. Madame Havelock, pourquoi ne pas aller la chercher ?

Curieusement, bien que beaucoup plus imposante physiquement que Linnet, nurse Matilda obtempéra.

— Seigneur Jésus, vaut mieux pas prendre votre intendante à rebrousse-poil, commenta Juggs. C'est gentil, ce que vous avez fait, ajouta-t-il en jetant un regard d'adoration à Linnet. La patronne, elle se serait sentie mal de s'en aller en me laissant ici. Elle se serait rongé les sangs.

— C'est le sourire, n'est-ce pas ? dit Piers à Linnet.

— Mon sourire n'a eu absolument aucun effet sur Mme Havelock, répliqua-t-elle. Depuis combien de temps êtes-vous marié, monsieur Juggs ?

— Ça va faire vingt-quatre ans. La première fois que ça m'est arrivé, c'était pour notre vingtième anniversaire de mariage.

— Vous ne l'avez pas mentionné auparavant, intervint Bitts en griffonnant dans son dossier. Cela fait donc quatre fois.

— Y en a peut-être d'autres, admit Juggs. Il m'a fallu un moment pour accepter de voir un docteur. Franchement, c'est la patronne qui s'est inquiétée.

La porte se rouvrit, livrant passage à une nurse Matilda furieuse, suivie d'une femme rondelette, à l'air inquiet, coiffée d'un bonnet recouvert de cerises apparemment faites de laine bouillie.

— À quoi ressemble votre mari durant ces crises ? demanda Piers sans préambule.

— Il est comme d'habitude, je crois bien, balbutia-t-elle.

— Il devient rouge ?

— Pas plus que d'habitude quand il est soûl.

— Je suis jamais soûl ! protesta Juggs.

— Tu l'étais, insista-t-elle en agitant vigoureusement la tête. Comme chaque fois qu'il y a une occasion spéciale. Et va pas dire le contraire, monsieur Juggs !

— La fois à York, j'avais pas bu plus d'une pinte, déclara le malade d'un ton triomphal.

— Tu arrivais plus à parler clairement, riposta sa femme en s'approchant du lit pour lui tapoter le pied. Y a rien de mal à boire une pinte ou deux, mais il en faut plus pour t'emmêler la langue. Ce coup-là, à York, ça a été la fois de trop, dit-elle à Piers. Il avait promis de voir un docteur si ça arrivait encore.

— Quelle sorte d'occasion était-ce ? s'enquit Linnet. Portiez-vous ce bonnet tout à fait captivant, madame Juggs ?

— Pour sûr, je le portais, répondit-elle avec un sourire jusqu'aux oreilles. C'était le défilé militaire, quand même ! Et M. Juggs, il portait son uniforme, même s'il est un peu petit, maintenant. Mais il aime bien le mettre dans les grandes occasions. Et moi, je me suis fait ce chapeau juste pour ce jour-là, même si c'était déjà l'été et qu'il faisait trop chaud.

— Je suppose que Juggs suait sous ses brandebourgs, dit Piers.

— Oh non, il sue jamais, M. Juggs ! se rengorgea sa femme. Je dois pratiquement jamais nettoyer son uniforme, ce qui est une bénédiction. Les autres, au défilé, ils suaient à grosses gouttes.

— Et après, j'ai plus rien vu jusqu'au lendemain matin, déclara Juggs, l'air abattu.

— Notre pasteur, il dit que c'est peut-être le prix du péché.

— C'est là que j'ai dit que j'irais chez le docteur, précisa M. Juggs. Parce que j'ai pas péché plus que le strict nécessaire.

— Alors, Bitts ? Kibbles ? Penders ? Je crois que ce qui est arrivé à Juggs est parfaitement évident, non ?

Comme tous les trois le regardaient d'un air déconcerté, il agita la main.

— Discutez-en entre vous, espèces d'idiots.

Puis il se tourna vers nurse Matilda.

— Vous venez juste de perdre la bataille. C'est Mme Juggs qui a résolu le problème de la cécité de son mari. Je suis un crétin de n'avoir pas insisté pour voir la famille dans un cas comme celui-ci.

— Moi ? dit Mme Juggs, ébahie. C'est la boisson, c'est ça ?

— Non, répondit-il.

— Quel symptôme était le plus important ? demanda Linnet avec curiosité.

— Ils l'étaient tous. Juggs a pris de l'embonpoint, son uniforme est trop serré, il ne souffre de crise que lors de certaines occasions, au cours desquelles il a chaud et boit de la bière – pour se rafraîchir, sans doute, même si cela se termine par des vomissements. Ajoutons aussi que l'uniforme de parade de la brigade légère est en laine épaisse et, détail crucial, que Juggs ne transpire pas.

— Coup de chaleur ! s'exclama Kibbles.

— Exact. La bonne nouvelle, Juggs, c'est que vous pouvez sauter à bas de ce lit et retourner dans votre pub. La mauvaise, c'est que l'incapacité à transpirer, un uniforme en laine et une journée chaude forment une combinaison dangereuse. Vous risquez d'en mourir un de ces jours, et vous avez même une chance du diable d'être encore là.

— Mais qu'est-ce qu'il s'est passé ? insista Mme Juggs, l'air perplexe. Il faisait pas si chaud que ça.

— Il doit boire davantage d'eau, expliqua Kibbles.

— Et pas de bière s'il fait lourd, ordonna Piers. Même pas une pinte.

— C'est juste ça ? Juste qu'il buvait pas assez d'eau ? s'étonna Mme Juggs, alors que son mari se relevait.

— Je savais que je n'étais pas vraiment malade, dit celui-ci. Je buvais pas d'eau avant de défiler parce qu'on peut pas aller pisser sans rompre les rangs.

Dès que le couple, accompagné des canardeaux, eut quitté la chambre, Piers se tourna vers l'intendante.

— Madame Havelock, à vous de décider : soit vous acceptez les propositions de Mlle Thrynne pour mon hôpital, soit vous cherchez une autre place.

Elle le fixa d'un air buté, les lèvres si serrées qu'on aurait dit une suture de Sébastien.

— C'est bon, vous êtes renvoyée, conclut-il avant de prendre Linnet par le bras pour l'entraîner vers la porte.

Mais elle s'arrêta dans le couloir et le retint jusqu'à ce que l'intendante sorte à son tour.

— Lord Marchant plaisantait, bien sûr, lui dit-elle avec ce sourire qui n'était pas censé amadouer les intendantes furieuses.

Piers ouvrit la bouche, mais Linnet le pinça si fort qu'il la referma aussitôt.

— Nous pourrons discuter demain de la manière d'organiser les visites, reprit Linnet. Évidemment, il nous faudra trouver le moyen de ne pas trop perturber votre service. Je sais à quel point tout est bien organisé dans l'aile ouest, madame Havelock.

Le sourire n'eut aucun effet sur nurse Matilda. Toutefois, immobile et silencieuse, celle-ci pesait manifestement le pour et le contre.

— Je sais à quoi m'en tenir sur l'humour du docteur, finit-elle par laisser tomber du bout des lèvres.

— Bonne journée, madame Havelock, dit alors Linnet, avant de tirer Piers à sa suite.

20

— Tu es une petite sorcière qui se mêle de tout, déclara Piers. Attends un peu. J'ai mal à la jambe... Regarde donc ! ajouta-t-il en poussant une porte. Un lit vide qui attend justement un patient. L'endroit parfait pour s'asseoir et reposer nos membres las.

S'appuyant au chambranle, Linnet s'esclaffa.

— Il est assez grand pour deux, assura Piers en s'efforçant de ne pas trahir trop d'espoir. À moins que tu ne sois trop endolorie ?

— Cela ne te regarde pas.

— Bien sûr que si. Entre et ferme la porte. Inutile d'ajouter aux chocs que cette pauvre nurse Matilda a déjà subis aujourd'hui.

Linnet fit ce qu'il lui demandait. Mais elle n'esquissa pas un geste pour grimper sur le lit sur lequel il s'était assis.

— Allez, viens, reprit-il en tapotant le matelas. C'est l'heure d'une consultation privée avec ton docteur préféré. Parle-moi de la vilaine irritation provoquée par la conduite de ce monstrueux séducteur qui a profité de toi.

— Et je dois venir sur le lit pour te raconter cela ? répliqua-t-elle en riant.

— Comment puis-je évaluer la blessure sans un examen ? Un examen approfondi.

— Ce n'est pas si douloureux que cela. De toute façon, nous ne pouvons pas recommencer.

— Pourquoi ? Tu peux m'en débarrasser ? demanda-t-il en lui tendant sa canne.

Au moment où elle en saisissait l'extrémité, il ramena sa canne vers lui d'un geste brusque, entraînant Linnet tel un poisson au bout d'une ligne. Elle tomba sur lui dans un doux bruissement de linge parfumé.

— Sapristi, tu sens bon, murmura-t-il en l'enveloppant de ses bras.

— Et toi, tu sens le savon. Mais pas un savon agréable.

— C'est du savon à l'huile de ricin. Nous essayons de limiter les fièvres infectieuses qui se transmettent dans l'hôpital même, expliqua-t-il tout en cherchant de ses lèvres l'ourlet délicat de son oreille. Ce château est parfait, parce qu'il a tellement de pièces que l'on peut isoler les patients jusqu'à ce qu'ils ne soient plus contagieux.

— J'aimerais bien engager quelques femmes du village pour qu'elles fassent la lecture aux malades conscients et non contagieux.

— « Femmes du village » et « lecture »... Il y a comme un problème, à mon avis.

— Je suis certaine qu'il y en a qui savent lire. Et il en faudrait une ou deux autres pour divertir les enfants et, peut-être, leur apprendre à lire.

— Divertir ? C'est un hôpital, ici, ou presque. Nous n'accueillons pas de spectacles ambulants.

— Les malades guériront plus vite s'ils ont de quoi s'occuper l'esprit. Regarde Gavan, par exemple.

Elle se tut, mais Piers surprit un sous-entendu dans sa voix. Il lui mordilla l'oreille.

— Que mijotes-tu ?

— Rien. Après le déjeuner, Gavan a fait cinq allers-retours dans l'écurie. Sa jambe est beaucoup plus solide.

Tout en faisant courir sa main sur ses seins sublimes, Piers demanda :

— Alors, es-tu endolorie ?

— Oui, murmura-t-elle, rougissante.

— Veux-tu que je jette un œil pour voir si tout est en ordre ? Ce serait avec plaisir…

Il ne mentait pas. Juste au cas où elle aurait accepté, il promena les lèvres le long de son cou, sur le renflement de sa poitrine, puis plus bas, se rapprochant insensiblement du siège du problème.

— Non ! dit-elle d'une voix nette.

Mais comme elle faisait glisser ses mains sur son torse, Piers dégagea sa chemise de son pantalon.

Avec un regard gourmand, elle la souleva, puis effleura sa poitrine de ses doigts, laissant un sillage de feu sur sa peau. Piers roula sur le côté pour lui permettre d'explorer son corps à sa guise.

Linnet inclina la tête avec délicatesse, tel un héron au long cou contemplant quelque chose dans l'eau.

— S'il te plaît, dit-il en la regardant.

Il fut presque honteux d'entendre sa voix rauque, suppliante. Mais pas tout à fait. Et encore moins lorsqu'elle enroula la pointe de sa langue autour de son mamelon. Il laissa échapper un grondement.

— Pourquoi fermes-tu les yeux ? s'obligea-t-il à lui demander.

— Je savoure le goût de ta peau, répondit-elle d'un ton rêveur. Un peu salé. Et tu sens tellement bon… pas ce savon affreux, mais un savon parfumé.

Elle se mit à le mordiller et, instinctivement, le corps de Piers se tendit vers le sien, appelant ce qu'il ne pouvait pas avoir.

Elle l'embrassait plus bas, à présent, sur le ventre, à des endroits auxquels personne n'avait jamais prêté attention. À son tour, Piers ferma les yeux. Mais il les rouvrit brusquement lorsqu'elle suggéra :

— Ce ne serait pas mieux si tu enlevais ton pantalon ?

— L'enlever ? Nous ne pouvons rien faire de sérieux, Linnet. Ta pauvre petite chatte ne supporterait pas une autre intrusion de...

— De lui ? demanda-t-elle en posant sa main sur le relief de son sexe. Je voudrais le voir. Le voir comme il faut, je veux dire. Si tu as le temps.

— Le temps ? répéta-t-il, n'en croyant pas ses oreilles. Oui, je crois que j'ai le temps. Encore que nous devrions peut-être tirer le verrou.

Lorsqu'elle se leva pour aller vers la porte, il remarqua qu'une rougeur adorable teintait ses joues, et que son regard avait pris une expression sensuelle. Le désir de Linnet attisa le sien, et ce fut les mains tremblantes qu'il se débarrassa de son pantalon et de son caleçon.

Puis il s'étendit sur le lit, attendant de voir ce qu'elle allait faire.

Ce qu'elle fit...

Après s'être mollement allongée sur le flanc, elle le contempla un instant, puis referma les doigts sur lui.

Le gémissement qu'il laissa échapper était indigne, mais ce son purement charnel amena davantage de rose aux joues de Linnet. Résistant à l'envie de s'abandonner, il épousa de la main la rondeur de ses fesses avant de se risquer entre ses jambes.

Mais Linnet tressaillit.

— Très endolorie, dit-il en la retirant aussitôt. Excuse-moi.

— Mais tu ne regrettes pas ? lui demanda-t-elle, l'œil pétillant.

— Jamais.

La réponse sembla lui plaire car elle glissa un peu plus bas sur le lit, inclina la tête et le frôla de la langue.

— Linnet, balbutia-t-il, éperdu. Je me sens obligé de te...

Elle le lécha délicatement, puis ses lèvres se refermèrent sur lui comme une soie humide.

Un cri rauque déchira la gorge de Piers.

— Oui ? fit-elle, levant vers lui un regard à la fois mutin et assombri de désir.

— La plupart des dames – c'est-à-dire, des femmes qui ne sont pas payées pour cela – ne... donnent pas de plaisir aux hommes de cette manière, expliqua-t-il d'une voix enrouée.

— Ah bon ? Pourquoi cela ? Tu l'as fait pour moi, et tu m'as dit que cela n'avait rien de scandaleux.

Elle fit courir avec légèreté ses doigts sur toute la longueur de son sexe.

— J'aime cette partie de toi. Elle a une forme tellement intéressante, comme si elle appelait un baiser. Regarde...

Avant que Piers réagisse – non pas qu'il aurait tenté de la retenir –, elle s'inclina de nouveau. De sentir sa bouche resserrée autour de lui provoqua comme une fièvre, comme un délire...

— Cela ne semble pas te déplaire, constata-t-elle en s'arrêtant de nouveau.

— Petite polissonne ! Ne...

— Ne continue pas ? dit-elle avec une tristesse affectée. Alors que je commençais justement à imaginer ce que tu pourrais aimer. Par exemple...

Elle recommença, joignant la pression de sa main à la caresse de ses lèvres. Les reins arqués, Piers prit conscience qu'il disposait de cinq secondes, pas une de plus, pour s'assurer que Linnet savait exactement ce qu'elle faisait.

— Si tu continues comme ça, dit-il d'une voix étranglée, je ne pourrai plus me retenir. Ce qui signifie que mon sperme va jaillir directement dans ta bouche.

— C'est mauvais pour la santé ? s'enquit-elle avec une curiosité non feinte.

Piers eut la sensation que tout son corps se détendait, débarrassé d'une réticence profondément ancrée.

— Non, chuchota-t-il.

De la main droite, elle jouait avec ses testicules, les frottant, les malaxant doucement. Lorsqu'elle se pencha de nouveau, un rayon de soleil joua dans sa chevelure – la chevelure soyeuse d'une princesse. Sauf que jamais princesse n'avait procuré à son seigneur un tel plaisir.

Piers s'adjura de se retirer. Jamais il n'avait autorisé une femme à le caresser aussi intimement.

Mais il était incapable de retenir les gémissements qui ne cessaient de monter de sa gorge. Ses testicules durcirent, il s'arc-bouta vers Linnet une dernière fois...

Puis il perdit pied comme jamais cela ne lui était arrivé. Il n'existait plus que par les mains et par la bouche d'une femme qui prenait plaisir à lui en donner. Y avait-il plus puissant aphrodisiaque ?

Il oublia de se retirer, il oublia son nom, il oublia qu'il était médecin. Il oublia...

Il oublia tout sauf Linnet, la courbe de sa nuque, la chaleur humide de sa bouche, et ce petit ronronnement qui trahissait sa volupté.

Lorsqu'elle vint se blottir contre lui, il était encore loin d'avoir recouvré ses esprits.

— Maintenant, tu m'es redevable, dit-elle dans un chuchotement sensuel.

Certes !

21

Après le dîner, tous se rendirent au salon afin d'y savourer un cognac (pour les messieurs) ou une tasse de thé (pour les dames).

Linnet éprouvait les plus grandes difficultés à se conduire convenablement. Elle avait envie de toucher Piers, de ne parler qu'à lui, de lui adresser des sourires sans équivoque.

De temps à autre, elle songeait fugitivement à l'avenir, non sans une pointe d'anxiété. N'avait-elle pas sacrifié sa vertu, son bien le plus précieux ? Son père serait horrifié, surtout s'il apprenait que Piers avait promis de l'épouser uniquement si elle attendait un enfant.

Mais il lui suffisait d'apercevoir sa haute silhouette pour que son cœur batte à tout rompre et qu'une onde brûlante la submerge. Inutile de se voiler la face : si l'occasion se représentait, elle enverrait de nouveau sa vertu par-dessus les moulins. Encore et encore.

Elle était comme folle ; ou comme ivre, avec l'impression que l'on avait versé du cognac dans son thé.

Au bout d'un moment, elle se demanda si lady Bernaise n'avait pas, elle, vraiment abusé du cognac. Après avoir insisté pour valser avec le marquis, elle continuait d'agiter frénétiquement son éventail, les yeux brillants, le rire excessivement gai.

Abaissant les yeux sur sa robe blanche, Linnet soupira. Celle de lady Bernaise était exquise, en soie lilas retenue sous le corsage par des rubans violets. Si, toutefois, l'on pouvait parler de corsage, le décolleté étant si profond que le peu de tissu semblait orner ses seins plutôt que les dissimuler.

Adossé au mur, Piers observait sa mère d'un œil sardonique. Elle devenait de plus en plus provocante, flirtant avec les jeunes médecins et leur donnant de légers coups d'éventail en laissant échapper un petit rire de gorge.

Quand elle croisa le regard de Piers, Linnet posa ostensiblement la main sur le sofa, à côté d'elle.

— Tu m'as convoqué ? lui demanda-t-il un instant plus tard.

Un frémissement la parcourut lorsqu'il s'assit et que son épaule frôla la sienne.

— Ta mère a-t-elle bu trop de champagne ? murmura-t-elle, s'efforçant de ne pas paraître ravie qu'il ait répondu à son invitation.

— J'en doute. Je crois plutôt qu'elle s'est découvert un nouveau passe-temps que l'on pourrait résumer en trois mots : « Tourmenter le duc ».

— Tourmenter comme pour le rendre jaloux ? Cela marche, à mon avis, déclara Linnet en reportant les yeux sur le duc qui, droit comme un « i », gardait le regard fixé sur son ex-femme.

— C'est peut-être un peu plus compliqué que cela, répliqua Piers. Vois-tu, mon père a obtenu le divorce au motif que c'était une...

— Je comprends, chuchota Linnet. Parle plus bas, Piers. Ton père risque de t'entendre.

— Et ?

— Si je te comprends bien, elle proclame son indépendance : en tant que femme légère, elle peut prendre son plaisir avec qui elle veut, y compris des jeunes gens. Sauf que, bien sûr, elle n'est pas vraiment une femme légère.

— J'ai l'impression que le jeune Bitts est devenu le prétendant numéro un. Qui aurait pensé qu'un tel courtisan se cachait en lui ? Encore qu'il soit sans doute honnête, étant fils de vicomte ou quelque chose comme ça.

— Irait-elle jusqu'à…

— Jamais, répondit Piers avec calme. Et mon père le sait. Ma mère adore flirter – elle est Française, après tout –, mais elle a toujours été fidèle, à mon père comme à son second mari.

Assise au piano, la duchesse chantait, à présent, entourée des trois médecins fascinés.

— Quel air charmant, commenta Linnet. Et elle chante en anglais !

— Sinon, ce serait en pure perte, répliqua Piers, ironique. Le français de mon père n'est pas assez bon pour qu'il comprenne les paroles.

Linnet écouta plus attentivement.

— « … la drôlesse était lascive », chantait la duchesse avec entrain.

— Merveilleux ! s'exclama Linnet en gloussant.

C'était une chanson digne de sa tante ou de sa mère, même si elle pouvait difficilement le confier à Piers.

— Cela n'amuse pas autant mon père, fit remarquer Piers.

— J'ai l'impression d'assister à une pièce de théâtre.

En vérité, le duc arborait une expression si farouche que la ressemblance avec son fils sautait aux yeux.

— J'ai eu la même impression hier soir. Si nous étions dans une loge, au théâtre, il ferait plutôt sombre.

— Et ?

— Je glisserais le bras autour de ta taille, répondit Piers en joignant le geste à la parole. Au risque d'encourir la réprobation de l'assistance.

— Je suppose que si j'étais très, très fatiguée, après avoir déployé une activité inaccoutumée dans la journée, je pourrais poser la tête sur ton épaule.

Ce qu'elle fit.

Piers se mit à dessiner de petits cercles sur son bras. Suivre le drame qui se déroulait devant eux devenait plus difficile. Sa chanson terminée, lady Bernaise se releva dans une envolée de jupes.

Les canardeaux l'entourèrent aussitôt, et tous les quatre s'esclaffèrent.

— Franchement, dit Piers, ces acteurs ne devraient pas oublier qu'ils ont un public. Nous, en l'occurrence.

Il fut entendu car, à cet instant précis, la voix de sa mère leur parvint tout à fait clairement. Au-dessus de son éventail, ses yeux étincelaient d'une flamme dangereuse.

— J'ai toujours pensé, monsieur Bitts, que s'il est dur de trouver un homme bon, l'inverse est encore plus pertinent.

Linnet laissa échapper un petit rire étranglé. Mais Piers regardait son père.

— Elle a réussi à faire sortir le vieux lion de sa tanière, avec ce calembour.

Effectivement, le duc s'était levé. Les jeunes médecins s'éparpillèrent quand il fondit sur lady Bernaise, glissa son bras sous le sien et l'entraîna hors de la pièce.

Comme Linnet esquissait un mouvement, Piers la retint. D'un signe de tête, il fit signe aux canardeaux de sortir.

— Le spectacle est terminé, dit-il à regret. Il ne reste plus que toi et moi dans le théâtre obscur.

— Où est ton cousin ? demanda Linnet, s'apercevant soudain de l'absence du marquis.

— Prufrock est venu le chercher, il y a quelques minutes. Un patient a dû arriver avec un membre cassé puisque c'est la spécialité de Sébastien.

Linnet se blottit contre lui et leva la tête vers le plafond. Non pas qu'il y eût quoi que ce soit à regarder, mais cela offrait à Piers l'occasion de faire courir ses lèvres le long de son cou.

— Mmmm, ronronna-t-elle.

— J'adore quand tu fais cela, murmua Piers, qui releva la tête pour déposer un baiser à la commissure de ses lèvres.

— Fais quoi ?

— Ce petit bruit de gorge qui signifie que tu es prête et consentante.

— Insinuerais-tu que je suis facile ? demanda Linnet, piquée au vif.

— Insinuerais-tu que je ne te respecterais pas si tu l'étais ? Après tout, ce n'est pas toi qui viens juste de chanter les louanges des hommes durs, souligna-t-il. C'était ma mère, la femme que j'ai le plus de raison d'honorer.

— Je ne suis pas facile, insista Linnet.

— Je suis bien placé pour le savoir, murmura-t-il contre son oreille. Mais penses-tu que, peut-être, il te serait possible de jouer les filles faciles un peu plus tard cette nuit ?

Linnet se surprit à trembler. Piers la tenait serrée contre lui et lui léchait – oui, léchait ! – le bord de l'oreille.

— *Cela*, c'est vraiment bizarre, dit-elle sans répondre à sa question.

En réaction, il lui mordilla le lobe, et une langue de feu s'insinua aussitôt entre ses cuisses.

— Vraiment bizarre ! réussit-elle à articuler.

— Tu as trop de cheveux, ils me gênent.

— Quant à cette nuit… commença Linnet.

Mais la porte s'ouvrit et Prufrock parut.

— Je suis désolé de vous déranger, mais le marquis demande votre aide.

— Une opération délicate ? s'enquit Piers sans cesser de taquiner l'oreille de Linnet.

Elle essaya de se redresser, mais il l'en empêcha.

— C'est ce que j'ai cru comprendre, répondit Prufrock.

Puis, comme obéissant à un signal invisible, il recula dans le couloir et referma la porte.

— Bonté divine, soupira Piers.

— Comment peut-il être délicat de couper un membre ? s'étonna Linnet. J'aurais pensé que c'était plutôt simple, comme de scier une bûche, avec plus de saleté.

— Où donc est ta sensibilité de jeune fille ? À t'entendre, tu ne répugnerais pas à tenir l'une des extrémités de la scie.

— C'est vrai. Je pense que ce doit être intéressant. Franchement, tu dois me permettre de me redresser. Je suis sûre que Prufrock était horrifié.

— Prufrock ? Rien n'horrifie cet homme-là. Et puis, tu es ma fiancée, non ? Nous avons le droit de nous bécoter.

— Pas sans un chaperon dans les parages, rétorqua Linnet avec fermeté.

— Pfff. Je suppose que, durant la saison, tu n'es jamais sortie sans chaperon, n'est-ce pas ?

— Jamais.

— Et regarde où cela t'a menée : enceinte d'un prince et fiancée à un fou.

Linnet étant elle-même parvenue à cette conclusion, il lui était difficile de protester. Aussi tourna-t-elle la tête imperceptiblement, ce qui lui suffit pour s'emparer de la bouche de Piers au moment où celle-ci lui effleurait la joue.

Il l'embrassa avec une ardeur presque brutale, dans laquelle elle perçut une requête qu'elle avait l'intention de refuser. Ils ne pouvaient pas *le* refaire.

Elle s'écarta, le souffle court. Pour découvrir que l'animal riait, et qu'il avait plaqué les deux mains sur sa poitrine. Le corsage de Linnet, bien que moins provocant que celui de lady Bernaise, ne tenait en place que par un ruban. Piers, avec l'habileté qui le caractérisait, tira sur le petit nœud, et reçut directement ses seins nus dans ses mains en coupe.

— Tu es belle, murmura-t-il.

De ses pouces, il en frôla les pointes puis se mit à les pétrir, et pencha la tête... Instinctivement, Linnet arqua les reins avec un petit cri étranglé qui la ramena à l'instant présent.

— Prufrock... il est de l'autre côté de la porte, balbutia-t-elle en repoussant Piers.

Il ne lâcha ses seins qu'à contrecœur. Le corps de Linnet vibra lorsqu'elle lut dans ses yeux, sur son visage, un désir violent, irrépressible.

— Nous ne pouvons pas faire cela, dit-elle après avoir pris une profonde inspiration.

Ce qui lui gonfla les seins. Le regard de Piers s'y accrocha de nouveau tel un homme en train de se noyer s'agrippant à une corde.

— Sapristi, tu es parfaite, souffla-t-il.

— Tu ne me trouves pas trop grosse, là ?

À peine les mots avaient-ils franchi ses lèvres qu'elle se trouva stupide.

— C'est-à-dire que mon père... Enfin, ma gouvernante m'a dit un jour que je ressemblais à une vache.

— Si les vaches ressemblaient à cela... commença Piers.

Mais il sembla incapable de compléter sa phrase et, y renonçant, il tendit de nouveau la main. Avec respect cette fois.

— Tes seins sont parfaits, Linnet. Le rêve de tout homme.

— Ton rêve ?

— Je n'avais jamais osé rêver de quelqu'un comme toi, répondit-il en croisant enfin son regard.

Linnet eut conscience que le sourire qui lui gonflait le cœur s'épanouissait sur son visage. Aussitôt, l'expression de Piers changea. Il remonta son corsage, tira doucement sur le ruban, puis le noua.

Immobile, observant ses paupières baissées, Linnet s'interrogeait.

— Que je n'aie jamais rêvé de toi ne signifie pas que je vais t'épouser, finit-il par dire.

— Je le sais. Nous ne sommes pas faits l'un pour l'autre. Nous sommes d'accord sur ce point.

— Regarde, je t'ai apporté quelque chose, dit-il alors, en sortant de sa poche un petit sachet de mousseline soigneusement fermé par une ficelle.

— Qu'est-ce que c'est ?

— Des sels minéraux. Prends un long bain ce soir et tu seras en forme pour nager demain.

— Un second bain ! s'exclama Linnet en s'emparant du sachet. Les valets vont se plaindre d'avoir à transporter toute cette eau chaude jusque dans ma chambre.

— Comme tu voudras, répliqua-t-il avec un haussement d'épaules.

Puis il se leva, attrapa sa canne d'une main et tendit l'autre à Linnet pour l'aider à se remettre debout.

— Je dois y aller.

Il paraissait irrité, soudain, comme s'il lui reprochait quelque chose. Elle le retint par le bras.

— Qu'y a-t-il ?

— Rien.

— Nous passions un délicieux moment, et voilà que, tout à coup, tu es raide et distant.

Il se retourna, l'air furieux.

— Un homme n'aime pas vraiment être en passe de perdre la tête à cause d'une femme.

— À mes yeux, rien n'indique que tu perds la tête, riposta Linnet.

— J'ai décidé, il y a longtemps, que je ne me marierais pas. Je suis à peine capable de m'occuper de moi-même, alors ne parlons pas de quelqu'un d'autre.

Linnet hocha la tête.

— Cela me semble être une raison idiote pour renoncer au mariage, mais tu me l'avais dit. Je ne t'ai pas demandé de changer d'avis, que je sache ?

— Non.

— Alors, pourquoi me reprocher les pensées vagabondes qui ont pu traverser ta tête dure ? répliqua-t-elle. Moi, je ne pensais pas au mariage lorsque tu m'as embrassée.

— Moi non plus, assura-t-il avec un rire brusque.

— Dans ce cas, pourquoi cet accès de mauvaise humeur ?

— Parce que je suis un crétin ? suggéra-t-il d'un ton plus amène. Mais je dois vraiment aller aider Sébastien avec son patient, sinon il m'en voudra.

Ses yeux souriaient. Aussi Linnet accepta-t-elle le bras qu'il lui offrait. Juste avant d'ouvrir la porte, il s'arrêta pour déposer un baiser sur le bout de son nez.

— Si je devais épouser quelqu'un, Linnet, ce serait toi.

— J'ai toujours su que ces seins me serviraient un jour à quelque chose, déclara-t-elle avec satisfaction, ce qui le fit éclater de rire.

— Si j'étais un autre homme, cette histoire serait différente.

— Tu imagines. Je pourrais être en train de badiner avec un fiancé qui ne se retournerait pas contre moi comme un taureau le jour où il a ses vapeurs.

— Ses vapeurs ! À t'entendre, on croirait que je suis une vieille fille aigrie.

— Ses vapeurs, répéta-t-elle avec un sourire effronté. Il faut vraiment que tu domines tes humeurs, Piers, ajouta-t-elle plus sérieusement. Je te le jure, je n'ai pas brusquement décidé que tu étais l'époux dont j'ai toujours rêvé, quel que soit le plaisir que me donnent tes baisers.

Il cilla, avant de fixer le regard sur sa canne.

— Je suis un imbécile. Un imbécile prétentieux, en l'occurrence.

— Ce n'est pas à cause de ta jambe, s'empressa de préciser Linnet.

Mais déjà il souriait.

— De ma langue de vipère, alors ? fit-il en ouvrant la porte.

— C'est à prendre en compte, admit-elle. Une femme pourrait ne pas apprécier que ta langue mette la pagaille à la table du petit déjeuner.

Après une hésitation, elle se décida à dire la vérité :

— Nous jouons. Et je… je mérite plus que quiconque de jouer, après tout ce qui m'est arrivé récemment.

— C'est vrai. Et je suis un idiot, comme tu le dis si bien.

Et là, devant Prufrock, devant les valets et quiconque pouvait passer dans l'entrée, il se pencha et l'embrassa.

Ce fut un baiser possessif, sans concession, et Linnet s'y abandonna tout entière, la main crispée sur le revers de sa veste, son corps cherchant le sien, ses lèvres s'accrochant aux siennes lorsqu'il se redressa.

Il approcha sa bouche de son oreille et chuchota, d'une voix si basse que personne ne pouvait l'entendre :

— Tu es une sacrée camarade de jeu.

L'instant d'après, il grimpait l'escalier de sa démarche heurtée.

Linnet s'obligea à croiser le regard de Prufrock.

— J'aimerais bien un bain, s'il vous plaît.

— Bien sûr, mademoiselle Thrynne, dit-il avant de faire signe à l'un des valets de pied. Je pense que votre femme de chambre vous attend.

Il se racla la gorge avant d'ajouter :

— Le corniaud qui circule à présent sous le nom de Rufus a été lavé et toiletté. Je ne peux pas dire, cependant, que son aspect en ait été considérablement amélioré.

Linnet avait tout oublié du protégé de Gavan.

— Il peut venir dans ma chambre, dit-elle avec un soupir.

— Ce chien sera très bien dans l'écurie, objecta Prufrock, ou même dans la sellerie, si vous insistez.

— Non, j'ai promis à Gavan. Il a très peur que Rufus se sauve pendant la nuit.

— S'il est enfermé dans la sellerie, ce ne sera pas possible.

— J'ai promis, répéta Linnet. Si quelqu'un veut bien le conduire dans ma chambre après mon bain, je lui en serai très reconnaissante.

Évidemment, le majordome se comportait comme s'il n'avait pas assisté au baiser que Piers et elle avaient échangé.

Mais quand elle gravit l'escalier, elle sentit le picotement de son regard sur sa nuque. « Nous sommes au pays de Galles, se rappela-t-elle. Personne ne se soucie de ce qui se passe au pays de Galles. Ce n'est pas comme si les domestiques pouvaient cancaner avec ceux des maisons voisines. »

Ce qui se passait au pays de Galles resterait au pays de Galles.

22

— Arrête ! s'écria Marguerite, ex-duchesse de Windebank, lorsque le duc l'entraîna hors de la pièce d'une poigne de fer. Robert, tu n'as pas le droit de me maltraiter ainsi, tu… tu…

Apparemment, les mots corrects en anglais lui échappaient, car ce qui suivit fut un torrent de français.

Robert s'engouffra dans la bibliothèque en la tirant derrière lui. Alors, seulement, il la lâcha. Elle fit volte-face, ses seins admirables soulevés par son souffle haletant.

Une onde de désir le traversa, si puissante qu'il faillit tomber à genoux. Ce n'était pas seulement sa beauté physique qui faisait trembler ses mains. C'était tout ce qu'il y avait d'adorable en elle, le souvenir du sourire qu'elle lui adressait au-dessus d'une tasse de thé ou d'un drap de soie, de la joie qui était la sienne lorsqu'il avait Marguerite pour femme.

— Espèce de… de… crétin ! s'écria-t-elle, si furieuse que sa voix se brisa. Comment oses-tu me malmener ainsi ! Comment oses-tu seulement me toucher ?

— Je ne sais pas, répondit Robert, déterminé à être tout à fait honnête avec elle. Mais j'ai pensé que ta prestation dans le salon était allée suffisamment loin, et qu'il était temps que j'y joue un rôle.

— Tu n'es pas censé jouer le moindre rôle dans ma vie. Je choisirais un homme dans la rue – oui, dans le caniveau – avant de te demander de m'approcher de nouveau !

— Je le sais.

Elle battit des paupières, et le feu dans son regard s'atténua un peu.

— Dans ce cas, pourquoi m'avoir amenée ici ? Nous n'avons rien à nous dire.

— J'ai changé, Marguerite. Je ne suis plus l'homme que tu as épousé.

— Tu ne l'étais déjà plus cinq ans après notre mariage, répliqua-t-elle en se dirigeant vers la porte.

— S'il existait un moyen, n'importe lequel, de racheter les souffrances que je vous ai infligées, à Piers et à toi, je l'utiliserais, déclara-t-il, au désespoir. Je me couperais un bras, je donnerais ma vie pour qu'elles n'aient jamais existé.

La main sur la poignée, elle s'immobilisa. Ses épaules minces étaient rigides, nota-t-il. Quelques rares touches de blanc parsemaient l'or sombre de ses boucles.

— Je ne suis pas l'homme que tu as épousé, ni l'imbécile qui a exigé le divorce. Je suis plus vieux et beaucoup plus sage, ajouta-t-il, priant pour qu'elle reste encore un instant. Je n'ai pas compris, à l'époque, quel trésor je possédais.

Marguerite se retourna lentement, puis s'adossa au battant.

— Tant de fois, tu m'as promis d'arrêter de prendre cette drogue.

— Je sais. Je n'arrivais pas à tenir parole.

— Mais j'ai cru comprendre que tu avais finalement cessé. D'après Piers, tu ne consommes plus d'opium depuis plusieurs années.

— Sept ans. Presque huit.

— Ainsi, tu n'as pas pu arrêter pour moi, mais tu as pu arrêter pour… pour quoi ? Qu'as-tu trouvé que tu aimais davantage que ton paradis artificiel ?

— La vie. J'ai été bien près de mourir, je crois. Et j'ai découvert, à ma grande surprise, que je voulais vivre.

Il s'approcha de quelques pas, juste assez pour percevoir un léger effluve de son parfum français. Ils s'observèrent quelques instants, séparés par des années de colère et de regret.

— Tu es toujours aussi belle, finit-il par dire après s'être éclairci la voix.

— Tu as toujours été très fort pour parler de beauté, et ne voir que ce qu'il y a de plus superficiel dans une personne, rétorqua-t-elle.

Mais son ton avait perdu de sa véhémence.

— Vraiment ? fit-il, car il ne s'en souvenait pas. Je t'aimais aussi pour autre chose que ta beauté, Marguerite. J'admirais ta force et ton intelligence. Et la grâce avec laquelle tu as endossé le rôle de duchesse, et affronté ma mère. Et la façon dont tu as élevé notre fils.

— C'est ce que tu dis à présent.

— Je le dis à présent. Et je suis désolé de ne t'avoir jamais dit à quel point je t'admirais. Il n'y a qu'une femme au monde que j'admire comme je t'admire, et que j'aime comme je t'aime.

— Qui ?

— Toi.

— Oh ! Mon anglais est un peu rouillé. Je n'avais pas compris.

— Je sais que tu n'envisageras jamais de redevenir ma femme après le mal que je vous ai fait à tous les deux, continua-t-il, choisissant ses mots avec précaution. Mais si tu pouvais un jour me pardonner… Enfin, je suppose que c'est impardonnable, mais je ne pense qu'à cela.

— Allons, Robert, répondit-elle avec un petit haussement d'épaules, il y a longtemps que j'ai renoncé à te tuer pour avoir ruiné ma réputation, ou pour avoir aimé cette drogue plus que moi. Mais ce qui est arrivé à mon bébé, à notre fils… Cela, je ne peux pas le pardonner.

— Je comprends, reconnut Robert en esquissant un pas vers elle.

— Cependant, je pense que *lui* a besoin de te pardonner, dit-elle, les yeux humides, sans paraître s'apercevoir qu'il se tenait juste devant elle.

— Un jour… peut-être.

À cet instant, il ne souhaitait pas vraiment parler de Piers. Comme dotées d'une volonté propre, ses mains se levèrent et encadrèrent le visage de Marguerite. D'un geste vif, avant qu'elle puisse se dérober, il inclina la tête et l'embrassa. Il mit tout dans ce baiser : ses regrets, son amour, son désir. Et aussi ces longues et froides années de sobriété, lorsqu'elle était mariée à un autre, et qu'il ne pouvait que maudire sa propre stupidité.

L'espace d'un instant – un instant béni, exquis –, elle lui rendit son baiser. Ses lèvres avaient un goût d'abricot, à la fois doux et acidulé, d'une familiarité douloureuse.

Mais déjà elle posait la main sur son torse et le repoussait. Sans un mot, elle pivota, ouvrit la porte et sortit, ne laissant rien d'autre derrière elle qu'un effluve fugitif de parfum.

Toutefois… il y avait eu quelque chose dans son regard, dans la manière dont sa bouche s'était abandonnée sous la sienne…

Espérer, c'était courir le risque d'être rejeté et de retourner au néant. Durant toutes ces années, il s'était bien gardé de cultiver le moindre espoir.

Il n'empêche qu'à cet instant, prenant racine dans un recoin caché de son cœur, l'espoir refleurit.

23

Linnet avait voulu croire qu'un médecin irascible, nanti d'une canne, ferait irruption dans sa chambre à un moment ou un autre de la nuit. Mais non. Au petit matin, cependant, il était là. Et il faisait couler du chocolat chaud sur son visage.

— Mais que fais-tu ? s'écria Linnet, avant de lécher le chocolat.

— Je te donne l'apparence de quelqu'un affligé de la vérole, répondit Piers. Encore une goutte sur ta joue gauche. Voilà, une vraie horreur, à présent ! Savais-tu que la reine Elizabeth gardait de méchantes cicatrices de vérole ?

— Beurk, dit Linnet qui attrapa un mouchoir sur sa table de chevet et se frotta vigoureusement le visage avec. Tu es répugnant !

— Pourquoi ? Ce serait si terrible d'avoir des cicatrices de vérole ?

— Évidemment, répondit Linne, agacée. Ma figure est propre ?

— Resplendissante. Pourquoi serait-ce si terrible ?

— Parce que, répondit-elle, déconcertée.

— Beaucoup de femmes sont moins belles que toi, et sont parfaitement heureuses, objecta-t-il. Même celles qui ont des cicatrices.

— Oui, mais...

— La reine Elizabeth a eu une belle existence.

— Elle ne s'est jamais mariée, si je ne m'abuse, répliqua Linnet.

Ayant pris la tasse des mains de Piers, elle but une gorgée de chocolat.

— Aucune loi n'interdit aux femmes dotées d'une vilaine peau de se marier.

— Certes, admit-elle. Mais il existe toutes sortes de règles non écrites sur ce qui rend une femme désirable. Et une belle peau est primordiale.

— Quant à toi, tu remplis absolument tous les critères, n'est-ce pas ?

Les yeux plissés, il l'examinait comme s'il lui cherchait un défaut.

Linnet ne répondit pas, sachant que tout ce qu'elle pourrait dire serait la porte ouverte aux moqueries.

— Je me demande s'il est pire d'attraper la vérole pour une femme laide ou une jolie femme, reprit Piers.

— Une jolie femme, déclara Linnet sans hésiter. Elle a plus à perdre.

— Je ne peux pas aller nager ce matin, lâcha Piers, changeant abruptement de sujet. Sébastien doit opérer le patient qui est arrivé la nuit dernière, et je dois être là pour le sermonner.

— Oh, bien sûr ! dit Linnet, déçue.

— Je pensais que nous pourrions y aller cet après-midi, à la place.

— À la rigueur, concéda-t-elle.

Il ne la regardait pas. Il était trop occupé à donner des petits coups dans la pile de romans posée sur la table de nuit.

— Quel plaisir y a-t-il à renverser ces livres ? s'enquit-elle.

— Je ne les renverse pas. J'étudie quel pourcentage du livre au sommet doit surplomber les autres avant qu'ils tombent tous.

Ils tombèrent.

— Environ quarante pour cent. J'ai demandé à Prufrock de réaménager la maison du gardien, annonça-t-il en se levant.

Comme elle ouvrait de grands yeux, il s'inclina vers elle pour l'embrasser.

— Mmm... Essence de Linnet avec une pointe de chocolat.

Quand il fut sorti, Linnet garda les yeux fixés sur la porte. Il avait dit à Prufrock de... Pourquoi ?

Mais elle le savait. Ses joues brûlantes le savaient, de même que le léger tremblement qui parcourait ses cuisses.

Juste une fois, se promit-elle. Une seule fois, ce ne serait pas jouer les catins.

Pourtant, que se passa-t-il lorsqu'ils se retrouvèrent effectivement dans la maison du gardien ?

Elle se conduisit comme une catin. Impossible de décrire autrement son comportement. Ni celui du lendemain ni celui du surlendemain.

Ni, bien sûr, le jour où Piers la surprit dans le couloir alors qu'elle venait de lire *Camilla* à un groupe de patients, l'attira dans une alcôve et, de sa main glissée entre ses jambes, la réduisit à l'état de...

Eh bien, de catin.

« Ce n'est qu'un jeu », tentait-elle de se persuader chaque nuit, avant de s'endormir.

Ils ne faisaient que jouer, pour donner au duc le temps de... de se réconcilier avec sa femme. Ou inversement. Personne ne pouvait ignorer que les deux ex-conjoints passaient de plus en plus de temps à s'entretenir d'une manière raisonnablement courtoise.

Puis vint le jour où Linnet eut la preuve absolue qu'aucun bébé n'avait été conçu lors de leur première rencontre. Malgré cela, Piers déclara qu'il n'était pas encore prêt à envoyer un avis d'annulation de fiançailles au *Morning Post*.

— On ne sait jamais, argua-t-il, avant de lui expliquer en détail comment les capotes anglaises pouvaient échouer à remplir leur mission.

— Dans ce cas, nous devrions peut-être arrêter maintenant, suggéra Linnet, qui savait très bien qu'aucun des deux ne le souhaitait.

— Nous jouons, c'est tout.

— Et catinons, fit remarquer Linnet.

— Je ne crois pas que l'on puisse ainsi utiliser « catin » comme verbe, répliqua Piers.

Il ne venait jamais dans sa chambre pour lui faire l'amour et ne dormait jamais avec elle. Cependant, cette nuit-là, il avait fait irruption vers minuit, l'avait tirée de son lit et entraînée dans la bibliothèque pour lui montrer un texte très important, spécialement écrit – prétendit-il – pour marquer la fin de ses règles.

En fait, il s'agissait de petits morceaux de papier éparpillés sur le sofa, devant la cheminée. Et sur chaque petit morceau figurait une suggestion.

— Ni comme adjectif, continua-t-il, pensif.

Il était assis, nu, sur le sofa, et les flammes se reflétaient sur son torse et ses jambes musclées étendues devant lui.

— Je ne pourrais pas dire, par exemple, que ma mère agit de manière catine en se pavanant comme elle le fait, vêtue, en gros, d'un mouchoir de poche.

— Tu ne pourrais pas dire non plus que c'est une catin, puisque ce n'est pas le cas. Le mot est donc utile pour les nuances, comme adverbe ou comme adjectif.

— Tu n'es pas une catin, parce qu'une telle femme passe d'un homme à l'autre, dit-il.

Il lui concédait tacitement le point grammatical mais, de manière caractéristique, il répliquait avec un argument différent.

— En fait, toute femme qui va dans le lit d'un homme hors des liens du mariage mérite cette appellation, déclara Linnet. Elle n'a pas besoin de visiter plus d'un lit. Je suis devenue ce que le Tout-Londres croit que je suis.

— Cela t'ennuie ?

Elle était blottie à l'autre extrémité du sofa. Au lieu de porter sa chemise de nuit, elle était assise dessus.

— Il te suffit de me regarder.

Ce qu'il fit, et elle aima l'étincelle qui s'alluma dans ses yeux.

— Ce n'est pas ce que je voulais dire, reprit-elle. Me voici, assise en tenue d'Eve dans la bibliothèque d'un monsieur. Je commence à penser que je suis bien la fille de ma mère. Même si j'espère encore ne jamais avoir une réputation comme la sienne.

Au fond d'elle-même, ce n'était pas de perdre sa réputation qui l'effrayait… mais de perdre son cœur. Une peur dont elle ne jugea pas nécessaire de lui faire part.

Ils avaient découvert qu'ils aimaient tous les deux rester assis au bord du bassin, ou dans la maison du gardien, ou dans la bibliothèque, et disséquer les choses. Les mots. Les corps – même si ce n'était qu'à travers les descriptions de Piers. Les gens – du moins métaphoriquement. Le comportement des patients.

Comme Linnet se rendait régulièrement dans les chambres des patients non contagieux, elle rapportait des histoires amusantes sur nurse Matilda, et sur ses escarmouches avec les rares personnes qui osaient, ô surprise, se rebeller.

Un soir, Linnet provoqua un fou rire chez Piers en imitant les pitreries d'un certain M. Cuddy, qui avait profité de la visite de sa femme pour se faire apporter en douce une bouteille de gin. Il s'était retrouvé rapidement pompette, au grand dam de nurse Matilda.

— Je ne sais pas si entendre ce genre de choses soit bon pour moi, observa Piers.

— Pourquoi ?

— Les patients. On ne devrait pas en savoir trop sur eux. Ce ne sont que des maladies, après tout. C'est cela seul que je peux soigner.

Enveloppée dans une couverture, Linnet était assise sur le sol entre ses jambes étendues.

— Tu es un indécrottable imbécile, lui dit-elle.

Il se pencha, lui releva les cheveux.

— Nous devrions les vendre, murmura-t-il.

— Il n'y a pas de marché.

— Ils brillent comme des guinées à la lueur du feu, si les guinées étaient un peu plus rouges.

Elle s'appuya contre lui et le laissa s'amuser à empiler ses boucles, puis à les laisser retomber sur ses épaules.

Après tout, ils jouaient, rien de plus.

24

Par un beau matin, quelques semaines après leur première rencontre, Linnet rejoignit Gavan devant la porte du château. Neythen venait de descendre le petit garçon, qui attendait au soleil qu'on vienne le chercher.

— C'est ton père qui va venir ? lui demanda-t-elle.

— Plutôt maman, avec la charrette, répondit-il avec un haussement d'épaules. C'est comme ça qu'elle m'a amené ici. Mon père, il est aux champs ou avec les moutons.

— Tu es donc fils de fermier. Toi aussi, tu veux devenir fermier ?

— Mon père, il est pas fermier. Il dirige une grosse propriété pour quelqu'un qui est jamais là. Mais moi, je serai docteur. Et je serai plus mieux que ces deux-là, ajouta-t-il en indiquant le château de la tête.

— Ils ont fait du bon travail avec toi, observa Linnet en réprimant un sourire. Que pensent tes parents de ton projet ?

— Ils le connaissent pas, bien sûr, avec la vieille Havelock qui a dit à ma mère qu'elle devait me laisser tout seul ici. On habite pas loin, à Tydfil, précisa-t-il avec un geste plutôt vague en direction l'est. Ma mère, elle a dit qu'elle viendrait me voir, et puis nurse Matilda a dit que c'était pas possible.

Il essaya soudain de se mettre debout. Linnet bondit pour l'aider.

— Voilà la charrette ! cria-t-il, tremblant d'excitation. Oui, c'est ma mère !

Dès que la charrette se fut arrêtée, une femme en sauta, courut vers Gavan et le souleva dans ses bras.

— Te voilà ! s'écria-t-elle. Beau comme un sou neuf !

— J'ai jamais pleuré, lui dit-il en fondant en larmes, accroché à son cou. Même pas quand ils m'ont tenu très fort et…

Mais le reste de ses paroles se perdit dans des sanglots.

Linnet tapota le banc sur lequel elle était assise, et la mère de Gavan s'approcha, son fils serré contre elle. Elle n'était guère plus âgée que Linnet, et sa chevelure noire brillait sous sa coiffe.

— Il n'y a pas de honte à pleurer, murmura-t-elle à Gavan en lui caressant les cheveux.

Tandis qu'elle le berçait tendrement, la porte s'ouvrit derrière eux. En entendant le bruit de la canne, Linnet se retourna pour adresser à Piers un regard d'avertissement. L'heure n'était pas à la brutalité.

Mais il s'exprima d'une voix plutôt amène – pour Piers.

— Madame Wing, ce garçon se remet comme un charme. Mais il ne devra pas rester debout plus d'une heure par jour la semaine prochaine, puis il augmentera progressivement. Il a une canne, il devra l'utiliser.

— Je vous remercie, milord, dit Mme Wing. Je ne pourrai jamais assez vous remercier.

Elle étreignit Gavan un peu plus fort. Ses yeux s'étaient embués mais, manifestement, c'était une femme énergique, peu encline à la faiblesse.

Alors que Piers pivotait pour rentrer, elle le héla :

— Docteur, attendez !

— Oui, madame ? dit-il en se retournant à demi.

— Il y a quelque chose que je veux vous dire, milord.

Dénouant les bras que son fils serrait autour de son cou, elle confia ce dernier tout naturellement à Linnet. Les sanglots du petit garçon s'étaient transformés en hoquets occasionnels.

— Toutes ces semaines sans Gavan, sans savoir ce qui lui arrivait, ont été terribles pour son père et pour moi. Terribles. Et sans aucune raison puisqu'on habite juste derrière la colline. On aurait pu facilement lui rendre visite sans déranger personne. Cette... cette intendante que vous avez, elle a dit que...

— Nous sommes en train de changer notre manière de faire, coupa Piers. Parlez-en avec Mlle Thrynne. C'est l'évaporée à côté de vous.

Sur ce, il rentra à l'intérieur en clopinant.

— Ça alors ! s'exclama Mme Wing. Je savais bien qu'il n'aimerait pas que je lui dise ma manière de penser. Mais cette façon qu'il a eue de me regarder ! continua-t-elle après avoir enlevé sa coiffe, dont elle se servit pour s'éventer le visage. Comme si j'étais une fiente sur sa manche !

— Il n'est pas si mauvais que cela, protesta Linnet.

Soudain, Gavan se laissa glisser sur le sol.

— Maman, je t'ai pas montré mon chien, mon chien Rufus !

— Ton chien ? répéta Mme Wing en battant des paupières.

— La dame, là, elle m'a trouvé un chien dans l'écurie, expliqua Gavan en tirant Rufus de sous le banc, où il faisait la sieste. Tu trouves pas que c'est le plus beau des chiens, maman ?

Rufus s'assit, la langue pendante, son unique oreille dressée.

— Eh bien, il a l'air d'un bon ratier, concéda sa mère, qui se tourna ensuite vers Linnet. Vous avez donné ce chien à mon fils ?

— Oui, elle m'a emmené dans l'écurie quand je pouvais pas marcher, et c'est là qu'on l'a trouvé, expliqua Gavan, qui s'allongea par terre pour que Rufus puisse lui lécher le visage. Même qu'elle l'a gardé dans sa chambre la nuit pour qu'il se sauve pas. Et puis, elle m'a emmené voir la mer, aussi.

La lèvre inférieure de Mme Wing se mit à trembler, et elle effleura le genou de Linnet de la main.

— Je ne peux pas vous dire ce que cela représente pour moi, balbutia-t-elle. Nuit après nuit, je suis restée éveillée dans mon lit en pensant à Gavan tout seul dans ce château, en me disant que, peut-être, il lui était arrivé quelque chose et qu'on ne le reverrait plus jamais.

Elle s'interrompit pour tirer son mouchoir de sa poche.

— Je n'ai pas été présente durant toute la convalescence de Gavan, avoua Linnet, mais je pense qu'il était plutôt heureux. Il possède une nature joyeuse.

— N'est-ce pas ? acquiesça Mme Wing en se séchant les yeux. Tout ce que je peux vous dire, c'est que j'ai fait quatre *quilts* durant son absence. Quatre ! Cousus, doublés et matelassés !

Linnet n'avait pas la moindre idée du temps qu'il fallait pour confectionner l'une de ces couvertures en patchwork, mais elle se doutait que cela représentait beaucoup de travail.

— Évidemment, j'avais de l'aide, reprit Mme Wing. Nous autres, les femmes de Tydfil, nous quiltons ensemble. Et quand un accident arrive, comme à Gavan, on se réunit plus souvent encore. Ça nous distrait de nos idées noires.

Linnet eut une idée soudaine.

— Pour faire du patchwork, il n'y a pas besoin de métier à tisser, n'est-ce pas ? s'enquit-elle.

Mme Wing secoua la tête.

— Non, pas au début. On s'assoit en cercle et on coud les petits morceaux les uns avec les autres. Et on n'arrête pas de parler. Ce n'est qu'après, pour le matelassage, qu'on le tend sur un cadre.

— Je me demandais... Pourriez-vous venir coudre ici, au château ? Parce que, voyez-vous, madame Wing, de nombreuses patientes s'ennuient énormément. Par exemple, il y en a une qui attend des jumeaux et qui doit rester allongée encore plusieurs mois. Ou une autre, Mme Trusty, qui a été grièvement blessée au pied et qui commence tout juste à se lever.

— Est-ce que l'intendante serait d'accord ?

— Nous pouvons arranger cela, assura Linnet d'un ton ferme. Un club de patchwork au château. Vous serait-il possible de venir une fois par semaine, madame Wing ? Auriez-vous le temps ?

— Je le prendrai. Le docteur a beau avoir les piquants d'un hérisson, il a sauvé la vie de mon Gavan. Vous savez, ça aide de se retrouver pour coudre, même les gens qui souffrent. Ça leur fait oublier. Sauf pour les accouchements. Je n'ai jamais vu une femme en travail capable de coudre droit.

— Madame Wing, je ne doute pas que vous ferez merveille, déclara Linnet, enchantée. Je parlerai à Mme Havelock, l'intendante de l'aile ouest. Peut-être pourriez-vous revenir dans une semaine ou deux, quand Gavan sera plus solide sur ses pieds ?

— Bien sûr, répondit Mme Wing avant de regarder son fils. Je suppose qu'il doit se tenir tranquille pour ne pas risquer de se faire mal à la jambe ?

— Il ne semble pas souffrir. Et c'est vraiment un gentil garçon.

— Et vous, vous êtes vraiment une gentille demoiselle, répliqua Mme Wing en prenant la main de Linnet. Je ne peux pas vous dire à quel point je vous suis reconnaissante. Vous avez été présente, vous lui avez donné Rufus, et vous me permettez de remercier le docteur avec un peu de couture.

— Je m'appelle Linnet, dit la jeune femme impulsivement, en pressant la main de Mme Wing.

— Moi, c'est Diana. On se demande pourquoi je porte un nom de déesse ! ajouta-t-elle en riant. Je suppose que vous allez bientôt apprendre à quilter, vous aussi ?

Le sourire de Linnet s'effaça.

— Malheureusement, je ne suis ici qu'en visite. Dans deux semaines, je serai probablement partie, et je manquerai donc la première réunion.

— C'est bien dommage, vraiment. Enfin, si vous vous arrangez avec Mme Havelock et que vous prévenez le docteur, je pense que je m'en sortirai.

— Ne vous laissez pas impressionner par lui, dit Linnet. Il aboie plus qu'il ne mord.

— Personne ne m'empêchera d'aider ces femmes, assura Diana en s'esclaffant de nouveau.

Puis elle reporta son attention sur son fils.

— Allez, debout, petit garnement !

— Il me faut ma canne. Vous voyez, mademoiselle ? exulta-t-il lorsqu'il eut réussi à se redresser. Je suis vraiment comme le docteur, maintenant, non ?

À le voir ainsi appuyé sur sa canne, les cheveux ébouriffés, le visage fendu d'un immense sourire, Linnet ne put s'empêcher d'éclater de rire.

— Tu as tout à fait l'air d'un docteur, Gavan.

— C'est parce que je vais en être un, dit-il avec satisfaction. Le meilleur des docteurs.

25

Le lendemain soir

— Deux autres malades ont été admis dans l'aile est, avec cette même fièvre, annonça Sébastien.

— Quelle fièvre ? demanda Piers.

— Celle que tu qualifies de pétéchiale, ce que je conteste. Je voulais que tu leur jettes un coup d'œil ce matin, mais je n'ai pas réussi à te trouver.

Après le petit déjeuner, Piers avait entraîné Linnet dans une chambre vide. Quand elle s'était endormie, il était resté allongé à côté d'elle, repu, à lui caresser doucement l'épaule tandis que ses pensées vagabondaient. Linnet... son père... sa mère... Sébastien... puis, de nouveau, Linnet. Il avait entendu qu'on l'appelait, mais n'avait pas bougé.

— Je les verrai après le dîner, promit-il.

Quand ils entrèrent dans le salon, Kibbles et Penders se servaient un verre de vin. Linnet était assise à côté de la mère de Piers ; le duc, en face d'elles, avait de nouveau ce regard éperdu.

— Où est Bitts ?

— Il se sentait patraque. Je l'ai envoyé se coucher.

Piers croisa le regard de Sébastien.

— Malade ?

— Mal à la tête, pas de température. Mais dans le doute, mieux vaut ne pas le garder dans l'aile ouest. Et encore moins exposer ta famille.

Sa *famille*. Un frisson courut le long de son échine.

— J'ai déjà vu cette expression, reprit Sébastien d'une voix moqueuse. Oui, je veux bien un verre, merci, Prufrock.

— Que veux-tu dire par « cette expression » ?

— Cet air plus que renfrogné, répondit Sébastien avec un amusement manifeste. Tu penses à faire quelque chose dont tu souffriras par la suite. Je l'ai déjà vu, et je le vois en ce moment même.

— Parce que tu crois que, soudain, tu as acquis la capacité de porter un diagnostic sur moi ? Alors que tu ne sais même pas reconnaître une simple fièvre ?

— Je sais que tu as des affinités avec le chagrin, répliqua Sébastien après avoir porté son verre à ses lèvres. En fait, paradoxalement, tu ne te sens vraiment heureux que malheureux. Et ta manière d'y parvenir, c'est de repousser les gens qui s'intéressent un tant soit peu à ta désagréable carcasse. Moi, par exemple. Sauf que je suis impossible à déloger, et que tu sembles donc y avoir renoncé. Ou tes parents. Ou ta fiancée à la beauté époustouflante.

— La beauté n'est pas tout.

— Linnet a tout ce qu'un homme peut désirer, observa Sébastien en reposant son verre. Piers, toi et moi, nous avons toujours été ensemble…

— Contente-toi de me l'annoncer avec ménagement, veux-tu ? Tu files avec une fille de ferme.

— Non.

— Tu files avec Linnet, hasarda Piers après avoir suivi son regard.

Tout son corps se raidit à cette idée. Elle lui appartenait, à lui et à personne d'autre. À lui !

— Si elle voulait de moi, je filerais n'importe où avec elle, répliqua son cousin. Ou *après* elle. Tu sais, Piers, j'ai toujours couru plus vite que toi. Et je suis un meilleur chirurgien. Et un plus grand amoureux, bien que je trouve grossier de le souligner.

— Je ne me suis jamais soucié d'aimer quiconque, répliqua Piers.

Linnet riait. Des diamants étincelaient à ses oreilles et sur sa gorge. Elle ressemblait à une princesse de conte de fées, à un être créé par une baguette magique.

— C'est tout à fait vrai. Tu ne t'en es jamais soucié. Et tu ne t'en soucies pas en ce moment. Je me trompe ? Alors que ton père l'a enveloppée comme un cadeau et laissée tomber sur tes genoux.

Devant la grimace de Piers, Sébastien éclata d'un rire bref.

— C'est donc la raison ! Tu ne peux envisager d'accepter Linnet parce que c'est ton père qui l'a choisie. Et tu es trop occupé à haïr ton père, à cause de ses péchés passés, pour admettre qu'il a trouvé la femme qu'il te fallait.

D'un geste brusque, Piers attrapa Sébastien par sa cravate rose pâle et l'attira à lui.

— Ma jambe me fait un mal de chien, articula-t-il entre ses dents.

Sébastien se contenta de le regarder droit dans les yeux.

— Ta jambe et toi, vous pouvez vous tenir compagnie la nuit, dans ce cas. Il n'y a pas de place pour une femme, vu la terrible blessure dont tu souffres.

Piers le relâcha. Sébastien avait raison, sarcastique ou pas.

Il devait cesser de faire l'amour avec Linnet. Maintenant. Il n'y avait pas de place pour elle dans son existence. Il savait trop bien qu'il y aurait des jours, voire des semaines, durant lesquels il serait incapable de penser à autre chose qu'à la douleur atroce dans sa jambe.

Ces jours-là, la chute d'une aiguille déclenchait sa fureur, il s'emportait après Prufrock ou les autres s'ils osaient émettre la moindre remarque. Quand il souffrait ainsi le martyre, il finissait par se terrer, tremblant de douleur, dans une chambre aux volets fermés.

— Tu as raison, admit-il. Bien sûr, tu as raison.

L'air toujours irrité, Sébastien le considéra en plissant les yeux.

— Cela ne te ressemble pas d'être aussi conciliant. Dans ce cas, si tu reconnais qu'il est stupide de rejeter Linnet, pourquoi ne pas aller là-bas la courtiser ?

— Je croyais que tu la voulais.

— Je la veux, reconnut Sébastien.

— Eh bien, va donc faire le beau devant elle, lança Piers d'un air las.

Ce soir, c'était peut-être l'occasion ou jamais de boire deux verres de cognac plutôt qu'un.

— Ça ne servirait à rien.

— Simplement parce que c'est pour moi que mon père l'a amenée jusqu'ici ? rétorqua Piers. Couillonnade ! Elle a besoin d'un mari et tu en feras un charmant.

Cependant, son estomac se serra douloureusement à la pensée de Linnet avec un mari. Avec un autre homme. Sébastien ? C'était inconcevable.

— Mais tu ne pourras pas continuer à vivre ici.

— Pourquoi ? rétorqua Sébastien. Je suis bien, ici. Dieu sait que le château est suffisamment grand. Et puis, que cela te plaise ou non, tu as besoin de mes talents de chirurgien.

Piers lui adressa un regard noir.

— Je ne la prendrai pas, affirma-t-il en détachant soigneusement chaque mot, afin que son cousin comprenne bien. Je ne la prendrai pas ! Et avant que tu commences à délirer au sujet de mon père, ça n'a rien à voir avec lui. J'ai compris – grâce à Linnet – ma stupidité à ce sujet. Si Prufrock est le roi des majordomes, Linnet est…

— La reine des femmes, acheva Sébastien.

— Mais je ne peux lui imposer ma personne. Pas plus qu'à n'importe qui d'autre, d'ailleurs. Je tiens trop de la bête, Sébastien. Tu le sais aussi bien que moi.

Son cousin haussa les épaules.

— Je t'aime plutôt bien, déclara-t-il, même quand tu es en colère.

— Tu as grandi avec moi, tu n'avais d'autre choix que de t'entendre avec moi. Je ne peux me dissimuler à moi-même que je suis un salaud fini. Peut-être que si j'étais différent, si mon tempérament n'était pas aussi féroce, et si…

— Si tu ne te complaisais pas à lui laisser libre cours, coupa Sébastien avec flegme.

— Tu ne comprends pas.

Comme pour lui donner raison, un spasme lui crispa la cuisse, déclenchant une atroce douleur dans toute sa jambe.

— Aucun homme sensé, doté d'un outil en état de marche, ne comprendrait, riposta Sébastien. Si j'avais mes chances avec Linnet, je me moquerais comme d'une guigne de mes douleurs. Je me jetterais sur elle, je lui passerais la bague au doigt, et j'aurais confiance dans notre capacité à régler le problème.

— Voilà pourquoi tu n'es pas fort en diagnostic, répliqua Piers en allongeant la jambe pour tenter de soulager le muscle. Je ne suis qu'un salaud perclus de douleur, affligé d'une langue de vipère…

Il leva la main lorsque Sébastien fit mine d'ouvrir la bouche.

— C'est une description pertinente, et tu le sais. Quoi qu'il en soit, le mariage d'un homme comme moi, avec une femme comme Linnet, n'aboutirait qu'à une seule chose.

— Laquelle ?

— La rendre malheureuse, conclut Piers, avant d'avaler une gorgée de cognac.

Après être resté un instant silencieux, Sébastien reprit :

— Tu ne peux pas te contrôler ?

— Je suis ce que je suis, répondit Piers d'une voix sourde. Je ne veux pas la voir dépérir lorsque la douleur me rend fou ; ni qu'elle soit gagnée par la peur, comme ma mère avec mon père, si je devais recourir au laudanum.

— Tu ne le fais jamais.

— Je pourrais y venir. La tentation est toujours là, quelque part dans un coin de mon cerveau. Tel père, tel fils, peut-être. Je n'infligerai pas cela à Linnet.

— Bon sang, tu es amoureux d'elle ! déclara Sébastien en ouvrant de grands yeux.

— Qui ne le serait pas ? répliqua Piers, sans prendre la peine de nier.

C'est alors que Prufrock entra, et s'approcha d'eux à grands pas.

— L'infirmier de l'aile est vous fait savoir que l'état du patient admis hier s'est considérablement aggravé.

— J'y vais, déclara Piers en reposant son verre d'un geste brusque. De toute façon, je n'ai rien à faire ici.

— Ne…

Mais Piers s'éloignait déjà, et claquait la porte derrière lui.

Arrivé au pied de l'escalier, il contempla la volée de marches, épuisé d'avance. Derrière lui, un monde de femmes parfumées et de cognac ambré. En haut de cet escalier, le monde réel, celui des patients qui se mouraient, le visage émacié, les yeux emplis de terreur.

Il commença à grimper. L'infirmier l'attendait sur le palier.

— Le malade a eu une éruption il y a trois jours, deux jours après les premiers symptômes.

— Qui étaient ? s'enquit Piers, tandis que l'infirmier lui tenait la porte menant à l'aile est.

— Raideur du cou et des épaules. Comme il est meunier, il a d'abord cru qu'il s'était froissé un muscle en portant les sacs de farine. La nuit suivante, frissons et fièvre en alternance. En quelques jours, il est devenu rouge comme un homard – selon ses propres termes.

— Et maintenant ?

— Il n'a rien mangé depuis son arrivée, hier, et il a vomi après avoir bu un peu de bouillon. Il est fébrile, il se plaint d'avoir du mal à respirer. La raison pour laquelle j'ai demandé à M. Prufrock d'aller vous chercher, c'est que sa peau commence à peler. Et ses lèvres semblent noircir.

— Bon Dieu de bon Dieu ! jura Piers.

Ses craintes se vérifièrent dès qu'il eut examiné le patient : de petites taches rouge sombre tapissaient l'intérieur de sa gorge et les glandes de son cou étaient gonflées.

— Qui l'a vu ? demanda-t-il après avoir lâché un nouveau juron. Qui est entré dans cette chambre ?

— Le Dr Bitts, qui l'a admis hier, répondit l'infirmier. Et puis moi, bien sûr, ajouta-t-il, un peu nerveux. Ensuite, M. le marquis, qui a recommandé qu'on l'isole dans une chambre, alors que le Dr Bitts m'avait demandé de le mettre avec les fièvres pétéchiales.

— Ce n'est pas une fièvre pétéchiale, déclara Piers en refermant la porte, mais la fièvre scarlatine. Ça peut être grave s'il n'est pas le seul touché. Où sont les deux autres patients admis aujourd'hui ?

— À l'autre bout du couloir. Ils sont ensemble dans une chambre, parce qu'ils travaillent dans la même cordonnerie et qu'ils sont tombés malades en même temps.

— D'où viennent-ils ?

— De Little Millow.

— C'est à environ une lieue d'ici.

— Le premier malade est d'Aferbeeg.

— Seulement une demi-lieue. Les cordonniers connaissent-ils d'autres cas de personnes malades ?

— J'ai interrogé les trois hommes. Le meunier a livré du grain pendant deux jours avant de s'effondrer. Il croyait qu'il avait une simple toux et qu'elle guérirait toute seule.

— Il a livré du grain… sans doute dans un large cercle autour d'Aferbeeg.

Ils avaient atteint la chambre des cordonniers. Tous deux présentaient les mêmes symptômes : éruption avec peau rouge et granuleuse, taches dans la gorge. Le meunier s'était arrêté cinq jours auparavant dans leur échoppe pour faire réparer ses bottes.

— De pire en pire. Une épidémie est malheureusement à craindre, annonça Piers. La première chose à faire, c'est de protéger tous ceux qui, dans ce château, ne sont pas à l'article de la mort.

Après avoir sonné Prufrock, il retourna sur le palier, et lorsque le majordome apparut, il leva la main pour l'empêcher de monter les dernières marches.

— Vous vous souvenez des plans que nous avons établis l'année dernière en cas d'épidémie ? C'est le moment de les mettre en pratique, continua-t-il lorsque Prufrock eut hoché la tête. Renvoyez du château tous ceux qui ne sont pas indispensables aux soins des malades. Que les patients non mourants retournent chez eux, sauf s'ils ont la gorge douloureuse, des raideurs quelconques ou de la fièvre. Que les valets empruntent des charrettes dans les environs pour les emmener. Il faut que le duc et ma mère s'en aillent aussi, et emmènent Mlle Thrynne avec eux, bien sûr.

Prufrock ouvrit de grands yeux, puis redescendit l'escalier sans un mot.

Piers éprouva un serrement quelque part du côté du cœur à la pensée qu'il ne reverrait plus jamais Linnet.

Mais il pivota pour retourner dans l'aile est. La scarlatine était meurtrière et, apparemment, le meunier avait eu le temps et l'occasion de la transmettre à un grand nombre de personnes. Cependant, Piers était déterminé à combattre la maladie avec tous les outils dont il disposait. Il avait argué devant le Collège royal qu'il était possible d'empêcher la fièvre scarlatine de sévir sous sa forme la plus virulente, et le moment était venu de le prouver.

Moins d'une heure plus tard, il entendit les voitures qui venaient charger les malades en état de repartir. Entre-temps, Sébastien et lui avaient entrepris un inventaire soigneux des patients de l'aile est. Ils ne purent que constater, malheureusement, que la maladie s'était déjà répandue parmi ceux-ci.

— C'est la toux, déclara Piers. Mais je pense qu'elle se transmet aussi par le contact. Je veux que l'on installe des seaux remplis d'un mélange d'eau, d'alcool et de savon liquide à l'extérieur de chaque chambre, dit-il à l'infirmier. Lavez-vous les mains constamment.

Il était possible que certains de ses patients, déjà affaiblis, meurent, mais pas aussi vite que les malades des villes voisines, si des idiots essayaient de les saigner ou de leur donner des émétiques.

— Qu'on leur donne du thé léger et du bouillon, recommanda-t-il. Nous traiterons la fièvre en rafraîchissant les patients autant que possible. Qu'on ouvre toutes les fenêtres et qu'on les fasse boire sans arrêt. Et je veux que l'on affiche dans toutes les églises, à trois lieues à la ronde, qu'il faut mettre immédiatement en quarantaine toute personne ayant de la fièvre ou mal à la gorge.

À peine eut-il donné ces ordres qu'une nouvelle préoccupation surgit.

— Nous devons nous assurer que Penders et Kibbles n'ont pas laissé passer de cas non encore déclaré. Ici, nous en avons six pour le moment. Je veux espérer qu'il n'y a pas eu de contagion dans l'autre aile.

Hélas, son espoir se révéla vain.

— Comment est-ce possible ? s'interrogea-t-il quelques heures plus tard, quand il apparut qu'ils avaient cinq cas de scarlatine dans l'aile ouest.

Sébastien secoua la tête.

— Nous sommes les seuls à aller de l'une à l'autre. Comment te sens-tu ?

— C'est Bitts ! s'exclama Piers. Dieu tout-puissant, c'est lui. Quelqu'un est-il allé le voir ?

Deux minutes plus tard, ils entraient dans l'une des chambres d'invités. Ils trouvèrent Bitts brûlant de fièvre.

— L'important, c'est de le rafraîchir et de lui donner de l'eau à boire, recommanda Piers à son valet de pied. Bitts ?

Le jeune médecin ouvrit les yeux.

— Tu vas t'en sortir. Les taches sur tes amygdales sont blanches et non pas sombres. Bois beaucoup. Dieu sait que je t'ai fait la leçon sur la nécessité d'hydrater les patients ! Alors, fais bon usage de mes aboiements.

Bitts esquissa une ombre de sourire.

Lorsqu'ils sortirent, Prufrock les attendait dans l'escalier.

— Sa Grâce et lady Bernaise refusent de partir. Et Mlle Thrynne est avec eux.

— Je m'en occupe, dit Piers avec un soupir avant de se tourner vers Sébastien. Tu te souviens de ce cours où l'on recommandait d'appliquer de la mousse de malt en fermentation sur la gorge des malades atteints de scarlatine ?

— Je ne retiens pas ce genre de détail, déplora Sébastien en secouant la tête.

— Parles-en à nurse Matilda. Ça ne coûte rien d'essayer.

Alors qu'il décrivait le traitement prescrit, on frappa à la porte d'entrée. Sébastien et lui échangèrent un regard. Lorsqu'un valet ouvrit, ce furent huit malades qui entrèrent, deux sur leurs pieds, les autres soutenus ou portés.

— Je les prends en charge, déclara Sébastien. Toi, occupe-toi de tes parents, puis va dormir un peu. Nous allons devoir nous relayer.

Piers hocha la tête. Après avoir descendu l'escalier et contourné le groupe de malades, il se dirigea vers le salon.

Sa mère bondit de son fauteuil dès qu'elle l'aperçut.

— Je ne partirai pas, Piers. Pas sans toi.

— Êtes-vous folle ? dit-il depuis le seuil. Nous sommes confrontés à une sérieuse épidémie de scarlatine. Si vous restez ici, vous risquez de l'attraper.

— Je m'en moque de la scarlatine, rétorqua-t-elle en rejetant fièrement la tête en arrière. Qui te soignera si tu tombes malade ? Moi, bien sûr.

— Condamnez-vous votre femme de chambre à mourir pour vous ? Les jeunes gens sont plus atteints par la forme gravissime de la maladie.

— Nous avons renvoyé nos domestiques, intervint son père. Ils nous attendront dans une auberge à quelque distance d'ici.

— Vous ne pouvez pas rester ici, s'entêta Piers. Je ne peux pas me permettre de m'inquiéter pour vous.

— Je ne partirai pas sans toi, répéta sa mère avec force.

S'il l'avait ignoré, Piers aurait compris de qui il tenait la férocité de son caractère.

— La maison du gardien, hasarda alors Linnet.

Piers se tourna vers elle, déconcerté.

— Pardon ?

— Lady Bernaise pourrait s'installer dans la maison du gardien. Les domestiques laisseraient de la nourriture pour elle sur le seuil. Cette maison se trouve sur le chemin qui descend vers la mer, expliqua-t-elle à lady Bernaise. Vous seriez en sécurité là-bas, mais suffisamment près pour venir soigner Piers au cas où il tomberait malade.

— C'est hors de question, déclara ce dernier.

Mais sa mère s'avançait déjà.

— Je serai dans la maison du gardien.

— Ne m'approchez pas, lui ordonna Piers, qui renonça à discuter.

Il avait d'autres combats, plus importants, à mener.

— Et ne sortez pas par la grande porte. Le vestibule est plein de malades. Il vous faudra passer par une fenêtre.

Il se tourna vers Linnet. Elle était aussi délectable et aussi inatteignable que la reine des fées en personne. Bêtement, sottement, il essaya de graver son image dans sa mémoire : le charmant petit nez, le menton volontaire, les cils immenses, la peau veloutée…

Il songea alors aux effets de la scarlatine.

— Tu dois partir, dit-il. Tout de suite.

— Je partirai. Oh, Piers…

Les mains serrées l'une contre l'autre, Linnet esquissa un pas vers lui.

— Non ! Il faut que tu partes. Je ne peux pas penser à toi ou m'inquiéter à ton sujet.

Elle hocha la tête.

— Pour toujours, continua-t-il. Retourne à Londres ou va en France. Là où tu veux.

— Non ! protesta-t-elle.

— C'est fini entre nous, continua-t-il avec une étrange sensation de détachement. Tu as toujours su que ce serait le cas. Il n'y a pas d'avenir pour nous.

Elle serra les mâchoires et, soudain, ressembla étonnamment à lady Bernaise.

— Si vous voulez bien ouvrir une fenêtre, enchaîna Piers en se tournant vers son père. Conduisez ma mère jusqu'à la maison du gardien. Linnet sera prête à partir avec vous dans deux minutes.

Linnet et lui demeurèrent immobiles tandis que le duc s'exécutait.

— Porte-toi bien, mon chéri, lui dit sa mère. Sois prudent.

— Je n'attrape jamais rien, *maman*.

C'était la vérité. Il avait toujours pensé que la nature lui offrait cette compensation pour sa blessure.

Enfin, ses parents disparurent.

— Tu ne peux pas être sûr de ne pas être contaminé, dit Linnet, les yeux brillants de larmes.

— Si cela arrivait, je saurais m'occuper de moi-même, répliqua-t-il. Très peu de mes patients succombent à cette maladie s'ils sont pris en charge suffisamment tôt. Et je n'ai pas l'intention de figurer parmi les victimes.

— Je ne veux pas te quitter.

— Je ne veux pas t'épouser.

Voilà. C'était dit. Clairement.

— Il faudra que tu attendes mon père dehors. Garde tes distances avec tout le monde, y compris Prufrock. Tu m'entends ? Je pense que l'infection se répand par la toux.

Linnet prit une profonde inspiration. Piers s'appuyait lourdement sur sa canne, et tout son corps trahissait son épuisement.

— Je ne veux pas te quitter, répéta-t-elle.

— Tu n'as pas le choix. Tonnerre de Dieu, Linnet, de quelle manière faut-il que je te le dise ? Je ne veux pas t'épouser.

— Je n'ai pas décidé si je souhaitais me marier avec toi, lança-t-elle, essayant de plaisanter pour échapper au cauchemar. Peut-être que si, finalement.

— Ce n'est pas possible. Ça ne l'a jamais vraiment été.

Elle regarda son visage aux yeux cernés, aux joues ombrées d'une barbe naissante, et elle sut qu'elle l'aimait. Qu'elle n'aimerait jamais un autre homme que lui. L'esprit acéré de Piers l'avait séduite, mais c'était son cœur passionné qui l'avait conquise.

— Va-t'en, reprit-il avec impatience. Je-ne-t'épouserai-pas. Est-ce suffisamment clair ?

— Non. Nous nous appartenons. Tu n'aimeras jamais personne d'autre que moi.

— Tu es aveuglée par ta prétention, rétorqua Piers, sans répondre à ce qu'elle venait de dire. Vas-tu partir avant que je ne dise quelque chose que je regretterai ?

— Je t'aime ! Et tu m'aimes.

— Je m'en moque comme d'une guigne.

Sur le moment, elle ne l'entendit pas. Puis elle ne le comprit pas.

— Que veux-tu dire ?

— Je me moque de ce que tu ressens pour moi ou de ce que tu crois ressentir pour moi.

— Pourquoi te montrer aussi cruel ?

— Parce que l'honnêteté est requise dans cette situation.

Linnet courut vers lui et agrippa les revers de sa veste. Il recula vivement.

— Je peux être contagieux. Garde tes distances !

— Tu n'es jamais malade. Je te crois quand tu l'affirmes.

— Dans ce cas, pourquoi ne me crois-tu pas lorsque je dis ceci : Linnet, je ne veux pas t'épouser. Je ne veux pas t'épouser !

— Si, tu le veux, rétorqua-t-elle, avant de saisir son visage entre ses mains pour s'emparer de sa bouche.

— Je ne me marierai pas pour le sexe, dit-il en la repoussant.

Linnet le rattrapa par la manche au moment où il pivotait.

— Pour l'amour du ciel, tu n'as donc aucune dignité ? Je t'ai culbutée et nous avons pris du plaisir ensemble. Mais tu n'es pas la première, et tu ne seras pas la dernière.

La gorge de Linnet se serra douloureusement.

— Pourquoi me parles-tu ainsi ?

— Parce que tu ne m'écoutes pas autrement, bon sang ! Tu sais quel genre d'homme je suis. Nous nous sommes bien amusés, nous avons badiné, baisé, joué à la bête à deux dos… comme tu voudras ! Mais je ne t'ai jamais promis que cela se terminerait par un mariage.

— Non, murmura Linnet en réprimant un frisson. Tu as été très clair sur le sujet.

— Je suppose que j'aurais dû te repousser. Mais tu étais là, et tu étais ardente.

Linnet déglutit avec peine. Elle était donc bel et bien comme sa mère, aux yeux de Piers tout du moins.

— C'est parce que j'étais… ardente ? C'est pour cela ?

— Tu es aussi sacrément belle. Mais c'est vrai, tu étais ardente. Mieux vaudrait peut-être montrer un peu plus de retenue si tu te trouves de nouveau dans cette situation. Écoute, continua-t-il, alors que le cœur de Linnet tombait comme une pierre dans sa poitrine, j'ai besoin de dormir un peu. Nous sommes submergés de malades, Bitts est déjà atteint, ce qui signifie que les deux autres peuvent l'être aussi.

— Je pourrais... commença-t-elle, mais les mots moururent dans sa gorge.

— Va, dit-il avec lassitude. Tu ne peux pas aider. Nous n'avons pas besoin de toi ici.

— Et tu ne veux pas de moi, murmura-t-elle – elle avait besoin de prononcer les mots à voix haute. Tu ne veux pas admettre que tu m'aimes parce que cela signifierait être responsable de ta souffrance – ou, en l'occurrence, de son absence, précisa-t-elle en relevant le menton avec défi.

— Quoi ?

— Tu m'as bien entendue, répliqua Linnet. Si tu m'épousais, si tu reconnaissais des sentiments, cela signifierait que ta souffrance n'est pas un fait acquis, mais un choix.

— Foutaises !

— Eh bien, je t'aime. Je n'ai pas peur de le dire haut et fort. Et je te désire.

— Je ne...

— Je le vois bien, coupa-t-elle en se détournant pour se diriger vers la fenêtre. J'espère que tout ira bien au château.

— Tout ira bien.

Elle crut surprendre une intonation douloureuse dans sa voix, mais quand elle se retourna, il avait la mâchoire serrée, le visage dur.

Parce qu'elle était entêtée, elle s'arrêta une dernière fois.

— Je t'attendrai à Londres. Pendant un certain temps. Au cas où tu changerais d'avis.

— Personne n'a donc plus de dignité ici ? s'écria-t-il. Tu es aussi gênante que mon père.

— Pour toi, ça m'est égal de me ridiculiser. Je t'aime.

Elle enjamba l'appui de fenêtre avant qu'il réponde quoi que ce soit. Parce que ce ne serait pas ce qu'elle voulait entendre et que, de toute façon, elle était aveuglée par les larmes.

26

Après que Robert l'eut aidée à sortir par la fenêtre, Marguerite demeura immobile, comme pétrifiée, à écouter la voix de Piers qui s'échappait du salon.

Au moment où le duc la tirait par la main, ils l'entendirent déclarer :

— Je ne veux pas t'épouser.

— Quel idiot ! chuchota Marguerite. Linnet est la femme de sa vie. Il n'y en aura jamais une autre comme elle.

Mais Robert l'entraîna sur le chemin qui descendait vers la maison du gardien. En silence, il l'écouta répéter ce qu'il savait déjà : que leur fils semblait déterminé à faire lui-même son malheur, et qu'il était incapable d'accepter la femme qu'il aimait et qui l'aimait.

Elle ne se tut que lorsqu'ils pénétrèrent dans la pièce principale de la maisonnette. Celle-ci ne ressemblait pas à un logement de domestique, mais, bien plutôt, à la maison de campagne miniature d'un gentilhomme. Des tableaux ornaient les murs, et de nombreuses touches de couleurs rendaient l'atmosphère chaleureuse, dont, notamment, un plaid écarlate drapé sur un petit canapé, devant la cheminée.

— C'est curieux, dit Marguerite en regardant autour d'elle. Vu de l'extérieur, la maison a l'air rudimentaire, alors qu'elle est tout à fait charmante. Regarde ce canapé. Il n'était pas dans l'un des petits salons, la semaine dernière ?

Robert s'était forgé sa propre théorie sur la raison d'être de ce nid douillet. Mais, incertain de sa réaction, il s'abstint d'éclairer Marguerite.

— Tu peux partir, à présent, lui dit-elle après avoir entrebâillé la porte de la chambre pour y jeter un coup d'œil. Je serai très bien ici. Les domestiques veilleront sur mon confort, et si Piers tombe malade, tu peux compter sur moi pour le soigner.

— Je n'ai jamais douté de ton dévouement, assura-t-il.

Elle lui adressa un sourire par-dessus son épaule. Il ne l'avait plus embrassée après sa première tentative, de peur qu'elle ne le répudie pour de bon. Mais ils avaient énormément parlé : de ces dernières années, de la manière dont il avait lentement échappé à l'emprise de l'opium, pour se rendre compte qu'il avait perdu sa famille. Durant les longues années de solitude qui s'étaient ensuivies, la seule consolation de Robert avait été la certitude que Marguerite s'occupait au mieux de leur fils.

— Je sais, murmura-t-elle.

— Si jamais tu tombais malade, Marguerite, que se passerait-il ?

La rejoignant, il l'enlaça par-derrière et effleura sa joue d'un baiser. Qu'elle ne tente pas de se dérober lui procura un plaisir indescriptible.

— Je ne tomberai pas malade, assura-t-elle avec une confiance identique à celle de Piers. Je ne suis jamais malade.

— Ce n'est pas le souvenir que je garde.

— Jamais ! répéta-t-elle avec force.

— Et lorsque tu attendais notre fils ? Tu ne te rappelles pas comme cela t'a rendue malade ?

Elle rit, et se laissa aller contre lui.

— C'est vrai. J'en étais venue à détester ce bassin vert que nous gardions dans notre chambre. Je l'ai jeté à sa naissance.

— Donc, je t'ai bel et bien vue malade, reprit Robert en resserrant son étreinte, puis en prenant le risque de l'embrasser sur l'oreille. Je m'occupais de toi lorsque tu avais des nausées au milieu de la nuit, tu te souviens ? Et je serai de nouveau là si le pire arrivait. Si Piers tombe malade, nous serons tous les deux à son côté.

— Tu dis des bêtises, Robert, répondit-elle en se dégageant pour lui faire face.

La manière dont elle prononça son prénom, avec son accent délicieux, lui fit battre le cœur.

— Non. Ce que je dis, c'est que je ne te quitterai pas.

— C'est ridicule.

— Non.

— Ridicule, persista-t-elle.

Il la contempla longuement, puis déclara d'un ton définitif :

— Je ne te quitterai plus jamais.

— Que diable veux-tu dire ?

— Si tu me jettes dehors, je dormirai sur le chemin. Si tu retournes en France sans moi, je te suivrai. Je me construirai une cabane devant ta grille, je dormirai sous ta fenêtre, je t'attendrai devant ta porte.

Elle porta la main à sa bouche et laissa échapper un petit rire.

— Tu as perdu la tête, Robert !

— Au contraire, je l'ai retrouvée. Je suis amoureux de toi, et je l'ai toujours été. Même quand j'étais incapable d'une pensée cohérente et que l'opium m'embrumait l'esprit, il y a une chose que je savais : que je t'aimais.

— Quelle tragédie que tu ne te sois pas rappelé ceux que tu aimais le jour où Piers est entré inopinément dans ton bureau, dit-elle, mais sa voix avait perdu sa dureté.

— Jusqu'à mon dernier souffle, je supplierai Piers de me pardonner. Cependant, à cet instant, Marguerite, ce n'est pas de lui que je veux parler. C'est un homme fait, et un homme formidable, ce qui est à porter entièrement à ton crédit. Mais tu n'es pas seulement la mère de Piers. Tu es mon épouse, la seule femme que j'aie jamais voulu épouser, même si je me suis conduit comme un imbécile lorsque tu as emmené Piers en France. Tu avais parfaitement le droit de partir.

Lisant un encouragement dans ses yeux, il s'empara de ses mains et les porta à ses lèvres.

— Personne ne t'aimera jamais comme je t'aime, Marguerite. Tu es mon cœur et ma vie.

Un petit sourire adorablement féminin releva le coin de la bouche de son ex-femme.

— Reprends-moi.

Il avait murmuré. Pourtant, ses mots parurent résonner dans la petite maison, et demeurèrent suspendus entre eux.

— Ce que tu as fait est impardonnable, déclara finalement Marguerite. C'est ce que disent tous mes amis.

— Ils ont raison. Ne me pardonne pas. Simplement… simplement, reprends-moi.

— Et si je dis non ?

— Alors, je quitterai cette maison.

— Et ?

— Je ne te laisserai pas courir le risque d'attraper la scarlatine. Je resterai dehors, au cas où tu aurais besoin de moi. Je prendrai la nourriture des mains des servantes pour t'éviter la contagion.

— Tu pourrais l'attraper toi-même, dit-elle doucement.

— Je mourrais pour toi sur-le-champ, s'écria-t-il.

Jaillissant de son cœur, l'espoir se déversait dans ses veines en un torrent où se mêlaient la joie, la crainte et le désir.

Marguerite fit un pas vers lui, libéra ses mains pour nouer les bras autour de son cou.

— Tu peux rester.

— *Mon amour*, chuchota-t-il en français, les yeux fermés, la joue sur ses cheveux.

— Mais je ne suis pas certaine de vouloir me remarier, l'avertit-elle.

— Peu m'importe. Nous pouvons vivre dans le péché le reste de notre vie.

— Et… et si l'opium t'avait laissé des séquelles ?

Il s'écarta pour la regarder.

— Qu'est-ce que tu…

Avec un sourire malicieux, elle glissa un regard du côté de la chambre à coucher.

— Une Française ne saurait être trop prudente lorsqu'on en vient aux choses importantes…

Éperdu de joie, Robert souleva son ex-femme – non, sa femme – dans ses bras pour lui faire franchir le seuil de la chambre.

— Je me ferai un plaisir de dissiper tes inquiétudes, assura-t-il en la déposant avec délicatesse sur le lit.

Puis il se redressa avec l'écho de son rire dans les oreilles.

— Je dois d'abord m'assurer que Linnet est en sécurité dans la voiture. Puis je reviendrai, et à une telle allure que les domestiques me croiront fou.

— Tu *es* fou, confirma Marguerite en gloussant comme une jeune fille.

— Non, répliqua-t-il en se penchant pour l'embrasser. Je suis sensé. Pour la première fois depuis des années.

27

— Je suis tellement désolé, mademoiselle Thrynne, dit le duc de Windebank quand il la découvrit en train de sangloter dans la voiture. Je vous prie de me pardonner de vous avoir amenée ici.

— Vous pouvez m'appeler Linnet, parvint-elle à articuler. Après tout, nous avons failli faire partie de la même famille. Auriez-vous un mouchoir, s'il vous plaît ? Le mien est trempé.

— Mon fils est un homme difficile, continua-t-il après lui avoir tendu un gigantesque mouchoir brodé de la couronne ducale.

— C'est un… un idiot, répliqua-t-elle, et sa voix se brisa.

— Oui, aussi.

— Il m'aime, je le sais, mais il s'obstine à dire qu'il ne m'épousera pas. Qu'il ne veut pas se marier.

Comme le duc gardait le silence, Linnet se moucha, puis reprit :

— Peut-être qu'il changera d'avis.

Mais quand elle vit l'expression du duc, elle comprit.

— Il n'en changera pas, n'est-ce pas ? souffla-t-elle, et de nouvelles larmes roulèrent sur ses joues.

— Linnet, ma chère Linnet, si seulement je pouvais vous donner une réponse différente.

— Ce n'est rien, balbutia-t-elle. Pouvons-nous partir, à présent ?

Le duc hésita, et elle sut.

— Vous avez l'intention de rester avec lady Bernaise ?

— Je ne peux pas la laisser, dit-il avec, dans le regard, une détermination semblable à celle de son fils. Et je ne peux pas laisser Piers non plus. Malgré tous mes manquements, ils demeurent ma famille, et le demeureront toujours.

— Je ferais la même chose à votre place, assura Linnet en reniflant. Ne vous inquiétez pas pour moi. Tout ira bien.

— Si vous saviez comme je suis désolé, répéta le duc. Ma voiture va vous conduire dans le village où attendent les domestiques et votre femme de chambre. Il ne faut pas que vous tardiez, car je leur ai dit de continuer sans nous si nous n'arrivions pas avant ce soir.

— Je suis prête à partir.

— Ce sera un voyage solitaire jusqu'à Londres, je le crains.

— J'ai l'habitude d'être seule, répliqua-t-elle en s'efforçant de sourire.

Le duc eut l'air encore plus désespéré, si cela était possible.

— Ne faites pas attention. C'est juste un peu d'apitoiement sur moi-même. Je suis tombée amoureuse de votre fils. Éperdument amoureuse. Et maintenant, il faut que je construise une vie sans lui. Ce que je vais faire, n'en doutez pas.

Mais le simple fait d'y penser lui brisait le cœur.

— Ce ne sera pas facile, reconnut le duc en lui tapotant le genou. Mais vous réussirez. Comme je l'ai fait.

— Peut-être qu'à soixante ans, je reviendrai au pays de Galles, dit-elle avec un petit rire, et j'obligerai Piers à vivre avec moi dans la maison du gardien pendant une semaine ou deux.

— Oui, faites-le. Je serais moins inquiet à son sujet si je pouvais rêver qu'un jour ou l'autre vous le tirerez de ce château.

— Ne lui en parlez pas, sinon, je n'aurai plus rien à espérer pour mes soixante ans.

— J'ai bien compris. Je ne dirai pas un mot à votre sujet. Si j'avais pris la mesure de la profondeur de son mépris à mon égard, vous ne souffririez pas autant à présent. Vous n'imaginez pas combien je le regrette.

— Mais je n'aurais pas rencontré Piers. À choisir, je préfère avoir le cœur brisé, dit-elle en se tamponnant les yeux.

— Vous êtes une jeune femme merveilleuse, vous savez.

— Merci. Je vous souhaite beaucoup de chance.

— Je viendrai vous voir dès que je serai de retour à Londres, promit-il en rouvrant la portière pour descendre.

— Je pense que vous ne serez pas seul.

Comme il mettait pied à terre, elle entendit murmurer :

— Je l'espère.

La portière claqua. La voiture s'ébranla pour l'emmener loin du château, loin de l'océan et du bassin, loin de Kibbles et de Bitts, loin des malades et de Prufrock. Loin de Piers.

Linnet lâcha le mouchoir. Pleurer lui avait flanqué un mal de tête épouvantable. Que n'aurait-elle donné pour être dans un lit ! Il lui était impossible d'imaginer qu'elle allait passer des jours et des jours enfermée dans cette voiture.

Après quelques instants, elle s'allongea sur la banquette. Mais même cette position lui était inconfortable. Sans doute avait-elle trop forcé en nageant car son cou et ses épaules étaient douloureux.

Elle finit par fermer les yeux, s'abandonnant au balancement de la voiture qui l'emportait loin des paroles mordantes de Piers. Mais l'écho de celles-ci ne cessa de résonner dans ses rêves.

28

Six jours plus tard

— Il est mourant, déclara Piers avec la pointe de frustration qu'il ressentait toujours dans ces moments-là.

— Chaque fois que je lui donne de l'eau, elle coule de sa bouche, dit l'infirmier.

— Soulagez-le autant que possible, recommanda Piers en se dirigeant vers la porte.

Sébastien attendait dans le couloir, adossé au mur.

— Va te coucher, lui dit Piers. Tu es resté debout toute la nuit. Tu ne vas pas tenir le coup si tu continues. En outre, cela fait au moins deux heures qu'il n'y a pas eu de nouveau malade.

Comme pour le contredire, on frappa à la porte d'entrée.

— Comment va Bitts ? voulut savoir Sébastien.

— Son pouls est trop rapide, mais la fièvre est tombée. J'ai recommandé à son valet de commencer à lui donner du bouillon de poulet. Il est tiré d'affaire.

— Je pense que l'épidémie faiblit, déclara Sébastien en s'écartant du mur.

— Ce serait logique, vu que nous avons ordonné d'isoler les malades. Dieu merci, elle s'est limitée à la tournée du meunier.

— Je vais me coucher, annonça Sébastien. Au fait, tu savais que ton père était encore ici ?

— Quoi ?

— Il vit dans la maison du gardien, avec ta mère. Hier, je suis sorti prendre l'air, et ils étaient assis dans le jardin. Je leur ai fait signe, de loin, bien sûr.

— Ils étaient ensemble ? Dans le jardin ?

La simple mention de la maison du gardien éveillait une douleur atroce dans son cœur.

— Je suppose qu'il y aura bientôt une nouvelle duchesse, déclara Sébastien presque gaiement. Il avait le bras autour de sa taille.

— Attends ! Cela signifie qu'il a renvoyé Linnet chez elle sans escorte ! s'exclama Piers, envahi d'une fureur brutale. Toute seule, jusqu'à Londres !

— N'exagère pas. Trois voitures pleines de domestiques l'accompagnent. Pour l'amour du ciel, Piers, tu l'as jetée dehors. Oublie-la. De toute façon, il ne lui arrivera rien.

Avant que Piers puisse répondre, Kibbles apparut.

— L'un des nouveaux malades est dans un état critique. Le médecin du village lui a appliqué des sangsues.

— Reprends-toi, Piers, lui intima Sébastien d'une voix rauque de fatigue. Linnet est partie. N'y pense plus.

— Va te coucher, répliqua Piers avant de se tourner vers Kibbles. Je croyais que nous avions donné des ordres pour les soins.

— Sa femme dit qu'ils avaient entendu parler de l'isolation des malades, mais pas des traitements.

— De quel village viennent-ils ?

— De Llanddowll.

— Nous avons déjà trois malades de là-bas. Que Neythen s'y rende à cheval. Il a l'air doué pour ce genre de choses, et c'est un garçon du pays. Qu'il parle au médecin. Et si celui-ci ne veut rien entendre, qu'il l'assomme et l'amène ici. Nous l'enfermerons dans les oubliettes.

Kibbles secoua la tête.

— Neythen est alité. Une forme bénigne, je pense. À mon avis, Prufrock aura du mal à envoyer quelqu'un d'autre.

— Dans ce cas, il faudra qu'ils se débrouillent, déclara Piers d'un ton las. Je vais voir le malade.

— M. Connah est brûlant, avec un pouls faible, l'informa Kibbles, quelques instants plus tard.

— La gorge ?

— Ulcères foncés. Et la desquamation est si violente qu'il a perdu ses ongles, précisa-t-il en retournant la main du patient.

Piers s'adressa à Mme Connah, qui se tordait les mains, debout au pied du lit.

— Depuis combien de temps votre mari est-il malade ?

— Cela fait six jours. C'est arrivé brusquement. On l'a isolé dans une chambre, comme le pasteur l'avait dit, et j'ai envoyé les enfants au loin.

— Vous leur avez probablement sauvé la vie.

— Et mon mari ?

— Je ne pense pas qu'il survivra, répondit Piers, qui jugeait préférable de dire la vérité. Mais il y a toujours une chance, bien sûr. Votre mari a l'air costaud, et nous allons nous battre pour lui. Demain sera décisif.

— Si je vous l'avais amené dès qu'il a eu de la fièvre, il aurait survécu ? balbutia-t-elle. Dites-le-moi.

— Non, assura Piers en la regardant droit dans les yeux. La maladie suit le cours qui lui plaît, et on ne peut savoir qui vivra ou qui mourra.

— Ce n'est pas à cause de ces sangsues ? Je n'en voulais pas, mais le docteur a insisté. Il les a mises sur sa gorge, là où c'est douloureux. Il disait que ça tirerait le sang empoisonné.

— Rien de ce que vous auriez pu faire n'aurait changé quoi que ce soit. Dieu seul connaît l'heure de la mort d'un homme.

— Dieu, répéta-t-elle dans un sanglot. C'est vrai. Barris allait à l'église tous les dimanches, et il donnait toujours un petit quelque chose pour les pauvres. Si jamais il meurt...

Piers attendit en silence qu'elle se reprenne.

— Si jamais il meurt, il aura eu une belle vie. Il aimait nos enfants, et il m'aimait aussi. Il me l'a dit dès qu'on a compris qu'il était malade. On a eu douze années ensemble.

— Beaucoup de bonheur pendant ces douze années ?

— Beaucoup de travail, aussi. Mais, oui, du bonheur, murmura-t-elle alors que des larmes tombaient sur ses mains. C'est un homme bon, mon Barris.

— Dans ce cas, vous avez de quoi être fière. Et vos enfants aussi.

Revenu dans le couloir, Piers déclara :

— Il faut que l'infirmier continue de lui donner à boire. Qu'il demande de l'aide à sa femme pour le rafraîchir avec des compresses mouillées. Je ne pense pas que la mousse de malt serve à quoi que ce soit, à part empuantir l'atmosphère. On arrête.

— Pourquoi lui avez-vous dit qu'elle n'aurait rien pu faire ? s'étonna Kibbles. Nous n'avons pas perdu un seul des patients arrivés suffisamment tôt. Il faut que les gens sachent que la scarlatine peut être vaincue, ajouta-t-il, et une certaine fierté transparaissait sous la fatigue.

— Cette femme devra vivre avec elle-même, répondit Piers. Et il lui faudra vivre avec le souvenir de son mari. Cela fait beaucoup pour une seule personne.

— Et votre allusion à Dieu ? insista Kibbles en trottinant derrière lui. Je ne vous ai jamais entendu tenir ce genre de propos.

— Observez donc, espèce d'idiot ! Je ne cesse de vous le répéter. Elle portait une croix autour du cou.

— Les deux autres patients ne sont pas si mal en point. Je crois que vous devriez aller vous coucher, vous aussi.

— Je viens d'envoyer le marquis se reposer.

— Penders et moi avons eu cinq bonnes heures de sommeil. Et nous savons à présent à quoi nous avons affaire. Nous pouvons nous débrouiller.

— Vous n'êtes pas le pire de tous, Kibbles, reconnut Piers. Mais, d'abord, je vais jeter un coup d'œil à Neythen. D'autres malades parmi le personnel ?

— Pas depuis les deux femmes de chambre, il y a quelques jours. Je pense que le lavage des mains a été efficace.

Comme Neythen dormait, Piers n'entra pas dans la chambre. Depuis la porte, il vit que le visage et les bras du valet étaient d'un rouge uniforme, ce qui laissait espérer une guérison rapide.

Titubant de fatigue, il gagna ensuite sa propre chambre. Un repas froid l'y attendait, mais il se contenta d'enlever ses bottes avant de s'effondrer sur le lit.

Le rêve qui le poursuivait chaque nuit depuis le départ de Linnet revint aussitôt le hanter.

Comme lors de leur dernière matinée ensemble, elle enlevait sa chemise en riant. Elle se tenait sur le rocher au-dessus du bassin, les yeux brillants, et le soleil soulignait les courbes de sa somptueuse silhouette.

Depuis le sentier, il lui fit signe. Il avait hâte de se déshabiller et de la rejoindre…

C'est alors qu'il aperçut, dans le bassin, l'ombre d'une mâchoire hérissée de dents. Il y avait quelque chose dans l'eau, une chose dangereuse et vorace qui la guettait.

Il essaya de crier, mais elle ne l'entendit pas ; il s'élança alors vers elle, sauf qu'il ne pouvait pas courir. Malgré la douleur qui lui vrillait la jambe, il projeta avec violence sa canne en avant, puis son corps, dans un effort désespéré pour l'atteindre.

À son tour, Linnet agita la main. Et bondit, avec cette même joie, cette même absence de peur qui l'avaient fait se jeter dans l'eau glacée le premier jour, avant même qu'elle sache faire la planche.

Piers s'éveilla tremblant, le visage inondé de sueur, le cœur battant à tout rompre. Pendant quelques minutes, il garda les yeux fixés au plafond, hagard. Il ne cessait de se répéter que Linnet était sur la route de Londres. En sécurité. Il pouvait avoir une confiance aveugle dans les domestiques, choisis par son père avec le même soin que Prufrock.

Ce rêve était dû à l'épidémie, certainement. Son imagination s'égarait à cause de la fatigue et, aussi, de son imbécillité.

Alors même que son cœur s'apaisait, quelque chose continuait de le tracasser… quelque chose dont il ne se souvenait pas, mais qui concernait Linnet.

Pourtant, on ne lui avait rien dit. Personne n'avait mentionné le prénom de Linnet depuis son départ. C'était comme si elle n'avait jamais existé.

Même Sébastien l'avait oubliée, semblait-il.

Lui seul pensait à elle, toutes les cinq minutes ou presque. Penché sur un malade, ce n'était pas sa peau en lambeaux qu'il voyait, mais la main délicate de Linnet. Un matin, nurse Matilda l'avait appelé, et il avait fait volte-face en pensant que c'était elle.

Confondre la voix de nurse Matilda avec celle de Linnet ? Il fallait que la folie le guette !

Qu'était-ce donc qu'il ne parvenait pas à se rappeler ? Qui semblait le narguer, juste hors de portée de main ? Il était question de danse… Mais c'était idiot puisqu'il n'avait jamais dansé de sa vie.

Finalement, il se retourna et se rendormit.

29

Rester allongée sur le dos était une torture, aussi Linnet roula-t-elle sur le côté. Mais c'était tout aussi douloureux. Et ces couvertures qui l'entravaient, qui l'écrasaient…

— De l'eau, souffla-t-elle en entendant une voix.

Une large silhouette se pencha sur elle. L'homme lui saisit le poignet. Avec une fascination horrifiée, elle regarda son bras tendu. Sa peau… ce qui arrivait à sa peau était répugnant !

— Évidemment, on pourrait la conduire au château, fit une voix féminine quelque part du côté de ses pieds. Mais M. Sordido, il dit que ça vaut pas la dépense et la perte de temps. Après tout, on sait pas du tout qui c'est, cette fille. Je la soigne à mes frais, docteur. À mes frais !

— Le… le château, essaya d'articuler Linnet.

Mais ils ne semblèrent pas l'entendre. Elle avait tellement mal à la gorge, et sa langue paraissait trop grosse pour sa bouche.

— De l'eau, murmura-t-elle à nouveau.

— Elle ne survivrait pas au voyage, madame Sordido, déclara l'homme en se redressant. Je crains qu'elle ne soit perdue. Elle a les yeux ouverts, mais il est manifeste qu'elle n'est pas *compos mentis*. Peut-être qu'elle regarde déjà dans l'autre monde.

— On dirait quand même qu'elle est moins chaude.

— J'ai découvert que la fièvre allait et venait. Il se peut d'ailleurs que j'écrive un traité là-dessus lorsque tout cela sera terminé.

— Oh vous devriez, docteur. Ça aiderait bien les autres.

— *Traité des maladies fébriles*, énonça-t-il. Avec peut-être, en sous-titre, quelque chose comme *Incluant les fièvres intermittentes, rémittentes et persistantes*. J'y indiquerai que j'ai obtenu quelques succès modestes en appliquant des sangsues sur les zones empoisonnées, ainsi qu'en utilisant de la rhubarbe comme laxatif.

Mme Sordido émit un vague son pour dire son approbation.

— Avons-nous entendu parler du duc ? s'enquit le médecin. C'était bien la voiture d'un duc, n'est-ce pas ?

— À voir le blason sur la portière, c'est ce qu'on croit. Mais notre homme mettra un certain temps pour aller jusqu'à Londres et rapporter des nouvelles.

— Le cocher a été enterré ?

— Il s'est jamais réveillé. Après cette première nuit, il s'est mis à délirer. Il se croyait à Londres. On l'a enterré tout de suite. M. Sordido, il voyait pas l'intérêt d'attendre.

— Cette femme ne peut pas être une grande dame, observa le médecin, songeur. Elle voyageait sans femme de chambre ni bagage d'aucune sorte. Et voyez cette chemise qu'elle porte. Je suppose que c'est une servante du duc. Vous êtes très bonne de vous occuper d'elle, madame Sordido. Peu d'aubergistes agiraient de la sorte.

— Elle gêne personne. Ce vieux poulailler sert plus à grand-chose. Comme vous me l'avez dit, j'ai envoyé la fille de cuisine le matin et le soir pour lui donner de l'eau.

— Il est sûr que la malade ne va pas se plaindre de l'odeur des poules. Cette maladie est en elle-même répugnante.

— Elle est terriblement enflée, hein ? Et qu'est-ce qui coule de son oreille ?

— Un liquide fétide, déclara le médecin après avoir approché son visage de celui de Linnet. On ne peut rien faire pour elle. Soyez assurée que vous vous êtes comportée en chrétienne avec ces pauvres voyageurs.

— Venez donc respirer l'air frais, docteur, suggéra Mme Sordido.

Ses pas résonnèrent sur le sol, et des petits tourbillons de poussière flottèrent devant les yeux de Linnet.

Le médecin pivota pour lui emboîter le pas.

— Je ne doute pas que le duc vous récompensera pour vos bons soins.

— Peut-être bien. N'empêche que M. Sordido est pas très content d'avoir cette fille ici. Ni que j'aille avec vous dans le poulailler, faut bien le dire. Mais je voulais que vous veniez une dernière fois parce que j'aimerais pas avoir sa mort sur la conscience.

— Vous avez bien fait, très bien fait. Mon Dieu, ça empeste vraiment, ici !

— Non, supplia Linnet en luttant pour s'asseoir. Non, je vous en prie !

Comme à travers un voile, elle vit que Mme Sordido s'arrêtait sur le seuil.

— Qu'est-ce qui lui arrive, docteur ?

— Une crise, je suppose, répondit-il en jetant un coup d'œil par-dessus son épaule. Venez, madame Sordido. Nous avons fait tout ce qui était humainement possible. Nous ne pouvons que remettre son âme à Dieu. D'ailleurs, je crois que vous pouvez appeler le pasteur.

— Oh, je vais pas déranger le pasteur juste pour une...

Sa voix s'éloigna. Linnet approcha une main tremblante de son visage. Depuis combien de temps était-elle ici ? Des semaines… des mois…

Avec une lenteur infinie, elle tendit la main vers le verre posé à côté de la paillasse, et réussit à le porter à ses lèvres. L'eau fraîche, délicieuse, lui emplit la bouche. Mais, un instant plus tard, elle s'aperçut qu'elle avait oublié de déglutir et que son cou était mouillé. Une larme roula sur sa joue, mais elle essaya de nouveau.

Elle sentait revenir la chaleur. De l'eau ! Il lui fallait de l'eau ! Cette fois, elle réussit à avaler. Hélas, au moment où elle reposait le verre, il bascula, et son contenu se répandit sur le sol souillé !

Plus d'eau. Plus d'eau. Les mots lui martelaient les tempes au rythme des battements de son cœur.

La chaleur l'engloutissait de nouveau, l'entraînait dans ce tourbillon fiévreux où elle ne voyait ni n'entendait plus rien. *De l'eau…*

Le bassin scintillait devant elle, d'un bleu exquis. Piers la regardait, son visage aux traits ciselés, à l'expression ironique, était fendu d'un large sourire.

Avant d'être anéantie par la fièvre, elle consacra ses dernières forces à l'aimer : à aimer l'éclat de son sourire, l'intelligence acérée de son regard, sa manière de tailler son chemin dans la vie – souffrant le martyre mais sans jamais s'arrêter.

Puis les petits points noirs qui dansaient devant ses yeux l'empêchèrent de distinguer les planches grossières de la masure.

La fièvre l'emporta et ses paupières se fermèrent.

30

Le lendemain

Au milieu de la matinée, on put considérer que l'épidémie était enrayée. Les trois derniers malades arrivés au château étaient peu atteints.

Pour la première fois depuis l'apparition de la maladie, Sébastien et Piers prirent le temps de déjeuner. Prufrock leur servit du poulet braisé et du vin dans le petit salon.

— Retour à la civilisation, constata Piers avec un soupir. Avez-vous porté la même chose à mes parents, Prufrock ?

— Oui, milord. M. le duc est sorti pour prendre le panier – une fois que j'ai été à bonne distance, bien sûr. Il semblait très heureux, ajouta-t-il après s'être raclé la gorge.

— Il a de la chance, le salaud, commenta Piers. Elle lui a pardonné.

Il savait que, pour lui aussi, le moment était venu. Il devait renoncer à la colère qu'il éprouvait contre son père et accepter la vie telle qu'elle était, avec une jambe déficiente et tout le reste.

— Dieu, qu'il est agréable d'être propre ! s'exclama Sébastien en portant son verre à ses lèvres. Je n'arrivais plus à sortir de ce bain.

— Le Dr Bitts a quitté le lit, reprit Prufrock en présentant à Piers un plat d'asperges. Il est encore faible, mais il s'est enquis des malades.

— Bitts, marmonna Piers. Ce n'est pas un mauvais médecin, surtout pour un gentleman. Il est meilleur que Penders. Cet idiot est arrivé hier avec une infusion de rose pour nettoyer la langue des patients. Enfin, si ça ne fait pas de bien, je ne pense pas que ça fasse de mal.

— Pour moi, les gentlemen font les meilleurs médecins, déclara Sébastien avec un sourire. Nous nous sortons quand même avec les honneurs de cette épidémie de scarlatine, ajouta-t-il, et il y avait une lueur de triomphe dans son regard fatigué. Et elle n'impliquait même pas d'amputer les gens, alors que c'est notre spécialité. La mienne, en tout cas.

— Nous constituons une anomalie, répliqua Piers qui, les yeux fixés sur son verre, luttait pour ne pas penser à Linnet. La plupart des hommes comme Bitts, à l'aise dans une salle de bal, ne sont pas…

Il s'interrompit.

Bitts… qui dansait avec Linnet, qui riait, penché sur elle, qui respirait à côté d'elle. Chaque soir ou presque.

Il se leva de table si abruptement que sa chaise se renversa.

— Linnet !

Sébastien le regarda, bouche bée.

— Elle a dansé avec Bitts ! Quel idiot, mais quel idiot je fais ! Elle a dansé avec Bitts la veille du jour où il est tombé malade, puis elle est partie toute seule dans cette voiture. Ma canne ! Où est cette maudite canne ?

Un vertige le saisit. Prufrock se précipita pour ramasser la canne tombée à terre tandis que Sébastien se levait à son tour, les sourcils froncés.

— Les symptômes de Bitts sont apparus le lendemain, reprit Piers d'une voix rauque. Le lendemain, Sébastien ! Elle pourrait être n'importe où, malade. Elle pourrait être…

Il pivota et écarta Prufrock si violemment que celui-ci se cogna dans le buffet.

— Je vais la chercher.

— Attends ! s'écria Sébastien. Il faut réfléchir.

— Il n'y a pas à réfléchir, rétorqua Piers, en proie à une panique grandissante. J'y vais. Mon manteau, espèce d'idiot ! jeta-t-il à un valet de pied. Prufrock, une voiture ! La plus rapide que nous ayons. Le cabriolet.

— Mais tu ne sais pas où elle est, protesta Sébastien. Tu ignores quelle route elle a prise. Tu ne peux pas aller jusqu'à Londres dans un cabriolet !

— Je vais interroger mon père. Et si elle meurt parce qu'il l'a laissée voyager seule, je reviendrai ici pour le tuer.

— Piers !

Sans prêter attention aux cris de son cousin, Piers s'éloigna aussi vite qu'il le put.

Son père pâlit lorsqu'il lui exposa la situation.

— J'avais demandé aux domestiques de l'attendre à Llanddowll.

— À Llanddowll ou à Llanddowrr ?

— Je pense avoir dit Llanddowll, répondit le duc en pâlissant encore davantage. Je n'en suis plus sûr.

— Llanddowrr serait plus logique. C'est au nord de Carmarthen.

Piers se précipita de nouveau sur le chemin, avec l'impression d'être rattrapé par son cauchemar. Qu'il essaye de monter ou de descendre ce sentier, c'était du pareil au même : sa maudite jambe le ralentissait et l'empêchait de sauver Linnet.

La voiture l'attendait, attelée de quatre chevaux.

— Ce n'est pas un cabriolet, s'emporta-t-il au moment où Sébastien dégringolait les marches du perron.

— Tu ne sais pas où elle est. Si elle a attrapé la scarlatine – ce qui n'est pas une fatalité, vu que ta mère semble aller tout à fait bien –, elle aura développé les symptômes après une journée de voyage. Deux au maximum. Mais tu ne la trouveras pas aussi près.

— Pourquoi ?

— Parce qu'elle n'est pas malade. Si elle l'était, les domestiques du duc l'auraient ramenée ici directement. Ou ils auraient envoyé quelqu'un nous prévenir qu'elle n'était pas en état d'être transportée. Cela fait six jours. Même si elle n'était tombée malade que le deuxième jour, nous aurions des nouvelles à l'heure qu'il est. Les valets ne sont pas tous malades !

Piers hésita.

— Cela fait sept jours qu'elle est partie et non six. Ils peuvent avoir parcouru une longue distance avant qu'elle ressente les premiers symptômes. Certains patients sont... Oh, je comprends ! Pas de cabriolet parce qu'il se peut que je doive aller jusqu'à Londres.

— Elle n'est pas malade, Piers, assura Sébastien, qui l'avait rejoint et posa la main sur son épaule. Elle arrivera à Londres saine et sauve, et elle t'y attendra.

— Nous n'en avons pas la certitude, répliqua Piers avant de s'engouffrer dans la voiture.

— Tu n'auras jamais la certitude qu'elle est morte ou vivante, à moins de la garder auprès de toi tout le temps, déclara Sébastien, avant de lui tendre une sacoche par la portière. Prends cela. Juste au cas où... Il y a tous les baumes que les infirmiers ont utilisés, et même un flacon de l'eau de rose de Penders. Veux-tu que des valets t'accompagnent ?

— Vous en avez besoin ici. Neythen est toujours alité. Buller me suffira.

— Je suis persuadé qu'elle va bien, dit Sébastien avec un sourire, mais va la chercher. Tout ira bien au château.

— Je n'y vais pas pour cette raison, espèce d'idiot.

— Proteste tant que tu veux, tu vas bel et bien la chercher. Je savais que cela finirait ainsi. Tu ne pourras pas la rattraper, elle a trop d'avance. Il te faudra attendre d'être à Londres pour lui présenter tes plus plates excuses.

— Je n'ai pas l'intention...

Sébastien lui décocha une bourrade amicale dans l'épaule, comme celles qu'ils échangeaient gamins.

— Moi aussi, je l'aime bien. Toute la famille est prête à l'accueillir. Et... elle est pour toi. À toi.

— Elle est à moi, répéta Piers, et ces mots trouvèrent aussitôt leur place dans son cœur. Elle est à moi.

— Dans ce cas, vas-y et ramène-la, dit Sébastien en riant.

Piers donna le signal du départ en frappant sur la cloison.

— Écarte-toi, Sébastien. J'ai...

La portière claqua avant qu'il n'ait terminé sa phrase.

— ... une femme à trouver, continua-t-il dans la voiture vide. Je dois trouver Linnet, la ramener à la maison et l'épouser.

31

Le petit village de Llanddowrr sommeillait sous le soleil de l'après-midi. Quand Piers fit irruption dans l'auberge, située au milieu de la rue principale, il ne décela aucun signe de voyageurs malades. D'ailleurs, il n'y avait nulle part de chiffons rouges accrochés aux fenêtres pour indiquer des cas de scarlatine.

— Nous en avons entendu parler, bien sûr, lui dit l'aubergiste avec un effroi rétrospectif. Tout un groupe de personnes est passé par ici. Le personnel d'un duc.

— Les domestiques du duc de Windebank, précisa Piers. Ils sont restés longtemps ?

— Jusqu'en début de soirée.

— Ont-ils été rejoints par une jeune femme dans une autre voiture aux armes du duc ?

— Franchement, je ne peux pas vous dire. Il y avait trois voitures, et ma femme et moi, on a dû préparer à manger pour tout ce monde-là. Quatorze personnes d'un coup, vous imaginez ?

— D'un coup, répéta Piers. Mais la jeune femme ? Elle aurait dû arriver en fin d'après-midi.

— Je n'en ai pas entendu parler. Mais peut-être qu'elle ne voulait pas manger. On va demander au valet d'écurie, continua l'aubergiste en contournant le comptoir. C'est lui qui pourra dire si une voiture est arrivée après les autres. Tout ce que je sais, c'est qu'ils étaient tous très nerveux. Ils n'arrêtaient pas de répéter que le duc leur avait ordonné de reprendre la route s'il n'était pas là au crépuscule.

— Mais ils l'ont sûrement attendue, déclara Piers en essayant de contrôler sa voix.

Sans doute échoua-t-il, car l'aubergiste lui jeta un coup d'œil alarmé avant de se précipiter dehors en criant :

— Daw ! Daw, où diable es-tu ?

Daw pansait les chevaux de Piers tout en bavardant avec Buller, le cocher. Il se redressa vivement en entendant l'aubergiste l'appeler.

— Est-ce qu'une jeune dame est arrivée après les trois voitures du duc ?

Daw secoua la tête.

— Non. Ils ont attendu jusqu'à 8 heures, à peu près. Même que c'était une drôle d'heure pour prendre la route du nord. Mais ils avaient tous peur de tomber malades. Ils voulaient rouler toute la nuit, je suppose.

— Elle n'est jamais arrivée, murmura Piers, atterré.

Ayant quitté le château aux environs de 15 heures, Linnet aurait dû être à Llanddowrr largement avant le départ de la caravane. Elle avait dû se tromper de village.

Après avoir tendu une guinée à l'aubergiste, Piers cria à Buller :

— Il faut repartir. Nous allons à Llanddowll.

— Llanddowll ? répéta Daw. C'est minuscule.

— Ça l'est encore plus qu'avant, répliqua Piers. La scarlatine a durement frappé le village.

Une fois dans la voiture, il s'interrogea tout en tambourinant du bout des doigts contre la vitre. Pourquoi Linnet n'avait-elle pas regagné le château si elle n'avait pas pu retrouver les domestiques du duc ? Avait-elle décidé de continuer vers Londres toute seule ?

Non, c'était impossible. Elle n'avait pas de femme de chambre – et elle était incapable de déboutonner seule sa robe. Ni d'effets personnels, toutes ses malles voyageant avec les domestiques du duc.

Il avait l'impression que les forêts succédaient aux forêts. Llanddowll se situait à l'opposé de Llanddowrr par rapport au château. Enfin, il aperçut les tours de celui-ci à quelque distance. C'est alors que la voiture ralentit, puis s'immobilisa.

— On ne peut pas s'arrêter, bon sang ! cria Piers après avoir ouvert la portière.

— Les chevaux sont harassés, exliqua le cocher d'un ton d'excuse. Si on n'en change pas, il faudra que je ralentisse l'allure. À mon avis, ça prendrait moins de temps d'en atteler des frais.

Piers eut beau jurer tout ce qu'il savait, il dut s'incliner. Le soleil descendait dans le ciel, à présent. Le temps lui filait entre les doigts, et il continuait de courir sur le sentier du bassin. Il allait arriver trop tard !

Prufrock apparut à la porte du château, l'air interrogateur.

— Elle n'est jamais arrivée à Llanddowrr, lui dit Piers. Nous partons pour Llanddowll.

— Nom de Dieu, lâcha le majordome, laconique.

Piers déglutit avec peine.

— En voyant que les domestiques n'étaient pas là, elle a pu décider de gagner Londres seule.

— Probablement, acquiesça Prufrock. Mlle Thrynne n'aurait pas voulu...

— N'aurait pas voulu revenir ici, compléta Piers, le cœur cognant dans la poitrine, lorsque Prufrock se tut.

— Oui, c'est sûrement ce qu'elle a fait, reprit le majordome d'un ton peu convaincu.

— De nouveaux malades ?

— Non. Et l'un de ceux qu'on considérait quasiment comme mort, Barris Connah, semble s'en sortir.

Dès que le nouvel équipage fut prêt, Piers se précipita dans la voiture, manquant de peu de trébucher.

Si Llanddowrr était petit, Llanddowll n'était qu'un point au milieu de la forêt. Le village ne comptait que quelques maisons, une échoppe de cordonnier et une auberge décrépite. Pas de moulin, ce qui le rendait dépendant de la tournée du meunier – le premier malade.

Le soir tombait lorsqu'ils s'arrêtèrent dans la cour de l'auberge. L'homme qui les accueillit avait les joues creuses, une barbe en broussaille et, autour du cou, un foulard rouge crasseux. Il se frottait les mains avec une expression à la fois circonspecte et accueillante.

— Bonsoir, monsieur, dit-il dès que Piers eut mis pied à terre. Je suis M. Sordido. Bienvenue chez nous. Mais peut-être que je dois vous prévenir qu'on a un petit problème au village…

— La scarlatine, coupa Piers. Je suis le comte de Marchant, et nous avons admis au château quatre malades d'ici.

— On a fait de notre mieux, vous savez. On les a isolés dès que…

— Est-ce qu'une dame est arrivée dans une voiture aux armes du duc de Windebank ?

Piers remarqua aussitôt l'embarras de l'aubergiste, qui se dandina d'un pied sur l'autre en évitant soigneusement son regard. Il l'agrippa par son foulard.

— Où est-elle ? Est-elle morte ?

— On a rien fait de mal ! se défendit l'aubergiste, dont le visage vira à l'écarlate. On s'occupe d'elle. Et on s'est occupé aussi du cocher avant qu'il meure.

Linnet était encore vivante !

— Où est-elle ? répéta Piers en relâchant l'homme.

De nouveau, celui-ci détourna les yeux.

— On l'a isolée, comme le pasteur il le disait. Si vous voulez bien entrer dans la salle, milord, je vais demander à ma femme de vérifier si la fille peut recevoir des visiteurs.

— La fille ?

L'aubergiste recula d'un pas.

— On croyait… Le docteur a dit… On pensait que c'était une servante au service du duc.

— Une servante ? La future comtesse, une *servante* ?

D'écarlate l'homme passa au gris cireux.

— On pouvait pas savoir que c'était une dame, milord. Elle avait pas plus de domestiques que de malles.

— Le cocher aurait pu vous le dire avant de mourir, rétorqua Piers en avançant d'un pas.

Sordido glissa un regard à sa canne avant de revenir à son visage.

— Il a rien dit. Il était trop malade. Après, il délirait, on comprenait rien. Et il est mort vite fait.

L'espace d'une seconde, Piers ferma les yeux. Pourquoi perdait-il son temps à se chicaner avec l'aubergiste, alors que Linnet…

— Conduisez-moi à elle, lui ordonna-t-il.

L'homme regarda derrière lui d'un air désespéré. Puis il beugla :

— Moll !

Sa femme était un peu plus propre que lui, mais elle avait de petits yeux rapprochés comme ceux d'un furet. La panique serra la gorge de Piers. Son cocher, qui avait attendu jusque-là sur son siège, descendit et le rejoignit.

— Ce milord est venu pour la fille… je veux dire la dame qui est malade. On l'a soignée à nos frais, ajouta-t-il en relevant le menton. Vu qu'elle avait pas d'argent avec elle.

Piers fronça les sourcils. Il était tout à fait possible que Linnet n'ait pas eu de réticule avec elle, ou qu'elle l'ait oublié en quittant le salon par la fenêtre. Le duc avait dû remettre à son cocher de quoi régler les dépenses courantes, mais, s'il était décédé à son arrivée, comme le prétendait l'aubergiste…

Sa femme esquissa une révérence.

— Elle est très malade, je suis désolée de vous le dire. J'ai fait venir le docteur encore hier, et il a dit qu'on avait fait tout ce qu'on pouvait.

— Conduisez-moi à elle, lui articula Piers.

— Comme je disais, si vous voulez bien attendre dans la salle un moment, intervint l'aubergiste. Ma femme, elle va aller voir si la jeune dame peut recevoir une visite.

— Conduisez-moi à elle !

— Je vous demande bien pardon, milord, dit Mme Sordido avec une autre révérence, mais j'aurais un reproche sur la conscience. Elle est jeune, la dame, et pas mariée. Je vais juste…

— Je veux la voir immédiatement ! hurla Piers, qui se dirigea vers l'entrée de l'auberge en frappant les pavés de sa canne.

— Milord, appela son cocher.

En s'apercevant que la femme contournait l'auberge à pas pressés, Piers s'arrêta. Évidemment, ils n'avaient pas mis Linnet dans l'auberge ! C'était lui-même qui avait donné l'ordre de placer les malades en quarantaine.

Escorté de Buller, Piers emboîta le pas à Mme Sordido, laquelle protesta de nouveau :

— C'est pas correct ! Elle est pas décente.

Piers se força à concentrer son attention sur les pierres disjointes du chemin, à peine visible dans le crépuscule. Mais la peur lui emplissait l'esprit et le cœur.

Durant le trajet, qui lui parut interminable, Mme Sordido ne cessa de maugréer. Elle s'arrêta soudain et lança d'un ton de défi :

— C'est là !

Ce fut Buller qui parla le premier.

— Mais… mais c'est un poulailler.

— Et un beau, répliqua-t-elle. Assez grand pour se tenir debout. Et ça fait des mois qu'il y a plus de poulets dedans. Ma servante, elle venait la voir matin et soir, parce que je suis une bonne chrétienne, figurez-vous. Et le docteur, il est venu deux fois, et il a tout essayé, même les sangsues, alors qu'il y avait personne pour le payer.

Piers était pétrifié. Le poulailler, bâti en planches de bois grossières, n'avait pas de fenêtre, et la porte n'était retenue que par une courroie de cuir.

— Qu'est-ce que c'est que cette odeur ? demanda Buller.

— C'est les poulets, répondit Mme Sordido. Faut dire que ça sent, les poulets, et on a pas eu le temps de nettoyer.

Tiré de sa stupeur, Piers se précipita vers la cabane malgré les protestations de l'aubergiste. Dans son esprit, la panique le disputait à la conscience de revivre son cauchemar… d'arriver trop tard.

Quand il poussa violemment la porte, la lanière céda et les planches s'écrasèrent sur le sol.

À l'intérieur, la pénombre l'empêcha de distinguer quoi que ce soit, et l'odeur infecte lui fit monter les larmes aux yeux. Avec précaution, il tâta le sol devant lui du bout de sa canne, puis esquissa un pas.

— Linnet, appela-t-il à voix basse.

À voix basse car, dans son cœur, il connaissait la vérité : elle était morte. Par sa faute.

Pas de réponse. Ses yeux commençant à s'habituer à la pénombre, il risqua un autre pas. Il n'y avait pas de lit. Un pas de plus et il marchait sur elle.

La femme qui gisait à ses pieds ne ressemblait en rien à sa belle et rieuse Linnet. Mais le médecin en lui prit aussitôt le dessus et, lâchant sa canne, Piers s'agenouilla à côté de d'elle et lui saisit le poignet.

L'espace d'un instant, il désespéra de sentir son pouls. Puis il le perçut, faible et irrégulier, mais présent.

— Linnet.

Il posa la main sur sa joue, ne voyant pas sa peau ravagée ou ses cheveux emmêlés, mais la forme de son visage bien-aimé, légèrement tourné sur le côté, comme toujours lorsqu'elle dormait. Il l'aimait. Il l'aimait tant que son cœur se brisait.

Elle ne répondit pas. Des effluves nauséabonds s'élevèrent du sol lorsque Piers bougea légèrement. Linnet était brûlante, bien sûr. Comme détaché, il répertoria les symptômes perceptibles dans la pénombre, mais ne put se résoudre à en tirer la conclusion évidente.

S'appuyant sur sa canne, il se releva et sortit de la cabane.

— C'est pas notre faute, glapit Mme Sordido en le voyant.

— Je suppose qu'il n'y a personne dans l'auberge, lança Piers.

— Non. Enfin, pas pour le moment, mais...

— Je vais m'y installer, coupa-t-il. Votre mari et vous devrez partir.

— Où est la voiture du duc ? demanda soudain Buller. Et ses chevaux ?

Il y eut une seconde de silence, puis M. Sordido, qui les avait suivis, répondit :

— On les a renvoyés au duc, bien sûr. À Londres.

Buller saisit le bras de Mme Sordido. Mais quelque chose, dans le regard de Piers, dut l'effrayer davantage que la menace physique. Avec un gémissement, elle dit :

— Derrière l'auberge, dans la grange.

— Non, c'est pas vrai, déclara son mari avec morgue. Nous...

— Vous avez volé cette voiture, accusa Piers. Ainsi que les chevaux et les vêtements de ma femme.

— Vous avez jamais dit comme quoi c'était votre femme !

— Elle est à moi. Vous avez volé ses vêtements et l'argent qu'ils avaient avec eux. Et je suis à peu près persuadé que vous avez tué le cocher du duc de Windebank.

— Non, on n'a rien à voir avec sa mort, protesta Sordido d'une voix haletante.

— C'est la maladie qui l'a emporté, renchérit sa femme, brusquement loquace. Ils sont arrivés dans la nuit, et il est allé se coucher au-dessus de l'écurie, mais au matin, il avait la fièvre, il délirait. C'est la vérité, gémit-elle quand Piers fixa le regard sur elle. On pouvait pas rester tout le temps avec lui, avec votre dame, et le maréchal-ferrant et sa femme qui étaient malades, et le pasteur qui est venu dire qu'il fallait les mettre en quarantaine.

— L'homme est mort tout de suite, mais pas elle, poursuivit l'aubergiste quand sa femme se tut, hors d'haleine. Il fallait bien qu'on la mette quelque part.

— Vous deux, partez, ordonna Piers. Si vous êtes encore là dans une heure, je vous fais jeter dans les oubliettes de mon château. Elles sont à peine pires que l'endroit où vous avez mis ma femme.

Mme Sordido resta un instant bouche bée.

— Vous... Vous pouvez pas ! éructa-t-elle en se libérant de l'étreinte de Buller. Vous pouvez pas arriver comme ça et faire ce que vous voulez de ce qui nous appartient ! C'est notre auberge, à Sordido et à moi. On l'a payée cinquante livres, et comptant avec ça !

— Si vous partez maintenant, je ne vous traînerai pas devant le tribunal.

— Vous pouvez pas faire ça ! cria-t-elle d'une voix stridente. Sordido, dis quelque chose ! On a fait que notre devoir avec votre femme. Par bonté de cœur.

— Vous n'avez pas de cœur, répliqua Piers. Je vous donne une heure pour rassembler vos affaires et partir. Et que je ne vous voie jamais à moins de trois lieues de mon château ou je vous fais déporter dans les colonies.

— On peut pas, gémit Sordido. C'est presque la nuit, et comment on ferait pour l'argent ? J'ai tout mis dans cette auberge, jusqu'au dernier sou.

Mais Piers en avait assez de cette conversation.

— Buller, je voudrais que vous portiez ma… que vous portiez Linnet dans l'auberge. Une heure ! répéta-t-il ensuite à l'adresse du couple. Elle est à l'article de la mort. Et si elle ne survivait pas… Au cas où vous vous interrogeriez sur l'attention que le juge porterait à mes accusations, sachez que je viens juste de sauver sa fille de la scarlatine.

— Sordido ! cria sa femme en pivotant en toute hâte. Vite, dépêche-toi !

— Allez chercher Linnet, dit Piers à Buller. Je pars devant pour chercher un lit correct. Ensuite, vous donnerez quelques guinées à ces individus ainsi qu'un billet à ordre de cinquante livres. Puis vous retournerez au château, vous dormirez quelques heures, et vous reviendrez demain matin avec de l'aide.

Tandis que Buller se hâtait vers le poulailler. Piers, lui, retraversa la cour. Il entendait les vociférations de Mme Sordido qui houspillait son mari à l'étage. Une fois dans l'auberge, il se dirigea droit vers la meilleure chambre.

— C'est mes draps, déclara Mme Sordido en apparaissant sur le seuil. Vous avez dit qu'on pouvait garder nos affaires.

Elle attrapa adroitement la guinée que Piers lui lança.

— Et la cuisine ? reprit-elle. Y vous faudra une casserole ou deux, je suppose, et le garde-manger est garni pour l'hiver.

Même s'il en doutait, Piers lui lança deux pièces supplémentaires.

— Partez !

Elle obtempéra. Au moins les draps du lit étaient-ils propres et assez doux, constata-t-il. Il repoussa les couvertures, puis ouvrit grand les fenêtres en entendant Buller monter lentement l'escalier.

Ensemble, ils allongèrent Linnet sur le lit.

— Dieu tout-puissant, murmura le cocher. Qu'est-ce qu'ils lui ont fait ? Je n'ai jamais senti une odeur pareille. Et sa figure…

— C'est à cause de la scarlatine, pas du poulailler, dit Piers, les yeux rivés sur le visage ravagé de Linnet. Je vais avoir besoin d'eau, Buller, de beaucoup d'eau. Un seau maintenant, et plusieurs marmites mises à bouillir sur la cuisinière. Il me faut aussi la sacoche que j'ai laissée dans la voiture. Une fois que vous vous serez assuré du départ de ces brutes, allez chercher de l'aide au château.

— Vous vous en sortirez ? murmura Buller, dont le regard ne quittait pas Linnet. Je ne l'aurais pas reconnue. Je n'ai jamais vu ça. Elle qui était la plus jolie…

— Allez-y, coupa Piers.

Dès que l'écho des pas du cocher se fut éloigné, il arracha le chiffon sordide qui servait de chemise de nuit à Linnet. De toute évidence, les Sordido l'avaient dépouillée de tous ses vêtements avant de l'isoler dans le poulailler.

Linnet ne bougea pas. Elle ne réagit pas non plus lorsqu'il écarta ses cheveux sales de son visage. Il commença alors à lui parler d'une voix calme, lui décrivant au fur et à mesure ce qu'il faisait tandis qu'il examinait ses oreilles, sa gorge, sa langue noircie, sa peau.

Mais, quand il vit les marques laissées par les sangsues, il ne put retenir un juron.

En entendant Buller remonter l'escalier, il alla à la porte.

— Il faudrait que vous rapportiez des matelas du château, au moins deux, lui dit-il. Celui-ci sera fichu quand j'aurai nettoyé et soigné Linnet. En outre, il y a de grandes chances que les lits de cette auberge soient infestés de vermine.

— Les bassines d'eau sont sur la cuisinière, répondit Buller après lui avoir tendu le seau d'eau demandé. Les Sordido sont partis. Ils ont profité de ce que j'avais le dos tourné…

— Oui ? l'encouragea Piers quand il hésita.

— Je suis à peu près sûr qu'ils ont volé la voiture du duc. Et ses chevaux. Je ne les ai pas vus s'en aller, mais ce n'était pas le bruit d'une carriole. Quant à la fille de cuisine, elle a disparu.

— Ils ont volé aussi les vêtements de Linnet, répliqua Piers après avoir haussé les épaules. Rapportez de quoi l'habiller. Je vous attends demain, le plus tôt possible.

Le cocher hocha la tête, mais resta immobile, le regard empli d'inquiétude.

— Elle vivra, assura Piers avec force.

Il referma la porte de la chambre, se débarrassa de son manteau et entreprit le combat de sa vie.

Pour sauver Linnet.

32

— Je dois te nettoyer, mon cœur, lui annonça-t-il, sans obtenir la moindre réaction. Tu es dans le coma, tu ne te rends donc pas compte de l'état de saleté dans lequel tu es. Et j'en remercie le ciel. Je vais te laver comme nurse Matilda lavait Gavan une fois par semaine. Si tu veux te tortiller ou crier comme il le faisait, ne te gêne pas.

Silence.

— Tant que je n'ai pas d'eau bouillie, je ne peux pas nettoyer les endroits où ta chair est à vif, pour ne pas risquer l'infection.

Malheureusement, cela concernait la plus grande partie de son corps. Seigneur, elle avait tellement maigri ! Comment était-ce possible en une semaine ? La femme aux courbes délicieuses ressemblait presque à un squelette. Quant à ses cheveux, à sa peau…

Des pieds à la tête, elle était couverte de crasse, en grande partie de la fiente séchée. Il commença par ses pieds car ceux-ci ne pelaient pas.

— Une fois que tu seras guérie, dit-il en nettoyant avec soin orteil après orteil, j'écrirai un article sur les propriétés miraculeuses de l'excrément de poulet. Ça ne peut pas être pire que le moût de malt, encore que l'odeur soit plus pénétrante.

Il ne cessait de lui parler, même s'il n'obtenait pas le moindre frémissement en réponse. Il la prévint qu'il allait chercher de l'eau propre, et lui fit part de ses difficultés à son retour.

— Une ascension périlleuse : je devais d'abord hisser le seau sur la marche supérieure, puis me hisser moi-même. Nous attaquons la partie difficile, ma chérie. Ça va faire mal. Je dois utiliser du savon, et comme ta peau n'est qu'une plaie, ce sera encore plus douloureux.

Dieu merci, elle parut ne rien sentir. Un patient conscient aurait pourtant souffert le martyre, car le moindre contact était insupportable. À plusieurs reprises, Piers posa la tête sur sa poitrine pour s'assurer qu'elle respirait.

Au bout d'un moment, désespérant de venir à bout de la crasse, mais terrifié à l'idée de frotter sa chair à vif, il versa simplement sur elle l'eau devenue tiède. En vain. La saleté lui collait trop au corps.

Comme la nuit tombait, il alluma la seule lampe qu'il put trouver, sans toutefois refermer les fenêtres. Linnet avait été enfermée plusieurs jours dans ce poulailler, et l'air frais ne pouvait lui faire que du bien.

— Tu es moins chaude, maintenant. La fièvre diminue, encore que je ne sache pas si c'est dû à l'eau ou si c'est le cours naturel de la maladie. La fièvre va et vient, d'après ce que nous avons constaté.

Lentement, il remontait le long de son corps. Lorsqu'il atteignit son cou, il murmura :

— J'arrive à ton visage, Linnet. Ça va être une torture. Si c'était Gavan, il hurlerait comme un putois.

Il dut repousser de nouveau ses cheveux, qui s'agrégeaient en mèches toutes poisseuses de sueur et de fiente.

— Je suis désolé… je vais devoir les couper.

Elle gisait toujours inconsciente, et ce fut lui qui ravala un sanglot. Une réaction incontrôlée qu'il ne s'était pas autorisée depuis l'époque où sa propre blessure lui avait appris que pleurer sur la douleur ne faisait que l'intensifier.

Jamais il n'aurait imaginé connaître une souffrance pire encore.

Il redescendit dans la cuisine, puis remonta l'escalier, marche après marche, chargé d'un autre seau et d'un couteau.

— Je n'ai pas le choix, lui expliqua-t-il. Ils repousseront. Mais on ne sait pas quelle vermine a pu y faire son nid.

Ce fut une tâche ardue que de couper son épaisse chevelure avec un couteau mal aiguisé. Il tailla au plus près de son crâne, puis nettoya ce qui restait avec de l'eau savonneuse. Il lui nettoya aussi le visage, avec d'infinies précautions. Lorsqu'il eut terminé, des ruisselets d'eau s'écoulaient du lit et s'éparpillaient sur le sol.

— Je crois que nous allons devoir doubler les gages de nurse Matilda. C'est un travail beaucoup plus difficile que le mien.

Il la retourna délicatement, lui soutenant le cou comme s'il manipulait un nouveau-né. Le dos de Linnet était moins souillé, mais l'éruption, plus violente, avait provoqué davantage de lésions.

— Je ne peux rien faire contre la douleur, dit-il d'une voix entrecoupée. Désolé, mais je dois aller chercher un autre seau d'eau. Je reviens tout de suite.

Mais quand il franchit de nouveau le seuil et la découvrit d'une immobilité cadavérique, son cœur s'arrêta de battre. Il boitilla en toute hâte jusqu'au lit, lui saisit le poignet… Le pouls était toujours là.

Lorsqu'il eut fini sa toilette, les ruisselets d'eau avaient formé une mare.

— L'eau coule à travers le plancher dans la pièce du dessous, lui dit-il. C'est sans doute la première fois que ce sol est aussi propre. À présent, que vais-je faire ?

Linnet était propre, mais il ne pouvait pas la sécher dans ce lit trempé. Après l'avoir doucement remise sur le dos, il plaça ses bras le long de son corps.

— Il fait nuit noire, maintenant. Je vais devoir prendre la lampe, ma chérie, sinon je n'y verrai goutte. J'essaierai d'en trouver une autre, mais j'ai comme le pressentiment que les Sordido ont tout emporté. Il ne reste même plus une seule bougie dans la cuisine.

Tenant la lampe d'une main, sa canne de l'autre, il visita toutes les chambres. Un seul lit était encore garni de draps.

Revenu auprès de Linnet, il se rendit compte qu'il ne pouvait pas la toucher, ses propres vêtements étant à présent mouillés et souillés.

— Je vais me déshabiller, lui dit-il sur le ton de la conversation. Je sais que tu as toujours aimé me regarder. Tu crois peut-être que je ne remarquais rien quand tu me lorgnais en douce ?

Même si elle ne répondit pas, il entendit son rire dans sa tête.

— Dans une chambre voisine, il y a un lit dont Mme Sordido a oublié de prendre les draps. Un miracle ! Il va falloir que je te transporte jusque-là et, malheureusement, tu es moins commode qu'un seau.

Quand il fut nu, il appuya sa canne contre le lit, prit une profonde inspiration et glissa l'un de ses bras sous le torse de Linnet, l'autre sous ses genoux. Il demeura immobile un instant, rassemblant ses forces. De nouveau, un sanglot involontaire lui échappa.

— Non ! s'ordonna-t-il à voix haute en se redressant.

Il pivota sur sa bonne jambe et lança l'autre en avant.

— Je ne vais pas tomber, assura-t-il à Linnet, dont un bras se balançait, inerte, devant eux.

Après plusieurs pas chancelants, il franchit la porte.

— C'est là que des lampes murales auraient été utiles, dit-il d'une voix entrecoupée. Bon sang, il va falloir que je me repose, continua-t-il, hors d'haleine, après avoir exécuté quelques pas supplémentaires.

Mais s'il s'asseyait sur le sol, sans sa canne et avec Linnet dans les bras, il ne pourrait plus se relever. Il s'adossa donc au mur et prit de profondes inspirations, en s'efforçant d'ignorer la douleur qui irradiait de sa jambe à sa hanche.

— Encore quelques pas… juste trois, peut-être, et la porte sera là. Plus que trois pas pour t'étendre dans un lit propre.

Un élancement effroyable lui coupa le souffle quand il reprit sa progression heurtée.

— Toute… cette… natation n'a pas été… inutile, haleta-t-il, incapable de retenir des gémissements de douleur. Tu ne pèses pas plus qu'une plume dans mes bras.

Ce qui n'était pas la vérité, mais presque. Enfin, il pénétra dans la chambre, éclairée seulement par la lune. Il réussit à déposer Linnet sur le lit, à rabattre le drap sur elle, puis il s'effondra sur le sol, à bout de forces.

Après un certain temps, il releva la tête.

— Il faut que j'aille chercher ma canne.

Marcher étant hors de question, il se traîna, nu comme un ver, dans le couloir, puis sur le plancher mouillé. Une fois sa canne en main, il se remit debout avec force jurons. La douleur était tellement atroce que même le lit souillé lui paraissait tentant.

— Je dois retourner près d'elle, dit-il dans la chambre vide. Il faut qu'elle boive.

Il avait mis de côté un précieux seau. Après avoir passé la sacoche en bandoulière, il suspendit la lampe à son bras par son anse métallique, puis souleva le seau. Il sut aussitôt qu'il était trop lourd.

Mais il n'avait pas le choix, et il serra les dents pour ne pas hurler à chaque pas.

Linnet gisait sur le lit, parfaitement immobile.

— Ce couloir, haleta-t-il, je ne l'oublierai jamais. C'est l'enfer. Je crains d'être incapable de descendre encore une fois. J'ai mon compte pour ce soir.

Le pire, c'était qu'il ne restait plus, dans le seau, que la moitié de l'eau.

Penché sur Linnet, il lui abaissa doucement le menton.

— Boiter n'est pas recommandé pour les porteurs d'eau, dit-il en versant quelques gouttes d'eau dans sa bouche. Le baume, à présent, continua-t-il en ouvrant la sacoche. En toute sincérité, je doute que cela serve à quelque chose. Mais ça ne peut pas faire de mal. D'abord le dos. Oh, ces pauvres fesses ! Ou préfères-tu « derrière » ? Je ne me rappelle pas.

Après lui avoir enduit le corps entier de baume, il fouilla de nouveau dans la sacoche et en sortit un flacon.

— L'eau de rose de Penders. Je vais nettoyer ta gorge et ta langue.

Il était enroué, à présent. Et sa tâche fut d'autant plus ardue que la malade était inconsciente.

— Mais si tu n'étais pas dans le coma, je te ferais mal. Et ça, je ne le supporterais pas, Linnet. Pas après le mal que je t'ai déjà fait.

Lorsqu'il eut terminé, elle était propre et sentait bon, mais elle ressemblait à un oisillon fragile. Le peu de cheveux qui lui restaient se dressait sur sa tête, ce qui, curieusement, la faisait paraître plus grosse. Et son cou semblait trop mince pour en supporter le poids. Ses paupières fermées étaient bleues.

Son intuition de médecin lui souffla, ce qu'il n'osait mettre en mots : elle était à l'article de la mort.

Après l'avoir regardée, il se résigna à éteindre la lampe. Le clair de lune lui suffisait. Le clair de lune… et l'infime palpitation de son pouls.

Avec mille précautions, il s'étendit sur le drap pour ne pas risquer de toucher ses plaies. Mais il ne put s'empêcher d'enrouler doucement le bras autour d'elle.

Et s'il s'abandonna à ses sanglots, s'il trempa le drap de ses larmes, il n'y eut d'autre témoin que la lune.

33

La voix de Piers lui parvint tout d'abord de très loin. Elle-même se trouvait en sécurité dans le bassin, au bord de la mer. Il n'était pas froid comme lors de ces matins où elle apprenait à nager, mais agréablement chaud, et même, parfois, brûlant.

Comment allait-elle faire pour dire au revoir à Piers ? Même s'il l'avait repoussée, il serait anéanti en apprenant sa mort. Elle le savait.

Ces derniers jours, entre le flux et le reflux de la fièvre, elle avait acquis la certitude qu'il l'aimait. En dépit de toutes les choses cruelles qu'il lui avait dites, il l'aimait.

Et elle s'était laissé renvoyer de ce salon et de sa vie. Cela lui rappelait ce qu'elle avait pensé lorsqu'elle avait vu Piers pour la première fois : au cas où le mariage se ferait, elle ne devrait pas l'autoriser à la persécuter.

Si elle survivait, elle irait le trouver pour qu'il cesse. Et elle lui dirait… quelque chose.

Elle perdit de nouveau conscience. À son réveil, la voix de Piers était plus proche et moins mélodieuse. *Mélodieuse*, la voix de Piers ? Impossible !

Comme pour le lui confirmer, il lâcha un chapelet de jurons qui aurait fait sourire Linnet si une léthargie étrange ne l'avait empêchée de remuer ne serait-ce que le petit doigt.

Elle n'avait même pas la force d'ouvrir les yeux. Du reste, ces derniers temps, elle n'essayait plus car ils étaient collés par la saleté.

Elle retourna donc dans le bassin, dans son eau d'un bleu cristallin. Quand elle en émergea de nouveau, elle l'entendit pousser un autre juron. Franchement, elle allait devoir lui parler de sa grossièreté. Cela devenait…

Elle se souvint alors qu'elle était en train de mourir. Dans un poulailler. Et que Piers était loin, puisqu'il l'avait mise à la porte du château.

Elle mourait…

Il en serait terriblement affecté.

Soudain, elle entendit clairement Piers mentionner ses fesses. Ses fesses ? Mais elle était toujours prisonnière de l'eau. Encore que le terme « prisonnière » ne convenait pas. C'était agréable, ici. Quelquefois, le bassin était brûlant, mais cette fois, il était frais, et l'eau lui caressait le visage comme la main de quelqu'un d'aimant.

La main de sa mère. Elle se rappela soudain une fièvre qu'elle avait eue, enfant. La voix de sa mère, la voix de sa nourrice… sa mère disant avec irritation : « Évidemment que je ne sors pas ce soir ! Linnet est malade… »

Mais ce n'était pas une main, c'était un bras. Un bras masculin, qui pesait sur sa taille.

Ce devait être Piers, puisqu'elle ne s'était jamais trouvée dans un lit avec quelqu'un d'autre.

L'espace d'un instant, son esprit voleta fiévreusement du calme des eaux du bassin au lit avec Piers. Elle percevait l'odeur virile, un peu âcre, de sa transpiration.

De sa transpiration ? Piers ne transpirait jamais.

Brusquement, son visage traversa la surface du bassin, comme si une paire de bras la poussait violemment hors de l'eau.

Elle ouvrit les yeux. Il faisait terriblement sombre, elle devait donc être dans le poulailler. Mais… elle eut beau renifler avec précaution, sans bouger pour ne pas réveiller la douleur, ce n'était pas l'odeur du poulailler.

À mesure que ses yeux s'accoutumaient à la pénombre, elle s'aperçut que la lueur de la lune pénétrait par une fenêtre. Elle était dans un lit. Et il y avait un bras sur elle.

Elle tourna la tête, tressaillit. Piers était bel et bien là. Il était venu la chercher… Pendant quelques instants, Linnet dévora son visage du regard. Puis elle chuchota « Piers », avant de se souvenir qu'elle était incapable de parler ou même de chuchoter depuis longtemps.

Il ne bougea pas. Elle sentit ses paupières se refermer ; le bassin l'appelait de nouveau…

Mais Piers était là, à côté d'elle. Ne voulait-elle pas lui dire au revoir ? N'avait-elle pas quelque chose à lui dire, quelque chose d'important ?

Si. Mais, oubliant de quoi il s'agissait, elle s'abandonna à la contemplation de son visage, de ses longs cils, de la mèche de cheveux qui retombait sur son front, du pli qui, même dans le sommeil, creusait celui-ci. Piers n'avait jamais dormi avec elle auparavant, même si elle en avait rêvé en secret.

Le clair de lune disparut, remplacé par les tout premiers rayons du soleil.

— Piers.

Les lèvres de Linnet remuèrent, mais aucun son n'en sortit. Pourtant, il dut l'entendre car ses paupières se soulevèrent.

Pendant un moment, il lui sourit, l'air ensommeillé, l'expression possessive.

— Linnet.

Puis il ouvrit grand les yeux.

— Tu es réveillée ! s'écria-t-il en posant la main sur son front. Comment te sens-tu ?

— J'ai mal, dit-elle, consciente qu'aucun son ne sortait de sa bouche.

— Tu dois souffrir le martyre.

Ce fut tout mais, pour Piers, c'était de la compassion.

— Il faut boire, Linnet. C'est la chose la plus importante. Tu n'es pas encore tirée d'affaire.

C'était comme s'il se parlait à lui-même. Elle essaya de boire, mais une grande partie de l'eau lui coula dans le cou.

Pourtant, elle se sentait… différente.

— Propre, dit-elle.

Il lut sur ses lèvres.

— Te souviens-tu que je t'ai lavée ?

Elle faillit secouer la tête, puis se rappela qu'elle devait s'en abstenir.

— Non, souffla-t-elle, mais déjà ses yeux se refermaient.

— La fièvre revient, l'entendit-elle dire. Mais il fallait s'y attendre, Linnet. Je vais poser un linge mouillé sur ton front.

Elle avait beau être prévenue, elle tressaillit.

— Je sais que c'est douloureux, mais il faut que je fasse baisser ta température.

Soudain, elle se souvint de la chose importante qu'elle avait à lui dire et rouvrit les yeux.

— Je t'aime, articula-t-elle dans un souffle, les yeux rivés aux siens.

— Alors, vis pour moi, l'adjura-t-il, penché sur elle. Vis !

Elle s'endormit avec un léger sourire aux lèvres. Le bassin, obscurci, s'effaçait. Mais elle rêva alors du poulailler et se réveilla dans un sursaut.

Piers était encore là, vêtu cette fois, et il portait une cravate d'un blanc neigeux autour du cou.

— Encore de l'eau, s'il vous plaît, disait-il à quelqu'un dans le couloir. Bouillie, bien sûr.

Elle replongea dans le sommeil. Le temps parut s'étirer, se dilater, puis disparaître soudainement. Ce fut le milieu de la nuit, puis encore la nuit, mais Piers portait une cravate différente.

Finalement, elle tenta de prononcer un mot, et ce fut un son enroué qui sortit de sa bouche.

— On dirait un coq enrhumé, lâcha Piers en se précipitant à son chevet.

Il avait l'air épuisé, les traits tirés et les yeux cernés.

— Fatigué, murmura Linnet.

Mais il se méprit.

— Tu t'es colletée avec la mort, c'est normal, dit-il avec un sourire triomphant. Bon sang, Linnet, j'écrirai un article sur ton cas. Je suis le seul médecin du pays de Galles qui pouvait te tirer de là.

— Espèce de... paon, s'appliqua-t-elle à articuler.

Elle était incroyablement lasse mais, Dieu merci, la sensation de brûlure s'estompait peu à peu. Cependant, quand elle leva le bras, elle laissa échapper un cri étouffé. Sa peau, d'un rouge sombre, était couverte d'écailles.

— Ce n'est pas une maladie jolie-jolie, admit Piers en s'asseyant au bord du lit. Tu n'es pas vraiment à ton avantage. J'ai dû te couper les cheveux.

Linnet resta bouche bée. Puis elle cligna des yeux avec horreur.

— Tu es couverte de croûtes des pieds à la tête. Enfin, presque, puisque, curieusement, tes pieds n'ont rien. Mais tu en as même derrière les oreilles.

Linnet leva de nouveau le bras et le fixa avec incrédulité.

— Tu aurais pu devenir aveugle, continua Piers avec sa franchise habituelle. Ou mourir. C'est un miracle que tu n'aies pas attrapé d'infection, couchée par terre dans ce poulailler.

Linnet frémit à ce souvenir et laissa retomber son bras. Mais elle avait besoin de connaître la vérité.

— Cicatrices ?

Piers n'était pas du genre à s'embarrasser de pieux mensonges.

— C'est fort probable, répondit-il en l'examinant d'un œil professionnel. Mais ce n'est pas non plus inéluctable. En tout cas, tu n'auras plus l'air d'une écrevisse d'ici une semaine ou deux.

Linnet ferma les yeux, s'efforçant de comprendre le sens de ses paroles. Elle ressemblait à une écrevisse. Peut-être à vie. Elle n'était plus belle. Un monstre. Un monstre squameux, était-ce ce qu'elle était devenue ?

Elle sentit que Piers se levait, pensant sans doute qu'elle s'était assoupie. Le corps raidi par l'appréhension, elle approcha la main de sa jambe, sous le drap. Puis elle effleura son ventre avec précaution. Partout, sa peau semblait rêche et dure.

— Du bouillon, annonça Piers en revenant.

Elle n'essaya même pas de refuser, ayant appris au cours des derniers jours que Piers ne l'accepterait pas. Alors, elle rouvrit les yeux et avala le bouillon, cuillère après cuillère.

Ses doigts la démangeaient, mais elle demeura immobile jusqu'à ce que Piers reparte avec le bol vide. L'espace d'un instant, elle resta pétrifiée. Puis elle se décida : elle posa carrément la main sur sa poitrine.

Le doute n'était plus permis. Ses seins étaient dans le même état que son bras, son ventre ou sa jambe.

Une larme brûlante roula sur sa joue, puis une autre.

Piers était sur le seuil, ayant confié à quelqu'un le bol vide.

— Je serai dans la chambre voisine, le temps de faire un somme, dit-il.

Linnet savait qu'il allait venir près du lit, s'incliner sur elle et lui dire au revoir. Jamais il ne quittait la pièce sans lui préciser où il allait et combien de temps il serait parti.

— Eliza... murmura-t-elle dès qu'il se fut approché. Rentre au château. Je resterai avec Eliza.

Une fraction de seconde, elle vit de l'accablement dans son regard. Mais il répondit promptement :

— Bien sûr. Elle peut être là à l'heure du dîner.

Eliza ne fut pas plus capable que Piers de dissimuler la vérité. À l'instant où elle franchit le seuil de la chambre, elle recula d'un pas, la main sur le cœur.

— Dieu tout-puissant !

Linnet attendit.

— Vos cheveux... vos pauvres cheveux, balbutia sa femme de chambre, avant de reporter les yeux sur son visage et sur son cou avec une espèce de fascination horrifiée.

— Ce n'est pas... Vous n'êtes pas comme ça partout ?

Une autre larme roula sur la joue de Linnet, qui hocha la tête.

— Enfin, vous avez bien failli mourir, reprit Eliza en venant auprès d'elle, mais sans paraître très désireuse de la toucher. Lord Marchant l'a bien cru, au début.

Linnet aurait préféré mourir plutôt que d'affronter la vie avec cette peau.

— Ça va s'arranger, assura Eliza, qui avait deviné ses pensées. On va... on va vous donner des bains avec des sels minéraux tous les jours, et même deux fois par jour. Je n'ai jamais vu quelqu'un dans cet état, alors, ça ne peut que s'améliorer. Évidemment...

— Quoi ? croassa Linnet quand Eliza s'interrompit.

— Oh, votre pauvre gorge ! Vous n'avez plus de voix.

— Quoi ? répéta Linnet.

— Lord Marchant dit que vous êtes pratiquement la seule personne à avoir été aussi gravement malade et à survivre. Peut-être que c'est pour ça que je n'ai jamais vu une peau comme la vôtre avant…

Linnet ferma les yeux, anéantie par le désespoir. Elle avait survécu, certes. Mais avec ce visage… cette peau…

— Ça vous fait mal si je vous touche ? risqua Eliza.

Linnet secoua la tête avec lassitude.

— C'est comme des croûtes, constata Eliza, dont les mains étaient douces et fraîches. Donc, ça va pas rester comme ça.

— Maison, chuchota Linnet en plongeant son regard dans le sien.

— Vous voulez retourner chez vous ? Votre père va en avoir le cœur brisé, c'est sûr.

À cet instant, Linnet se moquait éperdument des sentiments de son père. Elle voulait juste retrouver sa chambre, loin de tous ceux qui…

Loin de Piers. De l'homme qui avait aimé caresser son corps et enfouir le visage dans sa chevelure.

— Je vais demander, promit Eliza. Mais je ne suis pas sûre que lord Marchant vous laissera partir. Il vous a soignée tout seul, vous savez. Personne d'autre que lui n'aurait pu vous sauver. Il vous donnait de l'eau à la cuillère toutes les heures, il vous recouvrait de linges mouillés, et puis, il vous réchauffait ensuite.

Le cœur de Linnet se serra. Piers la réchauffait toujours avec son corps lorsqu'ils nageaient ensemble. Elle ne doutait pas qu'il avait tout fait pour la maintenir en vie. Il n'aurait pas supporté de perdre, surtout face à la mort.

— D'après ce que j'ai entendu, poursuivit Eliza, vous étiez dans un drôle d'état quand ils vous ont trouvée dans ce poulailler.

Les souvenirs de Linnet étaient épars, mais ce qu'elle se rappelait n'était pas beau. L'odeur… C'était surtout l'odeur qui restait gravée dans sa mémoire. Elle frissonna.

— Il faudra d'abord que nous vous ramenions au château, continuait Eliza. Vous verriez le duc et la duchesse ! Des vrais tourtereaux. Le duc voulait demander une dispense de bans, mais lady Bernaise l'a convaincu de faire publier les bans ici, dans la petite église du village. Ça fait deux semaines, à présent, alors ils se diront « oui » la semaine prochaine. Pour la deuxième fois ! Avez-vous jamais entendu histoire plus romantique ?

Linnet secoua la tête.

— Ceci dit, je suis pas certaine que vous voudrez assister à la cérémonie.

— Jamais, réussit à articuler Linnet.

Plus *jamais* elle ne quitterait la maison.

— Ne vous inquiétez pas, ça s'améliorera. Il y a les baumes, et les bains avec des sels. Dans une semaine, peut-être un mois, vous serez comme neuve. Et puis, j'ai vu plein de réclames dans les journaux, pour des crèmes qui éclaircissent la peau. On en achètera à Londres. Votre père les achètera toutes. Au fait, le comte lui a envoyé un message, au cas où il se serait inquiété de ne pas avoir de nouvelles depuis si longtemps.

Linnet ferma les yeux et essaya d'imaginer son père s'inquiétant de son silence.

— Et même si votre peau redevenait pas vraiment comme avant, ça ne fait rien, parce que vous allez devenir comtesse, et après duchesse.

Linnet releva brusquement les paupières.

— Ça saute aux yeux qu'il est fou de vous, poursuivit sa femme de chambre en souriant. En plus, il a dit à son père et au marquis qu'il vous épouserait. Ils sont venus ici le deuxième jour pour voir comment vous alliez. Il n'a pas voulu qu'ils vous voient, mais il leur a dit que vous alliez vivre assez longtemps pour l'épouser. Trois valets l'ont entendu, alors je sais que c'est vrai.

— Non.

Elle ne se marierait jamais avec Piers. Avec aucun homme, mais encore moins avec le comte de Marchant.

Eliza ne l'entendit pas.

— Je vais voir ce que je peux faire pour vous. Il doit bien y avoir quelque chose à mettre sur cette peau.

Elle sortit, et sa voix parvint à Linnet à travers la porte.

— Ça m'est égal qu'il dorme, je voudrais quelque chose à mettre sur sa peau... D'accord.

Eliza ne tarda pas à revenir en brandissant un petit pot.

— Je vais vous en mettre partout, annonça-t-elle avant d'en renifler le contenu. Ça sent la bière. La bière et les aiguilles de pin. Mais bon, on s'en moque, si c'est efficace !

Linnet se laissa enduire de la pommade odorante.

— Dieu tout-puissant, c'est encore pire ici ! s'exclama Eliza en lui massant doucement les fesses. Franchement, j'aurais pas cru ça possible.

Linnet enfonça le visage dans l'oreiller pour cacher ses larmes.

Quand Piers entra dans la chambre – sans même frapper, comme s'il était chez lui –, la décision de Linnet était prise. De toute évidence, elle ne pouvait pas retourner à Londres tout de suite. Il lui fallait d'abord recouvrer ses forces.

Il se pencha sur elle, presque comme s'il avait l'intention de l'embrasser.

— Va-t'en, lui dit-elle en tournant le visage de côté.

Bien que prononcés d'une voix éraillée, les mots étaient parfaitement compréhensibles.

Piers se redressa et l'observa en fronçant les sourcils.

— C'est quoi, cette odeur ?

— Je lui ai mis cette pommade, expliqua Eliza en lui présentant le pot vide.

— J'avais dit à Neythen de l'apporter pour les mains gercées de la fille de cuisine. Mais bon, ça ne peut pas faire de mal.

— Il fallait bien que je fasse quelque chose ! répliqua Eliza, sur la défensive. La pauvre, elle ne peut pas rester comme ça. Si elle sortait dans la rue, elle déclencherait une émeute.

Linnet se jura de ne plus jamais se regarder dans un miroir.

— Va-t'en, dit-elle de nouveau à Piers.

— J'aurais dû me douter que tu ferais partie des malades pénibles.

Alors Linnet se tourna vers Eliza. Et la brave fille s'avança pour combattre la bête.

— Ma maîtresse aimerait que vous quittiez la chambre, lord Marchant. Comme elle ne peut pas se faire comprendre, je parlerai pour elle.

— Très bien.

Piers se dirigea vers la porte, puis il pivota :

— Je reviendrai plus tard, avec ton dîner. Je pense qu'il est temps d'essayer quelque chose de plus nourrissant que du bouillon.

Réagissant au regard désespéré que lui lançait Linnet, Eliza déclara d'un ton ferme :

— Si vous voulez bien m'apporter le dîner, milord, je m'assurerai que ma maîtresse n'en laisse pas une miette. Elle n'est pas en état d'avoir de la compagnie.

— Je ne suis pas de la « compagnie » ! rugit Piers.

Eliza croisa les bras.

— Oh, sapristi ! marmonna-t-il avant de disparaître dans le couloir.

Linnet entendit le martèlement de sa canne décroître dans l'escalier.

— Je ne pourrai pas le tenir à l'écart très longtemps, déclara Eliza en revenant vers elle. C'est un docteur.

C'est lui qui a affronté le pire, tout seul avec vous, la première nuit.

Comme une larme coulait sur la joue de Linnet, Eliza s'assit au bord du lit et posa la main sur son bras, sans même tressaillir à ce contact.

— Allons, allons, si quelqu'un a le droit de pleurer un bon coup, c'est bien vous.

Durant la semaine qui suivit, la même scène se reproduisit tous les jours : Piers forçait l'entrée de la chambre, et Eliza se débrouillait pour le renvoyer. Linnet finit par penser qu'ils prenaient plaisir à ces escarmouches. Manifestement, crier après un comte amusait beaucoup Eliza ; quant à Piers, il n'hésitait pas à riposter. Tous deux formaient une sacrée paire.

Toutefois, à une ou deux reprises, Linnet surprit l'expression de Piers quand il la regardait, et elle comprit qu'il souffrait.

« Mais ce n'est pas grave, se disait-elle, au creux de la nuit. Je ne peux pas… je ne peux *pas* être duchesse. C'est inconcevable. »

Finalement, Piers la déclara apte à voyager, du moins jusqu'au château. Mais quand Eliza lui présenta une robe, Linnet refusa de l'enfiler. Elle était capable de parler, à présent, bien qu'à voix basse.

— Le drap. Il est plus grand.

Eliza comprit immédiatement ce qu'elle voulait dire.

— Vos cheveux sont tout bouclés, fit-elle remarquer. On dirait cette coupe courte que certaines dames ont adoptée. Ça s'appelle *à la mode*, ce qui veut dire que ce sont sans doute les Françaises qui ont commencé.

Linnet accordait peu d'importance à ses cheveux – elle savait qu'ils repousseraient –, en revanche, la simple idée de quitter cette pièce et de s'exposer aux regards lui donnait envie de vomir. Ou de s'évanouir.

Pourtant, elle quitta la chambre, enveloppée comme une momie et portée par M. Buller, le cocher de Piers.

Quitter l'auberge ne fut pas une épreuve si terrible. Toutefois, lorsqu'ils entrèrent dans le château, qu'elle vit Prufrock et les valets de pied, puis le duc qui vint au-devant d'elle, le regard empli de compassion, Linnet pria pour une mort rapide.

Mais comme la mort ne semblait pas se présenter, elle ferma les yeux et tenta de se convaincre que rien de tout cela n'arrivait. Qu'elle était à Londres, en train de danser avec le prince Augustus.

Mais la voix rude de Piers s'immisça dans sa rêverie.

— Évidemment qu'elle va bien. Elle a juste l'air d'une écrevisse, et elle est deux fois plus irritable.

Le bal... Elle virevoltait avec le prince Augustus et, tout autour de la salle, elle surprenait les regards envieux fixés sur elle.

— Mais non, vociféra Piers, ce ne sont que des vapeurs ! Que quelqu'un montre le chemin de sa chambre à Buller.

Les paupières toujours fermées, Linnet comprit qu'Eliza ouvrait la marche dans l'escalier. Buller haletait légèrement.

— Je suis désolée d'être si lourde, murmura-t-elle.

— Vous ne l'êtes pas du tout, mademoiselle, assura Buller avec gentillesse.

Toute cette gentillesse était humiliante. Pire encore que de voir toute une salle de bal vous tourner le dos. Franchement, Linnet préférait encore l'irascibilité de Piers.

Quelques instants plus tard, elle était allongée sur son lit.

— Le comte a dit que vous deviez vous lever aujourd'hui, l'informa Eliza. Peut-être que lady Bernaise pourrait venir prendre le thé avec vous.

— Non, répondit Linnet avec fermeté.

Lorsque la nuit tomba, elle ferma les yeux, mais ne parvint pas à dormir. Étendue sur le lit, elle écoutait les bruits du château – tintement lointain de vaisselle, craquement des parquets, grincement de la porte d'entrée qui s'ouvrait et se fermait.

Les jours suivants, elle mangea tout ce qu'Eliza lui apporta et marcha consciencieusement autour de son lit pour reprendre des forces. Mais elle refusa de quitter sa chambre. Piers avait renoncé à lui rendre visite : dès qu'il apparaissait, elle se cachait sous les draps, un oreiller sur la tête pour ne pas l'entendre.

— Je suis assez forte pour retourner à Londres, annonça-t-elle un soir à Eliza. Peux-tu en informer le duc ?

— Bien sûr, fit Eliza, l'air embarrassé. Mais en ce qui concerne le…

— Je suis reconnaissante au comte d'avoir pris soin de moi, déclara Linnet avec calme. Mais j'ai décidé de ne pas l'épouser. Après tout, lui-même avait pris cette décision avant que je tombe malade. Je ne me marierai pas avec quelqu'un qui a pitié de moi. Jamais.

Eliza soupira et quitta la chambre.

34

— Elle veut partir, annonça le duc à Piers.

— Foutaises ! rétorqua ce dernier. Elle n'est pas en état de voyager.

— Sa femme de chambre dit qu'elle a recouvré des forces et qu'elle est restée assise toute la journée d'hier.

— Sa peau est encore pleine de croûtes susceptibles de s'infecter. Elle a toujours besoin d'un suivi médical.

— De telles infections sont-elles courantes ?

Piers ne supportait pas la compassion qu'il lisait dans les yeux de son père. Déjà que sa mère et lui se regardaient comme des adolescents épris ! Il se détourna en passant une main si nerveuse dans ses cheveux que le ruban qui les retenait se détacha.

— Non, reconnut-il.

— Peut-être que si tu la laisses partir, elle reviendra pour toi. Quand elle ira mieux.

Piers s'engagea dans le jardin qui s'étendait devant le château, plantant sa canne dans l'herbe avec rage.

— Elle ne reviendra pas.

— Elle t'aime, répliqua son père en lui emboîtant le pas. Pourquoi ne reviendrait-elle pas ? Moi, je suis revenu vers toi.

— Oh, Seigneur, est-ce une tentative d'affectueux raccommodage ? lança Piers en s'immobilisant devant une plate-bande.

— Non, à moins que tu ne le souhaites.

Le silence de Piers était un acquiescement tacite.

Le duc prit une profonde inspiration.

— Je sais que tu vas détester ce que je vais dire, mais je suis désolé de t'avoir infligé cette blessure et d'avoir gâché ta vie. Je me couperais la jambe si je le pouvais. Je me…

— Vous tuer ne servirait pas à grand-chose, lâcha Piers.

Curieusement, les yeux de son père étaient exactement comme les siens, nota-t-il. Dans son esprit, il les revoyait toujours avec les pupilles contractées, et luisants de cet éclat sauvage dû à l'opium.

Mais c'étaient là des souvenirs d'enfant. Celui qui se tenait devant lui aujourd'hui était un homme affligé, mais un homme fort. Un homme aimant.

— Je vous pardonne, se contenta de dire Piers.

Il n'était pas très doué pour ce genre de choses et, l'espace d'un instant, il s'interrogea sur ce que Linnet aurait pu lui souffler. Dommage qu'elle soit claquemurée dans sa chambre à jouer les Belles au bois dormant.

— Je ne me pardonnerai jamais, murmura son père, les yeux brillants de larmes. Jamais.

Alors, Piers sut ce que Linnet aurait fait. Il ouvrit les bras et son père vint l'étreindre, comme il le faisait autrefois, lorsque Piers était un petit garçon et le duc un géant.

Mais toutes ces émotions avaient accru son irritabilité. Il s'écarta et déclara d'un ton brusque :

— Soit dit en passant, ma vie n'est pas gâchée.

— Tu endures des douleurs insupportables, fit remarquer son père.

D'un coup de canne, Piers sectionna la tête d'une marguerite.

— Cela ne m'a pas détruit. Je suis un sacrément bon médecin. Je ne *serais* même pas médecin si vous n'aviez pas développé un penchant pour l'opium. Je préférerais être mort plutôt que de n'être pas médecin, conclut-il avec force.

Le duc esquissa un sourire, ce qui ne l'empêcha pas d'ajouter :

— Tu n'as ni famille ni amis.

— Foutaises ! J'ai Sébastien. Et Prufrock, que vous m'avez envoyé. Et j'ai aussi Linnet, si j'arrive à la garder.

— Tu ferais bien de la garder. Si, effectivement, ta vie n'est pas gâchée.

— Elle veut s'en aller, déclara Piers en décapitant une autre fleur. Elle refuse de me parler. Je lui ai écrit, et sa femme de chambre m'a rapporté qu'elle avait déchiré la lettre sans la lire.

— Quand j'ai décidé que je ne supporterais pas plus longtemps de ne pas te connaître, je me suis rendu au pays de Galles en sachant que tu serais furieux, argua son père. Linnet était juste une excuse.

— Chaque fois que je vais dans sa chambre, elle se cache sous les couvertures.

Son père eut un léger haussement d'épaules qui fit naître une autre image dans l'esprit de Piers. Le duc trahissait ainsi son acceptation amusée. Piers avait toujours cru qu'il ne gardait de lui que le souvenir de son opiomanie, mais ce n'était apparemment pas le cas.

— Je suppose que je pourrais me rendre dans sa chambre la nuit.

— Tu le pourrais. Au moins, il ferait noir, et elle ne craindrait pas ton regard.

— C'est absurde. C'est moi qui l'ai sortie de ce poulailler. Je sais pertinemment à quoi elle ressemble.

— Il n'empêche que, selon ta mère, c'est sa peau qui est à l'origine du problème.

— Pourquoi ? demanda Piers en se passant de nouveau la main dans les cheveux.

— Linnet ressent la perte de sa beauté comme une humiliation.

— Elle n'a pas perdu sa beauté ! Sa peau est différente, c'est tout.

— Elle ne voit probablement pas les choses ainsi, et, pour une femme aussi ravissante, ce doit être un terrible choc.

— Sans doute, marmonna Piers en exécutant trois autres fleurs. Si elle est assez vaniteuse pour me rejeter à cause de cela, c'est que ce doit être important. Vous savez, dans le salon, après votre départ, elle m'a supplié de l'épouser. Elle m'a dit qu'elle se moquait de se ridiculiser à cause de moi, parce qu'elle m'aimait.

Comme son père se contentait d'opiner, il enchaîna :

— Mais, apparemment, tout cet amour dépendait de sa capacité à me dominer par sa beauté… ou quelque chose de ce genre-là.

— Ou de son désir d'être assez bien pour toi, suggéra son père. Je n'ai jamais décelé chez Linnet la moindre intention de te dominer.

Piers éclata d'un rire mordant.

— *Assez bien* pour moi ? Pour un estropié au caractère de cochon et à la langue de vipère ?

— C'est toi qu'elle veut. J'ai l'impression très nette que tu es le seul homme qu'elle ait jamais voulu, alors qu'elle a été courtisée par les célibataires les plus en vue. Je ne pense pas que, parmi eux, il y ait eu beaucoup de caractères féroces.

— Ce sont des imbéciles, tous autant qu'ils sont, grommela Piers.

— Tu rejoindras cette cohorte si tu la laisses partir.

— Je n'avais jamais osé imaginer quelqu'un comme elle. Ou une vie avec quelqu'un comme elle.

— Ce n'est pas une raison pour t'abstenir d'oser, à présent qu'elle est devant toi. Il y a quelque chose quand vous êtes ensemble…

— Elle est comme la moitié, avoua Piers, la tête baissée. La moitié de moi-même, bon sang !

Son père posa la main sur son épaule.

— Va le lui dire.

Piers déglutit, les yeux rivés sur les pétales qui jonchaient à présent le sol. Cette idée l'horrifiait. Lâcher cela devant son père était une chose ; en faire l'aveu à une femme qui ne voulait même pas le regarder en était une autre.

— Est-ce cela que vous avez dit à maman ?

— Non. Elle ne m'aurait pas écouté.

Il y avait une pointe d'amusement dans sa voix. Piers leva la main.

— Je ne veux absolument pas savoir.

Son père haussa les épaules et sourit.

— Fais ce que tu dois faire.

35

Il fallut à Piers jusqu'au lendemain après-midi pour mettre un plan sur pied.

Son intuition lui dictait que rendre visite à Linnet la nuit ne ferait qu'empirer les choses. Il était incapable de dire pourquoi, mais il faisait confiance à son instinct de médecin, et décida de l'écouter aussi en cette occasion.

Si humiliant que ce fût, il dut demander de l'aide. Courtiser Linnet relevait des travaux d'Hercule, et il n'était pas précisément taillé dans l'étoffe des héros. Le simple souvenir de la manière dont il avait rampé dans ce couloir, les fesses à l'air – même si c'était dans l'obscurité – suffisait à le faire frémir.

Mais il ravala sa fierté. Et peu importait qu'Hercule n'ait jamais eu à demander de l'aide.

— Comment cela, tu veux que j'aille dans la chambre de Linnet, répéta Sébastien. Il n'en est pas question !

— Je serai avec toi, espèce de crétin, répliqua Piers. Il faut que tu la soulèves dans tes bras et l'emportes jusqu'au bassin.

Sébastien en demeura un instant bouche bée.

— Certainement pas ! s'exclama-t-il. Tu es fou ou quoi ?

— Est-ce que je me suis déjà trompé en posant un diagnostic ?

— Bien sûr que oui !

— Neuf fois sur dix, j'ai raison, non ?

— Quel est le rapport ?

— J'ai fait mon diagnostic, et maintenant je dois la soigner.

— Elle va sûrement hurler, objecta son cousin après l'avoir dévisagé.

— Non. J'ai déjà demandé à Prufrock d'éloigner tout le monde. Et elle est trop gênée par son apparence pour prendre le risque d'attirer l'attention sur elle.

— Est-ce toujours aussi terrible ? s'enquit Sébastien.

— Qui s'en soucie ? répliqua Piers.

— *Elle*, espèce de brute.

— Viens la chercher avec moi et épargne-moi les sermons.

— Et si elle ne me parle plus jamais ? gémit Sébastien.

— Une fois qu'elle m'aura épousé, vous vivrez tous les deux au château. Il faudra bien qu'elle te salue au petit déjeuner.

Il n'empêche que Sébastien continua de protester durant toute la montée de l'escalier. Une fois devant la porte de Linnet, il agrippa le bras de Piers.

— Elle va me détester. Je ne veux pas qu'elle me déteste.

— Ne sois pas stupide, gronda Piers.

Il avait suffisamment de mal à étouffer ses propres craintes pour ne pas affronter, en plus, celles de Sébastien.

Il tourna la poignée.

Finalement, ce fut assez facile. Dès qu'elle le vit, Linnet plongea sous le drap. L'enrouler dedans fut alors un jeu d'enfant.

Elle eut beau essayer de se débattre en poussant des cris étouffés, ses jambes et ses bras étaient coincés.

— Tu es sûr qu'elle respire encore ? s'inquiéta Sébastien, alors qu'il négociait, non sans peine, la descente vers le bassin.

Piers enfonça l'index à plusieurs reprises dans son chargement, ce qui provoqua une nouvelle agitation assortie de quelques borborygmes furieux.

— Apparemment, oui.

— Et maintenant ? demanda Sébastien, haletant, quand ils atteignirent le bassin.

— Pose-la sur ce rocher plat, indiqua Piers. Je n'aurais pas pu m'en sortir sans toi, mais sens-toi libre de filer immédiatement. Inutile de revenir. Ma fiancée remontera par ses propres moyens.

Les paroles émanant du paquet prirent un ton franchement injurieux.

Sébastien s'éloigna en se frottant les bras. Piers attendit qu'il ait disparu au tournant du sentier avant de dire :

— C'est bon, tu peux sortir. Il est parti.

Aussitôt, le tissu s'agita. Piers attendit sans bouger que Linnet en émerge. Elle ne portait rien d'autre qu'une mince chemise, et il ne se gêna pas pour savourer le spectacle.

— Je t'interdis de me regarder ainsi ! s'écria-t-elle.

Puis elle prit conscience de l'endroit où elle se trouvait. La journée était magnifique, avec un grand ciel d'azur ponctué de petits nuages blancs.

— Oh, murmura-t-elle, tu m'as amenée au bassin.

— Si tu enlevais ta chemise avant que nous allions nager ? suggéra-t-il.

Les yeux fixés sur l'eau bleue, elle ne parut pas l'entendre.

— Ta chemise, répéta-t-il en se débarrassant de ses bottes. Enlève-la.

Elle finit par se retourner et le foudroya du regard.

— Certainement pas.

— Comme tu veux.

Il jeta sa propre chemise sur le côté. Linnet détourna les yeux de son torse nu avec indifférence. Il abaissa alors son pantalon.

— Inutile de te déshabiller, dit-elle. Je ne me baignerai pas, et je ne suis pas intéressée par quoi que ce soit de plus intime.

Un léger frisson sembla même la parcourir à cette simple pensée.

Cela devenait énervant ! Tendant le bras, Piers lui donna une poussée entre les omoplates. Elle bascula dans l'eau avec un cri aigu, puis remonta à la surface en crachotant.

— Tu me sors de là immédiatement ! hurla-t-elle, accrochée au rebord. La peau me démange et je gèle !

— Tu ferais mieux de nager, répliqua-t-il en enlevant son caleçon.

Il avait de nouveau une érection. Plonger dans l'eau dans cet état n'était pas vraiment l'idéal, mais il n'avait pas le choix.

Au moment où il s'élançait du rocher, il surprit le regard de Linnet. Il émergea à côté d'elle. Elle claquait des dents, à présent, ce qui n'avait rien d'étonnant.

— L'eau n'est pas si froide que cela aujourd'hui, dit-il. Il y a du soleil depuis trois jours. Tu devrais commencer à bouger.

Mais il l'attira contre son corps, comme il le faisait toujours. Il ne l'avait pas tenue contre lui depuis longtemps, et c'était tellement… tellement… Son cœur se contracta douloureusement.

— Il faut nager, décréta-t-il en le repoussant. Allez !

— J'ai été malade, protesta-t-elle, mais sa voix manquait de conviction.

— Tu vas bien, maintenant. C'est de la simulation, rien de plus.

Devant son expression furieuse, il sourit, puis lui pinça les fesses.

— Ne t'avise pas de me toucher, l'avertit-elle, les yeux étrécis. Jamais !

— Je te toucherai quand il me plaira. Tu es à moi. Tu as intérêt à commencer à nager, ou tu vas te transformer en glaçon.

Sur ce, il se retourna et se mit à nager lentement. Après une seconde d'hésitation, elle le suivit.

Dans les pires moments, lorsque Piers était incapable de penser à autre chose qu'à la douleur dans sa jambe, se baigner le libérait. Il avait les idées plus claires, cessait d'être obsédé par le laudanum et le cognac, n'envisageait plus de se suicider.

Alors, il nagea juste devant Linnet – au cas où elle aurait besoin d'aide –, en espérant que l'eau aurait le même effet apaisant sur elle. Lorsqu'ils arrivèrent à l'extrémité du bassin, elle s'agrippa à un rocher, haletante.

— Ça va, dit-elle lorsqu'il essaya de l'attirer à lui.

Elle s'écarta, recommença à nager et, cette fois, il resta derrière elle. Elle se débrouillait très bien sans lui et, en prime, il avait une vue imprenable sur ses jambes qui battaient l'eau.

Revenue au rocher plat, elle était pantelante. Il la souleva pour l'aider à sortir du bassin, puis sortit à son tour.

— Tu ne nages pas plus ? s'étonna-t-elle tout en courant vers les serviettes.

— Je dois m'assurer que tu ne vas pas te sauver.

— Pour aller où ? rétorqua-t-elle sans se retourner. Je n'ai pas de vêtements.

— C'est vrai, j'avais oublié.

Il plongea de nouveau et nagea avec vigueur, s'assurant de temps à autre qu'elle était toujours là. Elle s'était allongée sur le rocher, si bien enveloppée dans le drap et dans les serviettes qu'il ne distinguait plus que le bout de son nez rouge.

Après un aller-retour, il constata que la tranquillité et le soleil étaient venus à bout de sa résistance. Elle s'était débarrassée des serviettes et du drap, et avait même ôté sa chemise. Telle une sirène, elle gisait sur le rocher.

Deux allers-retours plus tard, Piers estima que sa peau avait reçu suffisamment de soleil.

Après s'être hissé hors de l'eau, il s'approcha d'elle et secoua la tête, l'aspergeant de gouttes froides qui lui arrachèrent un cri irrité.

Son sexe était de nouveau au garde-à-vous. Il suffisait d'un regard sur elle, allongée sur le rocher, pour que son corps oublie le froid et la fatigue.

— Prends une serviette, bougonna-t-elle.

Mais son regard avait perdu de son indifférence.

— Tu crois que tu pourrais me sécher les jambes ? Je ne peux pas le faire avec cette canne, tu le sais bien, argua-t-il en s'appliquant à prendre un air pathétique.

Mais elle plissa les yeux.

— Le soleil va te sécher.

Sans la quitter des yeux, il se caressa lentement.

— Tu me réchauffes plus vite que le soleil.

— Comment peux-tu me désirer quand je ressemble à cela ?

Elle déglutit avec peine. Mais Piers avait d'ores et déjà décidé que la pitié était la dernière chose dont elle avait besoin. Il y fut d'autant moins enclin qu'elle ajouta :

— Au passage, c'était l'un des compliments les plus mal tournés que j'aie jamais entendus.

— Contrairement à toi, je suis tombé amoureux d'autre chose que de ta beauté. Ta langue acérée, par exemple. Je l'adore.

— Je ne t'aime pas pour ton physique, riposta-t-elle. Si j'y accordais de l'importance, j'aurais choisi Sébastien.

— Eh bien, si j'y accordais de l'importance, j'aurais choisi nurse Matilda.

Comme elle ricanait, il lâcha :

— Ces jours-ci, elle est plus belle à regarder que toi.

Linnet s'assit abruptement, le regard flamboyant.

— Tu n'es qu'une sale brute de me dire une chose pareille !

— Sa peau laiteuse, dit-il d'un air rêveur. Tels des pétales d'orchidée...

Le son qu'émit Linnet n'avait rien de féminin ni de distingué.

— Était-ce un grognement ? Mon Dieu, quelle déplorable manie ! J'espère que cette chère Matilda n'en prendra pas l'habitude avant que je lui demande sa main. Oh, une seconde ! Je crois que j'ai déjà une fiancée.

— Tu es ridicule, dit-elle.

Elle se rallongea, ramena le drap sur elle, et ferma les yeux.

Piers s'étendit près d'elle. Ils demeurèrent un moment silencieux. C'était comme s'ils étaient seuls au monde, à l'exception d'un courlis dont le chant monotone s'élevait non loin.

Quand Piers finit par se redresser, Linnet avait les yeux ouverts, et ils étaient emplis d'une telle tristesse que sa gorge se noua. Elle ne détourna pas le regard, ne prononça pas un mot.

Avant qu'elle puisse deviner ses intentions, Piers attrapa le drap et le rejeta sur le côté. Il s'attendait qu'elle proteste avec véhémence, mais elle n'esquissa pas un geste. Ses yeux brillaient de larmes.

— Je te regarde, dit-il sur le ton de la conversation.

— Regarde tout ton soûl, répliqua-t-elle. De toute manière, quoi que je dise, tu ne te gêneras pas.

— Non seulement tu es toujours rouge, mais en plus, tu pèles. Seigneur, quelle horreur !

Elle se mit aussitôt sur son séant, baissa les yeux, et hurla si fort que le courlis s'envola.

Piers saisit l'extrémité du drap et entreprit de lui frotter très, très délicatement la peau.

— L'eau salée aide à la cicatrisation, expliqua-t-il. Regarde. En dessous, ce n'est plus rouge. Et il n'y a pas de cicatrices, sur ton ventre, en tout cas.

Elle le fixa, l'air interdit.

— Ça s'en va ?

— Bien sûr que ça s'en va. Ce sont des croûtes, qui tombent lorsque la cicatrisation est terminée. À mon avis, tout ton corps est prêt à muer, à l'exception, peut-être, de ton dos. Le sel a favorisé la desquamation, le soleil aussi.

— Je ne pensais pas que ça partirait un jour, avoua-t-elle, et sa voix était si basse qu'il l'entendit à peine.

— Si tu me l'avais demandé, je te l'aurais dit. Mais comme tu refusais de me parler, j'ignorais que tu avais une crainte aussi ridicule.

Il avait rarement vu une moue aussi butée que la sienne.

— Le pire, poursuivit-il sans la regarder, c'est que tu as perdu confiance en moi. Tu disais que tu m'aimais suffisamment pour accepter de te ridiculiser. Mais tu n'as même pas eu le courage de t'exposer à une infime humiliation. Tu ne voulais pas me voir en privé de peur que je me moque de toi ; et tu ne voulais pas me voir en public pour ne pas subir l'humiliation d'être vue par Prufrock.

Cette fois, ce fut lui qui s'allongea, le bras sur les yeux.

Devant la peine manifeste de Piers, Linnet fut incapable de réfléchir de manière rationnelle.

— Je t'aime, affirma-t-elle. Mais je ne peux pas devenir duchesse en ayant cette apparence. Je ne veux pas que qui que ce soit m'épouse par pitié. Et je ne peux pas me marier avec toi si je suis une horrible…

— Bête ? proposa-t-il. C'est le mot que tu cherches ?

— Non.

Il s'assit de nouveau et plongea son regard dans le sien.

— Tu ne m'as aimé que lorsque tu étais belle. Pour user de ton pouvoir et me dominer, comme tu crois pouvoir dominer les autres hommes avec ton sourire.

— Non ! Ce n'était pas cela.

— Alors, c'était quoi ? demanda-t-il d'une voix vibrante de colère et de chagrin. Tu me suppliais de t'épouser, tu prétendais que tu m'attendrais, et puis soudain tu refuses de me regarder !

Elle baissa les yeux sur son corps. Il était encore rouge, il pelait encore, mais, exposé au soleil à côté de celui de Piers, il ne paraissait pas monstrueux.

— Je pensais que tu serais horrifié, dit-elle d'une voix étranglée. Je ne voulais pas que tu m'épouses par pitié, et que tu te retrouves nanti d'une épouse laide.

— Je ne suis pas renommé pour ma pitié, c'est le moins qu'on puisse dire. En outre, c'est sans la moindre hésitation que je t'impose une bête pour mari.

— Ce n'est pas vraiment la vérité, répliqua-t-elle lentement. Tu m'as dit que tu me désirais, mais que tu ne te marierais jamais avec moi ; que j'étais belle et ardente, mais que tu culbuterais d'autres femmes, et que je devais t'oublier.

Ces mots affreux restèrent suspendus entre eux.

— Tu as raison. Et c'était méprisable de ma part. Je t'ai repoussée parce que j'ai peur de devenir un jour opiomane, continua-t-il d'une voix si morne qu'elle en demeura interdite. J'étais – et je suis toujours – effrayé à l'idée de perdre mon sang-froid et de faire de ta vie un cauchemar.

Soudain, la peur affreuse qu'il ne la quitte étreignit le cœur de Linnet. Même si, une heure auparavant, elle aspirait à ne jamais le revoir.

— Tu m'as brisé le cœur lorsque tu m'as jetée dehors. Là, j'ai vécu un cauchemar. Mais quand je suis tombée malade, dans le poulailler, j'ai compris que tu m'aimais.

Il y eut un silence. Le courlis chantait de nouveau, mais à bonne distance.

— J'ai dit : que tu m'aimais, répéta-t-elle.

— C'est le cas, reconnut-il d'une voix presque irritée.

— J'ai alors décidé que si je vivais, jamais plus je ne te laisserais me traiter comme tu l'as fait quand tu as refusé de m'épouser.

Elle tendit la main pour le toucher, simplement le toucher, et laissa courir ses doigts sur sa cuisse.

— Mais, ensuite, je me suis découverte devenue si laide ! Je ne vois pas comment je pourrais être duchesse.

— J'imagine qu'elles sont toutes belles ; que c'est une condition nécessaire pour accéder à cette position.

— En tout cas, elles ne doivent pas terroriser les gens dans la rue.

— Et c'est pour cette raison, parce que tu étais un monstre de foire, que tu as décidé de me rejeter. Qu'était-il censé se passer, ensuite ? Tu comptais prendre tous tes repas dans ta chambre pendant cinquante ans ?

— Je pensais me cacher, répondit-elle d'une voix un peu tremblante. Me cacher, c'est tout.

Il y eut un silence, puis :

— Tu n'étais pas supposée vouloir te cacher de *moi*, Linnet.

— Je suis désolée, chuchota-t-elle.

— Tu as brisé mon fichu cœur en manquant de mourir, et puis, tu l'as brisé de nouveau lorsque tu m'as jeté hors de ta chambre.

La souffrance qui transparaissait dans la voix de Piers lui était insupportable. Doucement, elle le renversa sur le rocher. Elle savoura le contact de son grand corps chaud, familier et bien-aimé contre le sien.

— Vas-tu m'embrasser pour me consoler ? demanda-t-il, à la fois tendre et ironique.

— Tais-toi.

Elle effleura sa bouche de la sienne puis, de la pointe de la langue, elle goûta ses lèvres.

— J'imagine que tu essayes de me séduire à l'ancienne, maintenant que tu as perdu ta beauté.

Mais Linnet savait lorsqu'il était en colère et cherchait à blesser, et lorsque ce n'était pas le cas. Son cœur se gonfla de joie et, malgré elle, elle ronronna :

— Hum… Quelque chose comme cela.

Elle lui mordilla la lèvre, comme il le lui avait appris.

Piers succomba, et ce fut avec une passion fiévreuse qu'ils s'embrassèrent. Puis il s'écarta soudain.

— Je ne peux pas.

Linnet se pencha sur lui, quelque chose dans sa voix exacerbant son excitation au lieu de la diminuer.

— Pourquoi ? murmura-t-elle tout en suivant des lèvres la ligne de sa mâchoire.

— Tu es trop laide. Je ne fais jamais l'amour avec des femmes laides. Je ne pourrais jamais aimer une femme laide.

Une fraction de seconde, le cœur de Linnet s'emballa. Puis elle comprit.

— Et moi, milord, je ne peux aimer qu'un homme qui me fera franchir le seuil de notre maison dans ses bras. Un homme qui me promettra de ne jamais toucher au laudanum et de ne jamais élever la voix. Tu en es capable ?

Dans ses yeux brillants elle vit de la profondeur, de l'intelligence… de l'amour.

— Dans l'auberge, je t'ai portée le long du couloir jusque dans la chambre, dit-il d'une voix aussi enrouée que la sienne. Cela compte ?

— Je redeviendrai peut-être belle un jour. Ou peut-être pas.

Il roula sur le flanc pour lui faire face. Le regard qu'ils échangèrent était plein d'un amour assez fort pour arracher l'autre à la mort. D'un amour qui jamais ne faiblit ni ne trahit, et qui ne se préoccupe pas de beauté, de sale caractère ou de jambe abîmée.

— Je ne peux pas te promettre de ne plus me mettre en colère, dit-il. Encore que j'aie l'impression d'avoir beaucoup changé – en mieux –grâce à toi. Peut-être que je tiens moins de la bête, à présent.

— Je ne peux pas te promettre de ne pas mourir. Au passage, je crois que j'ai oublié de te remercier de m'avoir sauvé la vie.

— Je t'aime, murmura-t-il d'une voix étranglée. Quand j'ai cru que tu allais mourir, j'ai voulu mourir aussi. Et à l'instant où tu es sortie par cette maudite fenêtre, j'ai voulu que tu reviennes.

Elle lui caressa doucement la joue.

— Je suis revenue.

— Je serais allé te chercher, même en ignorant que tu étais peut-être malade. Simplement, je ne pouvais pas laisser mes malades à ce moment-là. Enfin… Pour être franc, j'ai envisagé de les abandonner plus d'une fois, surtout au milieu de la nuit.

— Tu aurais eu tort, assura-t-elle. Cela aurait assombri notre mariage.

— Parce qu'il y aura un mariage ? demanda-t-il, avant de la sonder du regard. Ce ne sera pas facile à organiser dans ta chambre, mais nous nous débrouillerons.

Linnet prit une profonde inspiration.

— Cela ne t'ennuie pas d'épouser une écrevisse ?

Elle lut la réponse dans son regard.

— Tu n'es pas une écrevisse, assura-t-il en lui effleurant les lèvres des siennes. Avec ta nouvelle peau, tu ressembleras plus à une pivoine. Une pivoine rose et ronde.

Linnet laissa échapper un petit rire lorsque, lassé de parler, il roula sur elle, la couvrant de son grand corps.

— *Ma* pivoine. Si cela m'est égal de te faire l'amour pendant que tu mues, cela te sera-t-il égal de faire l'amour à un homme qui laisse parfois son mauvais caractère prendre le dessus ?

— Oui, répondit-elle, un peu haletante, parce qu'avec sa main, il…

Bref, certaines parties de son corps semblaient être aussi douces qu'auparavant.

Piers dut lui frotter les seins avec le drap pour qu'ils se teintent d'un magnifique rose pivoine, mais tous deux y prirent grand plaisir. Ils furent également ravis de découvrir que, pour une raison mystérieuse, la scarlatine avait épargné l'intérieur de ses cuisses.

Et ils trouvèrent beaucoup d'autres motifs de réjouissances.

Après, Linnet resta étendue sur le rocher tandis que Piers s'évertuait à donner à son corps un rose uniforme.

Au bout d'un certain temps, elle l'interrogea avec anxiété :

— Est-ce que j'ai des cicatrices sur le visage ?

— Aucune. Rien à voir avec Élisabeth Ire. Je déteste d'avoir à te le dire mais, avec un léger nuage de poudre de riz, tu auras de nouveau les canardeaux à tes pieds.

D'un geste timide, Linnet porta les doigts à son visage et les fit glisser sur ses pommettes, son menton, ses lèvres. Sa peau paraissait de nouveau douce et lisse.

— Je ne sais pas si j'oublierai un jour, dit-elle avec un frisson. Le poulailler, la peau qui brûle, la fièvre et la soif…

Piers prit son visage entre ses mains.

— Je ne me pardonnerai jamais de n'avoir pas été avec toi.

— De la même manière que ton père ne s'est jamais pardonné ce qu'il t'a fait ?

— Nous avons parlé ensemble, avoua-t-il d'un ton bourru. J'ai essayé de penser à ce que tu aurais voulu que je dise.

Le visage de Linnet s'éclaira.

— Et alors ?

— Je lui ai dit que je l'aimais. Pas avec autant de mots, mais il a compris.

— Quand j'étais très malade, je rêvais que ma mère était avec moi dans le bassin. Sous l'eau. Parce que là, je n'avais plus mal, et que c'était frais. Mais elle ne cessait de me repousser vers la surface.

Piers étreignit Linnet.

— Qu'elle en soit bénie !

— Je lui ai pardonné, moi aussi, dit-elle doucement. Elle m'aimait.

— On ne peut que t'aimer. Et pas seulement parce que tu es belle, ni même parce que tu es d'un rose délicieux que je n'ai jamais vu sur aucune femme.

Des larmes roulèrent sur les joues de Linnet.

— Je ne pensais pas que quelqu'un, un jour…

— Chut, dit-il en déposant un baiser sur ses lèvres. Moi, je ne pensais pas qu'un jour je me soucierais d'un autre être humain.

— Nous avions tous les deux tort, conclut Linnet, avant d'attirer son visage vers le sien pour l'embrasser.

— Ma douce pivoine, chuchota Piers quelques instants plus tard.

— Oui ?

— Je ne peux pas faire de nouveau l'amour sur ce rocher. Je regrette vraiment de paraître conventionnel, mais j'ai les genoux râpés. Pourrions-nous aller à la maison ? Mon lit est merveilleusement confortable. Il se trouve dans la grande chambre, que tu n'as pas encore vue, mais à laquelle tu vas bientôt pouvoir prétendre.

— À la maison, répéta-t-elle, le cœur battant.

— Notre maison.

Une fois le drap transformé en toge romaine, ils remontèrent le chemin main dans la main.

Lorsqu'ils arrivèrent au château, Linnet adressa un sourire radieux à chacun, depuis Prufrock jusqu'au duc.

Si personne ne sembla remarquer que sa peau était rose pivoine, c'était parce que la joie illuminait son visage et ses yeux.

Épilogue

Quelques années plus tard

— Je ne comprends pas pourquoi tu appelles maman « Pivoine », dit le petit garçon à son père.

C'était l'été. Étendu sur un rocher, John Yelverton, futur comte de Marchant et duc de Windebank, observait sa mère et sa sœur qui pataugeaient dans le bassin.

— C'est un surnom affectueux, répondit son père.

— Ce n'est pas logique, protesta John. Maman ne ressemble pas à une pivoine. Evie, oui, parce qu'elle a des joues roses et des cheveux roux.

Il considérait sa sœur cadette avec une certaine désapprobation. Il avait beau n'avoir que sept ans, il avait conscience qu'elle possédait un charme auquel personne ne résistait. Il suffisait qu'elle sourie et tout le monde fondait. Elle obtenait ainsi tout ce qu'elle voulait.

Pas de leurs parents, toutefois. Eux avaient tendance à la chatouiller pour la faire rire. Quant à John, il préférait la pincer.

— Il y a longtemps, elle a eu la peau particulièrement rose, expliqua son père en regardant sa mère avec un drôle d'air. Elle ressemblait alors à une fleur particulièrement jolie : une pivoine.

— On pourrait retourner au château pour disséquer une autre grenouille ? demanda le petit garçon, qui estimait sans doute avoir fait le tour du sujet.

— Non. Une grenouille par semaine. Elles n'ont pas été créées uniquement pour ton amusement, tu sais.

— Mais tu te souviens que j'ai eu du mal à trouver la vésicule biliaire ? Il faut que je refasse un essai.

— La semaine prochaine. Je suis certain que l'avenir a un tas de vésicules biliaires en réserve pour toi.

C'était justement le genre de choses absurdes que les parents disaient tout le temps et que John n'aimait pas.

— Je veux disséquer une grenouille *maintenant* !

Son père cessa de regarder vers le bassin pour reporter les yeux sur lui.

— Tu te souviens de ce dont nous avons parlé ce matin ?

— Je dois apprendre à me contrôler, répondit John. Et si je sens que ça monte dans mon ventre, je dois compter jusqu'à dix.

— Et là, as-tu besoin de compter ?

— Non, répondit le petit garçon.

Evie s'était accrochée au rebord du bassin, et son père se leva pour la sortir de l'eau. S'appuyant d'une main sur sa canne, il se pencha vers elle. Evie lui agrippa le bras à deux mains et il la souleva en lui faisant décrire un arc de cercle qui lui arracha des cris suraigus. Ensuite, il posa sa canne et tendit les mains pour aider leur mère. Là encore, ils se sourirent de cette drôle de manière.

Quand John vit son père entreprendre de la sécher avec la serviette qu'il avait drapée autour de son cou, il leva les yeux au ciel, puis s'en alla inspecter les petites flaques laissées par la marée. Peut-être que s'il se trouvait lui-même une grenouille, son père lui permettrait de la disséquer.

Malheureusement, sa recherche fut vaine.

— Elles aiment pas l'eau salée, fit remarquer Evie avec son léger zozotement.

Puis, penchant la tête de côté, elle lui décocha ce sourire qu'il détestait.

— Tu sais rien de rien ! ajouta-telle.

John lui tira les cheveux, et elle se mit à pleurer. Il compta jusqu'à dix.

— Je lui ai pas tiré fort, expliqua-t-il à son père, deux secondes plus tard. Parce que c'est pas bien. C'était juste pour rire.

— Tu es bien le fils de ton père, déclara Piers en lui prenant la main, alors qu'ils regagnaient tous ensemble le château. La prochaine fois, compte jusqu'à dix avant de tirer, même pour rire.

John sourit jusqu'aux oreilles car sa plus grande ambition était, justement, d'être en tout point semblable à son père. Et aussi, un petit peu, à son grand-père. Parce qu'il adorait la manière dont le duc racontait les histoires.

— Peut-être que la prochaine grenouille, je vais l'opérer avant de la disséquer, annonça-t-il. Je pourrais lui mettre un plâtre. On dira qu'elle aura sauté trop haut.

— Hum, fit son père distraitement.

Il regardait de nouveau sa mère, nota John.

Elle tenait la main d'Evie, qui sanglotait toujours alors qu'il savait pertinemment qu'il ne lui avait pas fait mal. Enfin, pas vraiment.

— Tu l'aimes beaucoup, maman, hein ? dit-il en secouant la main de son père pour attirer son attention.

— Oui. Cela ne fait pas de doute.

— Et elle, elle t'aime.

— Tout à fait, confirma sa mère en riant. J'aime ton père, mon petit lapin.

— Je ne suis plus un bébé, protesta John.

— Toutes mes excuses, *John*, dit sa mère en lui touchant le bout du nez.

— Alors, si tu l'aimes, reprit le petit garçon à l'intention de son père, et si elle t'aime, et si vous nous aimez, nous, pourquoi il faut que vous en ayez un autre ?

On lui avait dit qu'un bébé grandissait dans le ventre de sa mère, mais cela lui semblait incongru, même si, c'est vrai, son ventre était plus rond qu'avant.

Sa mère lui sourit, puis elle s'empara de sa main libre.

— Nous aimer les uns les autres, c'est ce que nous faisons de mieux dans cette famille.

John demeura dubitatif. Ce que son père faisait de mieux, c'était de disséquer les gens. Mais il jugea préférable de garder son opinion pour lui. D'autant que…

Tous les quatre, ils pouvaient sans doute réserver un peu d'amour pour un bébé.

À condition que ce ne soit pas encore une fille.

Note historique

La Belle et la Bête, écrit par Gabrielle de Villeneuve en 1740, s'inspire d'un conte très ancien. Je ne citerai aucune adaptation en particulier car je n'ai pas conservé la plupart des détails, notamment la transformation magique du héros.

Si Piers a été transformé, c'est par un événement beaucoup moins merveilleux, mais qui bouleverse néanmoins une existence : un infarctus – c'est-à-dire la mort de tissus – ayant touché le quadriceps de sa jambe droite.

Ma dette la plus importante, comme vous l'avez peut-être remarqué, est envers un conte beaucoup plus moderne, la série télévisée de la Fox, *Dr House*. Je tire mon chapeau à ses créateurs brillants, tordus et toujours divertissants. Piers, ma version du Dr Gregory House, diffère de son prototype autant que Linnet diffère de la Belle. Mais son caractère, de même que sa jambe abîmée et son dévouement absolu à son travail, ont été inspirés par l'irascible interniste du Princeton-Plainsboro Teaching Hospital.

Si le talentueux Dr House mérite d'être mentionné, il en est de même pour les médecins et chirurgiens du XVIIIe siècle qui combattaient les maladies sans bénéficier des tests, des technologies et des traitements sur lesquels House s'appuie si fortement. De nombreux détails concernant la scarlatine sont tirés d'un livre publié pour la première fois en 1799. Dans son *Traité sur les maladies fébriles*, le Dr A. Philips Wilson donnait des informations détaillées sur l'évolution de la maladie et sur les traitements qu'il convenait d'appliquer. Soignée par lui, une fièvre scarlatine n'était pratiquement jamais fatale, affirme-t-il. Dans son *Traité*, Wilson dénonçait les pratiques inefficaces et trop souvent nocives de certains médecins, telles celles du Dr Sims qui, en 1796, recommandait de traiter la scarlatine par des laxatifs et des émétiques. À sa manière, Wilson était une version tout aussi arrogante, et absolument héroïque, de House.

Je rends également hommage à Enid Blyton et à sa série des *Malory School*. L'un des attraits de cette pension pour filles, située en Cornouailles, est une piscine creusée dans la falaise et remplie par la marée. Lire ces romans à ma fille a stimulé mon imagination, et lorsque j'ai mis le point final à mon récit, le bassin de Piers en était devenu un personnage à part entière.

Enfin, tandis que j'écrivais, *La Chanson d'amour de J. Alfred Prufrock*, de T.S. Eliot ne quittait pas mon esprit, encore qu'à cette pensée, Eliot aurait sûrement eu des palpitations. Dans ce poème, il est question de courage et de temps. Y a-t-il « du temps pour toi et du temps pour moi » ? Y a-t-il du temps pour préparer « son visage à la rencontre des visages que l'on va rencontrer » ? Du temps pour se demander : « Oserai-je ? »

Je vous laisse donc avec la chanson d'amour d'Eliot, ses sirènes qui chantent, et ses humains qui risquent de s'attarder trop longtemps dans les chambres de la mer.

Découvrez les prochaines nouveautés des différentes collections J'ai lu pour elle

AVENTURES & PASSIONS

Le 6 mars

Inédit **_Abandonnées au pied de l'autel_ - 2 - _Le scandale de l'année_ ∞ Laura Lee Guhrke**

Au premier regard, Julia a su qu'Aidan Carr, le duc de Trathen, avait en lui l'âme d'un diable, qui brûlait de la posséder. Alors, quand treize ans plus tard la jeune femme cherche un prétexte compromettant pour obtenir son divorce, Aidan semble incarner la réponse à toutes ses prières...

Inédit **_Scandale en satin_ ∞ Loretta Chase**

Sous ses grands yeux bleus d'apparence innocents, Sophy Noirot est en réalité une vraie friponne, dont les principaux atouts sont le sens du scandale et de la réclame. Quoi de mieux quand on tient une boutique de robes pour se faire connaître ? Et bientôt, elle croise le chemin du comte de Longmore...

Les Highlanders du Nouveau Monde - 1 - _Sur le fil de l'épée_ ∞ Pamela Clare

1755. Exilé au Nouveau Monde avec ses deux frères, Iain MacKinnon est enrôlé de force dans l'armée anglaise. Un jour, il sauve la vie d'une certaine Annie Burn. Écossaise, elle voit en lui un ennemi. Pourtant, aux confins de cette terre sauvage, elle va accepter sa protection, et plus encore.

Le 20 mars

Inédit

Les chevaliers des Highlands - 1 - Le chef

Monica McCarty

Chef de l'un des plus puissants clans d'Écosse, Tor MacLeod ne se laisse dominer par personne. Pas même par sa jeune épouse, Christina, qui lui a été donnée pour former une alliance contre les Anglais, qui tentent d'envahir le pays. Et si Tor se détourne de Christina, elle, de son côté, espère bien le conquérir...

Inédit

Les Frazier - 1 - Amante ou épouse ?

Jade Lee

Fille d'actrice, Scher Martin n'a jamais réalisé son rêve le plus cher : fonder un foyer. Désabusée, elle accepte de devenir la maîtresse du vicomte Blackthorn. Mais quand le cousin de ce dernier lui propose le mariage, Scher comprend qu'elle devra faire un choix entre devenir une femme respectable ou une amante scandaleuse...

La ronde des saisons - 3 - Un diable en hiver

Lisa Kleypas

Après ses amies Annabelle et Lillian, c'est au tour de la timide Evangeline Jenner de se trouver un mari. Et quel mari ! Lord Saint-Vincent est un débauché notoire et un aristocrate plein de morgue, qui vient de trahir son meilleur ami en tentant d'enlever sa riche fiancée. Et c'est pour échapper aux griffes de sa famille qu'Evangeline va signer un pacte avec ce diable d'homme.

Le 6 mars

PROMESSES

Inédit *Friday Harbor - 1 - La route de l'arc-en-ciel*

Lisa Kleypas

Artiste de talent, Lucy Marinn voit son univers s'effondrer quand son petit ami lui annonce qu'il la quitte… pour convoler avec sa propre sœur ! Lucy fuit au bord de la mer. Elle y fait la rencontre d'un charmant étranger. Sam Nolan. Une belle amitié naît entre eux, mais leur attirance devient bientôt irrépressible...

Le 20 mars

CRÉPUSCULE

Inédit ***Les ombres de la nuit - 8 - Le démon des ténèbres***

Kresley Cole

Sur une île mystérieuse, les humains détiennent captives toutes sortes de créatures, utilisées à des fins scientifiques. Carrow est l'une d'elles. Pour retrouver sa liberté, la sorcière accepte le marché que lui proposent ses bourreaux : partir à la recherche d'un être rare et d'une violence inouïe, mi-démon, mi-vampire… Malkom Slaine.

Inédit ***La chronique des Anciens - 1 -Le baiser du dragon***

Thea Harrison

Mi-humaine, mi-dragonne, Pia Giovanni a été choisie pour une mission ultra dangereuse : dérober un élément du trésor de Dragos Cuelebre, le dragon le plus redoutable au monde. Simple pion dans la guerre qui oppose le roi Faë à Dragos, Pia va bientôt subir la colère de la ténébreuse créature…

Le 20 mars

Romantic Suspense

Inédit *Les anges gardiens - 1 - Témoin en détresse*

Roxanne St. Claire

Témoin d'un meurtre, nul doute que Samantha Fairchild sera la prochaine cible du tueur qu'elle a aperçu. En désespoir de cause, elle fait appel à la journaliste et détective Vivi Angelino, sans savoir que cette dernière va charger son frère, Zach, de la protéger. Ironie du sort : Sam a connu quelques nuits torrides avec cet ex-membre des forces spéciales. Une mission l'avait appelé ailleurs et il avait disparu du jour au lendemain.
Mais la jeune femme a mis le doigt sur une conspiration qui va les mener dans les bas-fonds de Boston. Pour doubler le tueur à gages qui les traque, ces deux-là vont devoir apprendre à se faire confiance.

Inédit *Scandale meurtrier* **Pamela Clare**

Chargée de couvrir le meurtre d'une adolescente, la journaliste Tessa Novak apprend qu'un mystérieux homme a été repéré aux abords de la scène du crime. Elle voit immédiatement en lui un suspect et le traque sans relâche. Fausse piste : il s'agit de Julian Darcangelo. Cet agent du FBI sous couverture est sur la piste du véritable tueur, un trafiquant des plus dangereux. Mais les accusations de Tessa ont déjà attiré l'attention sur eux : trop tard pour faire marche arrière, il leur faudra avancer main dans la main... ou mourir.

Et toujours la reine du roman sentimental :

Barbara Cartland

« Les romans de Barbara Cartland nous transportent dans un monde passé, mais si proche de nous en ce qui concerne les sentiments.
L'amour y est un protagoniste à part entière : un amour parfois contrarié, qui souvent arrive de façon imprévue.
Grâce à son style, Barbara Cartland nous apprend que les rêves peuvent toujours se réaliser et qu'il ne faut jamais désespérer. »

Angela Fracchiolla, lectrice, Italie

Le 6 mars
L'artiste